VLAD...

Née le 10 mai 1938 ... Poliakoff, fille d'un c... doubleuse à la radio ... Danse de l'Opéra et t... ... à dix ans.
Elle tourne plus de so... ... films dont *Des gosses de riches* (1952) et une série de films en Italie, à nouveau en France pour interpréter *Avant le déluge* (1954), *Les Salauds vont en enfer*, *La Sorcière* (1955), *Crime et Châtiment* (1956), *Liberté surveillée* (1957), *Toi le venin* (1958), *La Sentence*, *La Nuit des espions* (1959), *La Princesse de Clèves* (1960), *Adorable Menteuse*, *Climats* (1961), *Les Bonnes Causes* (1963), *Le Lit conjugal*, *Dragées au poivre*, *On a volé la Joconde*, *Falstaff* (1966), *Deux ou trois choses que je sais d'elle*, *Mona l'étoile sans nom* (1967), *Le Temps de vivre* (1969), *Un amour de Tchékhov*, *Sirocco d'hiver*, *Pour un sourire*, *La Nuit bulgare*, *Sapho ou la douleur d'aimer* (1970), *Tout le monde il est beau, tout le monde il est gentil*, *Le Complot* (1972), *La Grande Dame du royaume*, *Que la fête commence*, *Sept morts sur ordonnance* (1975), *Duos sur canapé*, *L'Œil du maître* (1979), *Ëkketten* (1979), *Le Malade imaginaire* (1980), *Le Suicidaire* (1983), *Tangos, l'exil de Gardel* (1985), *Twist again à Moscou* (1986), *Splendor* (1988), *Follow me* (1988).
Parallèlement, au théâtre, elle interprète *Vous qui nous jugez*, *Jupiter*, *Les Trois Sœurs*, *L'Incroyable et triste histoire de la candide Erendira et de sa diabolique grand-mère*, *Hamlet* (1983).
Et à la télévision : *Crime et Châtiment* (1963), *Les Charmes de l'été* (1975), *Pas perdus* (1982), *Les Beaux Quartiers* (1983), *La Chambre des dames* (1983). Interprète de chansons : « Beau Pierre », « Le Voleur de chevaux ».
Décoration : Officier des Arts et des Lettres.
Distinctions : Prix Suzanne Bianchetti (1954), meilleure interprétation féminine (Belgique 1960) pour *La Princesse de Clèves*, Prix de l'interprétation féminine au Festival de Cannes (1963) pour *Le Lit conjugal*.
Elle est divorcée de Robert Hossein (deux enfants : Igor, Pierre) puis de Jean-Claude Brouillet (un enfant : Vladimir), et veuve de Vladimir Vissotsky.

MARINA VLADY

Vladimir
ou le vol arrêté

FAYARD

© Librairie Arthème Fayard, 1987.

à Maman, Tania, Bernard, Jean-Marc, Minda, Igoriok, Andréï,

et à Simone...

Sur le no man's land, les fleurs sont d'une beauté inhabituelle.

VLADIMIR VISSOTSKY

UNE chose m'a toujours intriguée : que se passe-t-il dans la tête des gens quand ils rencontrent l'acteur ou l'actrice qu'ils admirent au cinéma ? Un soir, nous sortons du théâtre après une représentation de *Hamlet*. Il gèle, la rue est déserte. Une vapeur blanche sort des bouches d'égout et le halo des lampadaires troue l'obscurité bleutée. Deux silhouettes se détachent d'un porche. Deux hommes en chapeau, le teint sombre, l'air tendu, se figent devant nous au garde-à-vous. Tu me regardes, inquiet. Peut-être, l'espace d'un instant, as-tu peur ? Mais le ton poli et tendre du plus grand nous rassure tout de suite. C'est un Géorgien, l'accent épais ne trompe pas. Il s'adresse à toi, légèrement penché en avant, prenant soin de ne pas lever les yeux sur moi.

– Cher, très cher Vissotsky, permettez-moi de me présenter. J'ai appris que vous étiez tous deux au théâtre ce soir, je viens de Tbilissi, j'ai attendu toute la soirée dehors de peur de vous rater. Me permettez-vous de m'adresser à votre épouse ?

Ces formules ne nous font pas sourire. Elles expriment grand respect, déférence, et signifient surtout que le sujet est grave. J'acquiesce d'un signe de tête. Tu fais un geste de la main, il se tourne vers moi, et, pour la première fois, je vois ses yeux. J'y lis une détermination, une passion féroces.

– Madame, je suis venu pour vous venger. Mon ami et moi sommes prêts à tuer l'ignoble salaud, celui qui n'a pas eu pitié.

S'il n'était pas si tendu, je pourrais en rire, mais je sens son corps trembler des pieds à la tête et, devant mon silence, il poursuit :

– Comment a-t-il pu, comment n'a-t-il pas eu pitié ? Même un chien, on ne le tue pas comme ça, à coups de pierres !

Je comprends enfin : la Sorcière, la belle sauvageonne du film qui a fait pleurer toute la Russie, meurt lapidée par un jeune paysan ignare. L'homme propose à l'actrice bien vivante de venger le personnage qu'elle a interprété. Il y a tellement cru qu'il lui a semblé tout naturel de venir me le proposer...

Je suis aussi émue que perplexe. Comment répondre sans le blesser, comment expliquer à cette âme simple que la vengeance n'a pas lieu d'être ? D'un geste familier, je lui prends la main.

– Regardez-moi, touchez-moi, je suis bien vivante, je parle. On ne m'a pas tuée, vous voyez, je suis là, bien en vie. Merci pour votre amitié, merci pour votre courage !

Ses mains glacées retiennent la mienne, la serrent, puis, penchant la tête, il frôle de ses lèvres le bout de mes doigts.

C'est fini, le charme est rompu. Se redressant, il te fixe et, très digne, te prie de l'excuser de nous avoir importunés si longtemps.

Les deux hommes s'éloignent dans la nuit.

Etrange histoire que tu conclus d'une phrase presque sérieuse : « Dommage, on aurait pu les envoyer à notre pire ennemi ! »

Au fait, qui était ton pire ennemi ?

Sur scène, un homme, torse nu, des chaînes lui enserrant les bras et la poitrine, se débat et hurle. L'impression est terrifiante. Le plateau est incliné et les chaînes tenues par quatre personnages servent de filet en même temps que de liens. La pièce, montée par Lioubimov au théâtre d'avant-garde de la Taganka, est tirée d'un long poème d'Essénine, *Pougatchev l'usurpateur*. Je suis à Moscou pour le festival de 1967, on m'a emmenée voir un spectacle, on m'a dit que j'y verrais le plus extraordinaire des interprètes, un certain Vladimir Vissotsky. Comme toute la salle, je suis ébranlée par la force, le désespoir, la voix inouïe de l'acteur. Sa présence est telle que le reste de la troupe se fond dans l'ombre, que lui seul semble capter la lumière. Le public lui fait une ovation debout.

En sortant, un ami m'invite à dîner avec les principaux acteurs. Nous nous retrouvons au V.T.O., club-restaurant des acteurs, bruyant mais sympathique. On y mange bien et il reste ouvert beaucoup plus tard que les endroits publics. Après avoir montré patte blanche, notre petit groupe s'installe à une table. Notre arrivée a provoqué un mouvement de curiosité dans la salle. Je bénéficie en U.R.S.S. d'une notoriété tout à fait inattendue pour moi. Tous me font fête, on m'apporte fleurs, cognac, fruits, on m'embrasse, bientôt la table est couverte de bouteilles, puis les serveurs déposent devant nous des *zakouskis*. Nous commençons à grignoter. J'attends le grand acteur, j'ai hâte de le féliciter, mais on me dit qu'il est fantasque et risque de ne pas venir se joindre à nous. Je suis déçue, mais nos invités ont tant de choses à me faire raconter : ils savent que j'ai tourné plus de cinquante films dont ils n'ont vu que deux ou trois, ils veulent tout savoir. Dans un russe que je n'ai guère parlé depuis l'âge de six ans, je me lance dans le récit de ma carrière.

Du coin de l'œil, je vois s'approcher un homme jeune, de petite taille, mal habillé. Seuls les yeux gris clair attirent mon attention. Un remous dans la salle me fait arrêter mon récit, je me tourne franchement vers le nouveau venu. Sans un mot, il prend ma main, la serre longuement, puis, après l'avoir baisée, il s'assied en face de moi et se met à me dévisager. Son silence ne me gêne pas, nous nous regardons comme si nous cherchions à nous reconnaître. Je sais que tu es Vissotsky. Tu ne ressembles en rien au géant vociférant et brutal du spectacle, mais l'intensité de ton regard me replonge dans l'émotion que j'ai ressentie tout à l'heure. Autour de nous, les conversations ont repris. Tu ne manges pas, tu ne bois pas, tu me regardes.

– Enfin, je vous rencontre.

Ces premiers mots me troublent, je réponds en te faisant les compliments d'usage sur la représentation, mais tu n'as pas l'air de m'écouter, tu souhaites partir d'ici, tu veux chanter pour moi. Nous décidons d'aller finir la soirée chez Max Léon, le correspondant de *L'Humanité*, qui dispose d'un appartement non loin du centre. Dans la voiture, nous continuons à nous regarder en silence. Ton visage éclairé par les réverbères passe de l'ombre à la lumière, parfois je ne vois que tes yeux tendres, ardents, puis j'observe ta tête : cheveux coupés ras sur la nuque, barbe de deux jours aux reflets roux, fatigue qui creuse tes joues. Tu n'es pas beau, ton aspect est quelconque, mais ton regard me séduit. A peine arrivés, tu prends une guitare. Dès les premiers accords, les premières notes, je suis encore plus troublée. Pour l'heure, c'est ta voix, ta force, ton cri qui me touchent. Ton attitude aussi. Assis à mes pieds, tu chantes pour moi seule. Petit à petit, je découvre le texte, l'humour grinçant, la profondeur de tes chansons. Tu m'expliques que le théâtre est ton métier, mais que la poésie est ta passion. Et puis, sans autre préambule, tu me dis que tu m'aimes depuis longtemps.

Comme toute actrice connue, j'ai souvent reçu cette sorte de déclaration intempestive. Mais, ce soir, j'en suis réellement émue. J'accepte de te revoir très vite. Dès le lendemain soir, nous nous retrouvons au bar de l'hôtel Moskva où se tient le festival. Il y a foule, je suis très entourée, mais dès que je te vois, je quitte mes amis et nous nous mettons à danser. Avec mes talons hauts, je suis nettement plus grande que toi, tu te hisses sur la pointe des pieds, tu me chuchotes des mots fous à l'oreille. Je ris. Bientôt, d'une voix sérieuse, je t'explique que j'aimerais certes être amie avec toi..., mais que je ne suis ici que pour quelques jours, que ma vie est très encombrée, que j'ai trois enfants, un métier prenant, que Moscou est loin de Paris. Tu me réponds que tu as toi-même femme et enfants, métier et gloire, mais que tout cela n'empêchera pas que je devienne ta femme. Interloquée par ton culot, j'accepte pourtant de te revoir dès le lendemain.

Je viens te chercher au théâtre après la répétition. J'ai reçu le matin même une proposition intéressante : Serge Ioutkhevitch, metteur en scène officiel très connu, m'offre le rôle de Lika Mizinova, jeune femme dont Tchekhov a été follement amoureux et dont la vie tragique a servi de modèle pour écrire *La Mouette*. J'hésite un peu car le tournage dure près d'un an. Tu te mets à faire des bonds, tu cries, tu me supplies, je te répète que tout cela est très compliqué, tu n'en démords pas : il faut accepter ce travail, ainsi nous aurons le temps de nous voir et, surtout, tu pourras me convaincre de devenir ta femme. Le ton est presque à la plaisanterie, mais je sens une telle tendresse dans tes propos que je cède à mon tour à l'enthousiasme, et nous imaginons le futur, je ferai venir mes enfants encore petits, ma mère chérie qui n'a pas revu la Russie depuis cinquante ans, oui, nous nous rencontrerons souvent en amis et tu me chanteras tes nouvelles chansons.

Nous n'avons trente ans ni l'un ni l'autre, je suis divorcée, toi en instance de divorce, avec la vie devant nous. Je te rappelle gentiment un seul petit détail, c'est que je ne suis pas amoureuse de toi. « Peu importe, dis-tu, je saurai te plaire, tu verras. » Cette relation joyeuse et simple se poursuit quelques jours, le festival tire à sa fin, je quitte Moscou contrat en main, je reviendrai tourner au début de l'année 1968.

Les semaines passent très vite. Je reçois une lettre de Moscou qui m'attendrit. Une autre fois où, songeuse, je me demande ce qui se passe dans mon cœur et pourquoi tout m'ennuie, le téléphone me tire de mes pensées tristes, tu es au bout du fil, il y a le timbre de ta voix chaude, la langue russe qui me rappelle mon père adoré, tes mots simples; tout me noue la gorge. Je raccroche, j'éclate en sanglots. Maman me regarde et dit : « Tu es amoureuse, ma fille. » Je tente de trouver une autre explication, trop de travail, trop de fatigue, mais, au fond de moi, je le sais, j'attends de te retrouver.

En mai 1968, je tourne *Le Temps de vivre*, film militant que nous produisons en coopérative, Bernard Paul, le metteur en scène, moi-même et un groupe de techniciens et d'acteurs. Politiquement, nous sommes tous engagés et ce grand mouvement d'espoir nous entraîne. Mon flirt avec le Parti communiste, qui dure depuis de longues années, se précise. Mes sentiments personnels, l'ambiance générale, mon amour de la Russie, l'avenir que j'entrevois peut-être à tes côtés, les longs mois que je dois passer à Moscou m'incitent à agir concrètement. En ces journées de mai si floues ou si folles, tout me pousse à prendre une décision : j'adhère au Parti, juste avant de quitter Paris, en juin 1968.

Sans réelle préméditation, je viens d'accomplir l'action qui déterminera en grande partie le cours de ta vie. Cette brève appartenance symbolique au P.C.F. donnera à mes démarches pour te permettre d'obtenir un passeport de voyage un poids que je ne peux encore soupçonner.

Nos retrouvailles auront lieu bien après mon arrivée à Moscou. On m'a fait savoir que tu travailles loin, en Sibérie, et que tu ne reviendras que dans deux mois.

Je commence le film, la vie s'organise, j'ai beaucoup d'amis, j'habite l'hôtel Sovietskaia, l'ancien Yar où mon grand-père venait festoyer, dans un appartement somptueux avec des colonnes de marbre, un piano à queue, des fleurs fraîches renouvelées chaque jour. Ma mère a accepté de se joindre au voyage. Emotion et surprises. Pour elle, rien n'a changé à Leningrad qu'elle continue d'appeler Pétersbourg. Nos promenades nous mènent dans le passé. Le présent, ce sont tous ces artistes, poètes, écrivains, acteurs qui chaque jour viennent chez moi comme dans le dernier salon à la mode.

Le jour où tu entres, intimidé, un grand silence se fait, tu t'avances vers ma mère, tu te présentes, puis tu me serres dans tes bras comme un fou. Notre émoi est visible. Ma mère me chuchote : « Quel charmant garçon, et il a un beau nom. » Nous nous isolons et, très vite, tu me dis que tu n'as pas vécu, que tous ces mois t'ont semblé si longs, que tu veux me voir seule.

Nous partons chercher mes enfants dans la banlieue de Moscou. Ils passent l'été dans une colonie de vacances où se reposent tous les gosses des employés de Mosfilm, j'ai décidé de les plonger dans un milieu totalement soviétique, car les colonies pour petits étrangers sont loin, au bord de la mer Noire, et, surtout, je veux que mes enfants apprennent le russe. D'ailleurs, passé la première semaine difficile, ils ont déjà réussi à se faire comprendre de tous.

Je travaille toute la semaine, je les prends le dimanche et m'aperçois que, comme il se doit, ils ont déjà un vocabulaire très riche en jurons de toutes sortes. Aujourd'hui, ils sont particulièrement survoltés. Ils ont entendu et appris une chanson dans laquelle on parle de moi.

Je comprends très vite, à voir tes yeux rieurs, que cette chanson, tu l'as composée alors que nous ne nous connaissions pas encore :

Aujourd'hui notre brigade est en émoi,
Aujourd'hui pour le bal à joie
On distribue masques de lapins, d'éléphants, d'al-
                                    [cooliques,
Et la fête va danser au jardin zoologique.

Chacun va mettre ses habits de flonflon,
Ma chérie, dis-moi donc un peu la raison !
Elle me répond : Habille-toi, j'ai honte de toi,
Tu te dandines encore comme un pantin de bois !

En douce j'ai chipé la robe à Nadia,
Je vais ressembler à la vraie Marina
Vlady, je vais passer mes longs dimanches
Dans ma tête de poivrot en chemise blanche.

Par deux fois j'ai repassé mon veston,
Et les vigiles m'ont chopé devant le zoo,
Pour le masque d'alcoolo donné par Charlot,
Ils m'ont proclamé très haut roi des poivrots.

J'erre entre les cages et soudain je vois
Par deux fois deux épouses, deux Marina,
Déguisées en bêtes et flanquées d'hippopotames
La rage m'a pris et j'ai brandi mon oriflamme.

A l'aube, j'empoche le prix de la brigade,
Au bal masqué j'ai dansé la mascarade,
Au bal masqué j'ai joué le soûlodrame
Et j'ai fini planqué au milieu des hippopotames.

Cette petite chanson interprétée par mes fils nous fait bien rire. Tu m'expliques que, comme tous les Soviétiques, tu as vu le film *La Sorcière*, que, quelques années plus tôt, en 1965, j'étais juré au festival de Moscou, tu avais alors tenté en vain de me rencontrer, que tu allais voir les actualités au cinéma plusieurs fois par jour pour me regarder sur l'écran. Bref, que tu es amoureux depuis des années, que jamais tu n'aurais pu imaginer me voir en chair et en os, si proche, et tu conclus par l'invariable :

– De toute façon, maintenant je sais qu'un jour tu seras ma femme.

Nous partons pique-niquer au bord d'un lac, il fait beau, l'eau est fraîche, les enfants jouent, plongent, crient, tu fredonnes, je t'écoute, nous sommes heureux.

Tu t'esquives après avoir obtenu ma promesse de passer les jours de repos de fin de semaine avec toi. Je vais me coucher, mais je ne dors pas. Maman vient me tenir compagnie, elle te trouve étrange et troublant, je lui ai tant parlé de ton talent qu'elle a pour toi une sympathie spontanée qui ne se démentira jamais.

Le jour dit, tu arrives très tôt. Tu m'emmènes hors de Moscou, dans un lieu paisible et solitaire, au bord de la rivière. Tu as rapporté de ton voyage en Sibérie une chanson sur les gens injustement emprisonnés sous Staline : un homme rentre du camp, il demande que l'on chauffe le bain de vapeur à blanc pour que son âme puisse se dénouer. Une chanson terrible où, pour la première fois, tu fais figurer mon prénom familier, Marinka. Tu me lis aussi les premiers vers de *La Chasse aux loups*. Je sens que tu me donnes ces strophes que tu n'as encore jamais chantées à personne.

Je suis prise d'une ivresse d'orgueil enfantine. Le Poète me chante ses mots, il me fait dépositaire de son art, de son âme. Je suis bouleversée. Nous rentrons. Tu vas jouer au théâtre, je rejoins ma mère qui doit bientôt retourner à Paris. Tout au long de l'été, nous nous voyons presque chaque jour, le cercle d'amis s'amenuise. Il n'y a maintenant avec nous que quatre ou cinq personnes très proches, Seva Abdoulov, jeune acteur, ami de toujours, sa mère Iëlotchka, la maîtresse de maison, superbe vieille dame qui parle un français suranné, Vassia Axionov, écrivain bourru mais tendre, Bella Ahmadoulina, poétesse géniale et exaltée. Nous passons de longues soirées à bavarder, à lire des poèmes, quelquefois un peintre ou un sculpteur viennent montrer leur dernière œuvre, je tourne le jour, je te retrouve le soir, maintenant nous sommes si proches l'un de l'autre que notre statut d'amis me semble dépassé. Je sais tout de toi (du moins est-ce ce que je crois), tu es très patient, mais je te sens de plus en plus pressant.

Un soir d'octobre, je prie nos amis de nous laisser seuls chez eux. Cette manière peut paraître cavalière, mais à Moscou où la plupart des gens ne peuvent aller à l'hôtel, ceux-ci étant réservés aux étrangers ou aux citoyens soviétiques d'autres villes, il est normal de demander ce genre d'hospitalité. La maîtresse de maison s'éclipse chez une voisine. Nos autres amis, émus et discrets, s'en vont après nous avoir serrés dans leurs bras.

Lorsque j'ai fermé la porte, je me retourne, je te regarde, tu es debout, la lumière qui vient de la cuisine creuse ton visage, ton corps tremble, tu murmures des mots que je ne comprends pas, je m'avance les mains tendues, je perçois des phrases : « Pour la vie... depuis si longtemps... enfin ma femme ! »

Nous n'avons pas assez de toute la nuit pour découvrir ce qui nous lie. Les mois passés à nous parler, à nous regarder, à rire, n'ont été que le prélude à quelque chose d'infiniment plus profond. Chaque parcelle de notre corps retrouve son double, nous coulons dans cet espace infini réservé à l'amour, nos souffles mêlés s'apaisent un moment pour reprendre au même rythme la longue plainte du plaisir.

Nous avons trente ans, nos vies sont riches d'expériences diverses, plusieurs femmes et maris, cinq enfants à nous deux, les succès professionnels, la richesse, les échecs, la gloire. Pourtant, nous sommes comme deux enfants qui découvrent les gestes de l'amour, émerveillés de nous-mêmes.

Rien, jamais, ne peut effacer ces premières heures de fusion totale. Au petit matin du troisième jour, nous quittons l'appartement ami. Désormais, nous sommes ensemble à la vie à la mort.

APRÈS quelques scandales à l'hôtel où la surveillante de l'étage me prie vigoureusement de raccompagner mon invité vers onze heures du soir et où, malgré notre totale sincérité sur nos rapports, on me fait comprendre qu'il est impossible que tu passes tes nuits près de moi, nous nous mettons à la recherche de lieux où nous rejoindre. Comme tous les amoureux à Moscou, nous passons de la couchette de cuisine au divan dans le corridor, du train de nuit Moscou-Leningrad, compartiment 1900 charmant et romantique, aux cabines de bateaux sillonnant le lac artificiel que l'on peut louer pour l'après-midi. De tous ces lieux divers, nous gardons un sentiment d'urgence, un souvenir morcelé, une insatisfaction profonde.

Malgré l'énorme travail, nos nuits entières, désormais, nous les voulons pour nous. Après avoir tenté vainement de louer un appartement, tu finis par me proposer de vivre chez ta mère, Nina Maximovna. Elle dispose de deux pièces de 9 m^2 chacune dans la banlieue proche. Et, ce qui est inestimable, l'appartement moderne comporte : cuisine, salle de bain, WC privés. Tout cela à des dimensions réduites, mais on n'a pas à faire la queue pour se laver, cuisiner et faire ses besoins. J'accepte avec enthousiasme. Je suis lasse de devoir passer d'un lieu à l'autre, d'avoir à écouter pendant de longues soirées les conversations des amis, même s'ils sont souvent passionnants.

J'ai besoin d'être seule avec toi. Et, surtout, au cours de ces rencontres, j'ai remarqué que tu t'es mis à boire, comme nous tous d'ailleurs. A Moscou, on n'imagine pas une soirée sans vodka, le climat s'y prête, c'est une tradition nationale, et je découvre moi-même avec plaisir la chaleur, l'euphorie qui délie la langue, l'impression de liberté que donne l'alcool. Mais je sais que, pour toi, c'est un problème. Tu m'en as parlé un soir où, dînant chez des comédiens de ton théâtre, nous nous sommes retrouvés avec ton ancienne petite amie qui, perfide, a tenté de te verser à boire en douce. J'ai remarqué ton geste violent, les mots très durs que tu as eus à son égard. Je me suis étonnée d'une telle brutalité, tu m'as répondu :

– Elle sait que je ne peux pas, que je ne dois pas, c'est la manière la plus vulgaire d'essayer de me récupérer.

Des amis m'ont prévenue aussi, certains par amour pour toi, d'autres parce que notre liaison leur semble scandaleuse. Tous ont dit les mêmes phrases : ne le laisse pas boire, c'est un alcoolique, il ne doit pas toucher un verre, tu verras, maintenant il est sobre, mais dès qu'il recommencera tu t'en mordras les doigts. Jusqu'à présent, je t'ai vu légèrement ivre, plutôt exalté, joyeux et somme toute agréable. Je suis persuadée que notre nouvelle installation va définitivement empêcher ces écarts.

Ta mère nous accueille dans l'appartement. A soixante ans, elle travaille encore comme archiviste et quitte la maison très tôt le matin pour ne rentrer que le soir. Nous sommes seuls, enfin. J'arrange notre pièce au mieux pour pouvoir y vivre, y travailler; les jours de liberté, je cuisine, j'astique, j'organise notre nouvelle vie, j'apprends à courir les magasins, à faire la queue dans le froid pour chercher les denrées disponibles, je vais au marché kolkhozien où on trouve fruits, légumes, viande au prix fort. Naturellement, j'ai l'avantage de disposer de devises, donc de m'approvisionner aussi dans les *Beriozka*, magasins réservés aux étrangers. On peut y acheter tout ce qui manque dans les magasins d'Etat : cigarettes américaines, café soluble, papier de toilette, et même des œufs, des pommes de terre, de la salade, qui manquent quelquefois de longues semaines. Tu as aussi un circuit d'amis directeurs de magasins d'alimentation qui, pour te faire plaisir, te gardent des produits rares : viande fraîche, poisson fumé, fruits exotiques.

Tu rapportes tous ces trésors à la maison pour moi, car tu ne manges pas beaucoup et le contenu de ton assiette t'indiffère.

Tu travailles jour et nuit. Le matin, tu pars au théâtre pour répéter; l'après-midi, souvent, tu tournes ou donnes un concert; le soir, tu joues; la nuit, tu composes, tu dors quatre heures au plus, et ce rythme infernal n'a pas l'air de te fatiguer, tu es survolté. De la scène où tu joues *Ecoutez Maïakovski*, tu me lances les fameuses strophes : « Nous avons tous deux trente ans, aimons-nous l'un l'autre... » Dans *La Vie de Galilée* de Brecht, drapé d'un long manteau, tu as l'air d'un géant et je te retrouve après les quatre heures du spectacle, amaigri, les yeux fiévreux mais prêt à t'asseoir devant la petite table coincée entre le lit et la fenêtre, pour écrire toute la nuit et, au petit matin, me réveiller et me lire les strophes jetées sur le papier.

Je tourne les dernières séquences de mon film, nous sommes heureux. Pour l'instant les autorités ferment les yeux sur notre idylle. Le Tout-Moscou en parle mais, sachant mon travail presque achevé, tous pensent que je vais rentrer en France et bien vite oublier ce qu'ils prennent pour une aventure sans importance, un caprice d'actrice. Un soir, je t'attends, le repas refroidi sur la table de cuisine, j'ai regardé un programme insipide à la télé, et c'est en pleine nuit que je me réveille, transie, le poste allumé clignotant devant moi. Tu n'es pas là. Le téléphone sonne avec insistance, je décroche et, pour la première fois, j'entends une voix inconnue entrecoupée de hurlements qui se superposent et m'empêchent de bien comprendre. « Il est ici, venez, il faut le prendre, venez vite ! » J'ai du mal à noter l'adresse, je n'ai pas tout compris, j'ai peur, je saute dans un taxi, j'arrive dans un escalier à peine éclairé qui sent la pisse de chat, au dernier étage une porte est ouverte, une femme m'entraîne vers la pièce principale. Je te vois enfoncé dans un divan, grimaçant et pitoyable, le sol est jonché de bouteilles et de mégots, sur une table du papier journal a servi de nappe et d'assiette pour manger des poissons salés, quelques personnes sont écroulées çà et là, je ne les connais pas, tu essaies de te lever, tu tends les mains vers moi, je tremble des pieds à la tête, je te prends à bras-le-corps et te traîne à la maison.

C'est mon premier choc avec cet autre monde, ma première descente dans l'univers sordide de la cuite à mort. Tu en sors malade, rageur, mais plein d'espoir ; cela n'a duré que quelques heures. Pour toi c'est un miracle, tu as arrêté, ma présence t'a suffi, jamais personne n'avait réussi à stopper le vertige insensé où tu sombres. Désormais, je suis garante de ta volonté.

Ta mère, pleine de gratitude, me charge des mêmes vertus. Jamais elle n'a vu son fils en plein délire accepter de rentrer de son plein gré. Je suis la seule, l'unique, je vais te sauver et j'y crois. Âme naïve, je plonge totalement dans ce sacerdoce équivoque.

Il me faut partir, mon travail est achevé. Je quitte Moscou après plus de dix mois de présence. Ma mère, mes enfants sont venus me rejoindre. J'ai fait un ou deux aller et retour pour honorer des contrats en France, mais, cette fois, je n'ai plus de raison officielle de revenir, j'ai fait mes valises. L'actrice s'en va. Naturellement, je suis invitée au festival de juillet en visiteuse. Nous sommes atterrés. Tu n'as aucune chance de sortir de Russie, tu es, comme on dit ici, « non sortable ». Demander un visa n'est pas pensable, on considère, ce sont les termes exacts, que tu es une « personnalité odieuse ». Or, une demande refusée l'est définitivement. La machine administrative ne fait jamais marche arrière. Tu sais que tu ne sortiras pas des frontières soviétiques. Les trois mois qui nous séparent du festival nous semblent impossibles à vivre l'un sans l'autre, c'est donc désespérés que nous arrivons à l'aéroport. Les formalités policières passées, un douanier admirateur te laisse, insigne honneur, m'accompagner dans le grand hall d'attente où déjà des dizaines de passagers sont assis, allongés ou en train de manger et de boire. Le temps est exécrable, giboulées de grêlons, vent intense, plafond bas, les avions ne décollent pas. Nous nous asseyons, volant grâce au mauvais temps quelques minutes de bonheur. Je suis accompagnée par un jeune homme roux, il représente Mosfilm et doit vérifier que tout se passe correctement jusqu'à la passerelle de l'avion. Je le connais peu, c'est un officiel, je n'ai pas travaillé avec lui, mais incidemment, dans la voiture, il m'a dit que sa femme doit accoucher aujourd'hui, c'est leur premier enfant et ce contretemps le rend encore plus nerveux.

Nous sommes assis sur un petit banc, serrés l'un contre l'autre, enlacés, isolés dans cette foule qui va et vient, tu me dis que la vie sans moi est insupportable, je te réponds que moi-même je ne puis l'envisager. On annonce le départ imminent du vol Air France, nous nous embrassons en larmes, je vais vers le fond du hall, mais la voix métallique rectifie l'annonce. Le vol est retardé de quatre heures. Je cours vers toi, je me jette dans tes bras, encore quelques heures de répit. Le restaurant est bondé, un serveur admirateur nous dégote trois places. Le rouquin fait grise mine : sa femme est en salle de travail. Egoïstes comme tous les amoureux, nous nous parlons les yeux dans les yeux sans prendre garde aux autres. Tu me dis que je dois revenir au plus vite. Je te jure que, dès que possible, je prendrai un visa touristique. Je dois juste régler les problèmes de mes enfants, de ma maison, tant pis pour le travail, après tout je peux m'arrêter un peu, je suis d'ailleurs très fatiguée. Quelques semaines de repos à Moscou me feront du bien. Mon seul regret est que tu ne puisses quitter la ville. J'ai une grande passion, le ski de haute montagne. Toi-même tu as écrit une de tes chansons les plus connues, *Verticale*, qui sert d'hymne à tous les alpinistes. Mais le théâtre te lie, tu joues tous les soirs, donc adieu la montagne. Nos projets nous ont rassérénés, et à l'appel d'embarquement, nous nous quittons émus mais sans larmes. Le rouquin dont la femme peine à mettre son enfant au monde est content, j'arrive à la porte du couloir quand le haut-parleur me stoppe. Les ailes de l'avion ont givré, il faut attendre un appareil à air chaud pour le dégivrer avant de pouvoir décoller. Attente indéterminée.

Il fait déjà nuit, dehors la tempête reprend, nous sommes tous trois dans un coin prêté par une hôtesse admiratrice, fumant cigarette sur cigarette. Le rouquin court téléphoner et revient, disant, désolé : « Toujours rien », puis il va boire un coup. Nous parlons fiévreusement. Tu exiges maintenant que je vienne vivre à Moscou, que je devienne ta femme, que je fasse venir mes enfants. J'acquiesce, exaltée par ta détermination : oui je peux tout quitter, venir vivre ici chez ta mère avec mes enfants, oui je trouverai du travail ici, oui nous vivrons heureux tous ensemble, oui nous y arriverons, tout cela ne me fait pas peur, et l'amour est le plus fort. Le rouquin réapparaît un peu ivre, détendu, il a envie de parler maintenant : sa femme, son enfant qui va naître, tout cela est si beau, si merveilleux. Nous l'écoutons, en fait il est le bienvenu. Dans notre délire verbal, nous avons escaladé l'avenir sans prendre garde au vertige. Et pendant que le futur père s'anime, chacun de nous redescend sur terre. J'ai trois enfants et ma mère à ma charge, une grande maison de quinze pièces, je gagne ma vie confortablement en travaillant beaucoup, j'aime mon métier que j'exerce depuis l'âge de dix ans, ma vie est tout compte fait agréable. Tu as deux enfants, une ex-femme que tu aides, une chambre de 9 m^2 chez ta mère, tu gagnes 150 roubles par mois, ce qui permet d'acheter au mieux deux paires de bonnes chaussures. Tu travailles comme un fou, tu adores ton métier, tu ne peux sortir hors de ton pays. Ta vie est très difficile. Nos deux vies superposées sont hybrides, voire invivables. Le rouquin qui s'est éloigné revient hilare : c'est une petite fille, tout s'est bien passé, il faut boire à la santé de la mère. Nous trinquons avec du champagne tiède. Nous sommes tristes, fatigués, presque hostiles, et quand l'appel des passagers retentit enfin, nous nous quittons avec une sorte de soulagement. La bourrasque a soufflé aussi dans nos âmes, balayant les espoirs fous, les projets impossibles.

Revenue chez moi, à Maisons-Laffitte, le téléphone se met à sonner. C'est toi, tu viens de passer les quelques heures qui nous séparent à la poste et, en attendant la liaison avec la France, tu as composé ton poème. *Je ne veux pas savoir que le temps guérit et que tout passe avec lui.* Tu me le lis pendant les trois minutes que dure la conversation. Tes derniers mots sont : « Reviens vite, sans toi je ne sais pas ce que je vais combiner comme bêtises. »

Je commence aussitôt à chercher les prétextes qui me permettront d'obtenir un visa. La seule raison valable me semble le travail. Je finis par convaincre un directeur de production de Mosfilm de m'inviter pour des essais et parler d'une participation à un film en préparation. Tout cela est difficile, la liaison avec Moscou est capricieuse, ma collaboration éventuelle doit être contrôlée par le ministère de la Culture soviétique, tout étant soumis à l'approbation du ministre.

Nous trouvons une formule plus simple. Profitant d'un voyage touristique à mes frais, je prolongerai mon séjour pour lire et discuter de scénarios pour le futur. Ce petit subterfuge me servira une ou deux fois. Je découvrirai bien vite qu'il me suffit d'acheter un billet touristique, de payer un hôtel où je n'habite pas et des repas que je ne consomme pas, pour venir passer quelques jours avec toi. Déjà, à ce moment, je comprends que l'on regarde d'un œil bienveillant mes aller et retour, notre vie commune, et que je bénéficie de passe-droits dus à ma prise de position politique, à notre notoriété à tous deux, aussi, et surtout à l'admiration que tu suscites dans toutes les couches de la société soviétique.

Une de mes amies, une jeune Française d'origine russe qui aime un artiste géorgien, n'a pas cette chance. Malgré un travail à plein temps à l'ambassade de France, malgré des demandes officielles réitérées, elle ne peut durant de longs mois obtenir le droit de se marier. Ce droit enfin reçu, elle devra quitter Moscou et aura toutes les peines du monde à recevoir un visa pour venir voir son époux.

L'O.V.I.R., organisation toute-puissante qui distribue les visas et les permis de séjour aux Soviétiques aussi bien qu'aux étrangers habitant Moscou, siège dans un immeuble qui deviendra vite un lieu familier. C'est là que règne un monsieur de haut grade avec qui j'obtiens un rendez-vous dès mon premier voyage. La situation pour l'instant est simple. Je suis touriste, j'ai un visa de deux semaines que je souhaite prolonger, mais je n'ai le droit d'habiter qu'à l'hôtel. Si je veux vivre chez des amis, ou chez toi, il me faut une invitation, qui doit être acceptée et porter des dates déterminées d'entrée et de sortie. Or, mon travail ne me permet pas d'être aussi précise. Je ne dispose certaines fois que de quelques jours de liberté et je désire faire plusieurs voyages par an. Ce n'est pas tellement fréquent. Je plaide mon cas dans le bureau du principal de l'O.V.I.R., j'explique ma vie, mes enfants, ma mère, je parle de mes sentiments pour toi, je transpire, je suis gênée. Cet homme qui me regarde en hochant la tête, je lui en ai plus dit en une heure qu'à mes amis les plus proches. Le résultat est inattendu : « Pourquoi ne venez-vous pas vivre ici ? » demande-t-il l'air narquois. Je recommence à expliquer mon métier, mes obligations, et plus je parle, plus un sentiment d'impuissance m'envahit. Je le quitte, n'ayant obtenu que de bonnes paroles et un au revoir plein de sous-entendus. Nous nous reverrons en effet plus d'une fois. Je dois préciser que je n'ai jamais reçu un refus net, que je n'ai jamais remis un voyage de plus de trois ou quatre jours, et qu'au fil des ans nos relations sont devenues presque cordiales.

Pendant six semaines je suis passée par toutes les catégories possibles. Touriste, invitée, semi-résidente, femme non résidente, épouse à domicile volant, puis à domicile fixe. Le seul statut que j'aie refusé a été celui d'« épouse résidente ». Car alors j'aurais dû, moi aussi, attendre le bon vouloir de l'O.V.I.R. pour me rendre en France. Et nous ne pouvions ni l'un ni l'autre accepter cette contrainte.

J'ai réussi, en combinant invitation au festival, doublage du film sur Tchekhov et visite touristique, à avoir un permis de séjour de plusieurs semaines, j'arrive à Moscou un matin de juin, mes malles pleines à craquer de vêtements, de linge de maison, de disques, de livres, de produits de toutes sortes, même de pâtes italiennes, de café, d'huile d'olive et naturellement de médicaments. Tous les amis ont besoin de quelque chose : antibiotiques, pilules anticonceptionnelles, médicaments contre le cancer, que sais-je encore. Il y a aussi les cadeaux pour la famille, pour les copains, pour mes partenaires du film. C'est une petite fête à chaque rencontre, et je suis bouleversée en voyant ces hommes, ces femmes si heureux de recevoir

31

une chemise, un disque ou des sous-vêtements venant de Paris.

Notre vie s'organise doucement, je coupe moi-même tes cheveux que tu as laissés pousser à ma demande, tu parades dans des vêtements à la mode, tu fais claquer les talons de tes bottes neuves, tu changes de blouson trois fois par jour (c'est ce qui te donne le plus de plaisir), tu en fais palper le cuir souple et odorant à chaque ami qui nous rend visite. Mais, surtout, tu te gaves de musique; pour écouter les disques, j'ai apporté une petite chaîne-compact. Nous remettons inlassablement *Porgy and Bess*. Armstrong et Ella Fitzgerald te font grogner de plaisir. Tu redécouvres les grands classiques que les solistes soviétiques interprètent pourtant chaque jour à Moscou, mais dans des concerts où tu n'as ni le temps ni l'habitude d'aller.

Je ne travaille pas, nous ne nous quittons pas, je te suis au théâtre, à tes concerts organisés sous couvert de rencontres d'acteurs avec le public et où, entre deux exposés, tu chantes tes dernières chansons. L'assistance est en délire. Je suis de plus en plus intriguée par ton succès, les gens ne te laissent pas quitter la scène, les petits papiers sur lesquels ils demandent des titres particuliers s'amoncellent à tes pieds, chaque soir nous rapportons à la maison des brassées de fleurs. Un jour où nous nous promenons dans une rue du centre, il fait très chaud et les fenêtres des maisons sont grandes ouvertes. De chacune d'elles s'échappe le son de ta voix. J'ai peine à y croire, mais il n'y a aucun doute, je reconnais le timbre rocailleux, la manière inimitable, c'est bien toi. Tu es à mes côtés, et plus nous avançons, plus ton sourire s'épanouit, tu es fier et ravi de me faire mesurer ton succès sur le vif. C'est justement cette fierté blessée qui, un jour, provoquera le drame.

Le festival a commencé, mes trois sœurs sont arrivées à Moscou depuis peu. Le soir, nous devons tous dîner chez mon amie Iëlotchka. Veuve d'un grand acteur de l'avant-guerre, Abdoulov, elle a un bel appartement dans un immeuble ancien du centre. Je me fais une joie de cette soirée. Mes sœurs t'ont vu très rapidement dès leur arrivée mais, ce soir, vous allez vraiment faire connaissance. L'après-midi, une grande réception est donnée au palais du festival. Toutes les délégations sont attendues devant l'hôtel Moskva d'où elles sont conduites en autobus vers le lieu de la fête. Il y a un monde fou, mais l'organisation est parfaite, l'ambiance joyeuse, nous nous connaissons tous et les retrouvailles des gens du cinéma sont toujours expansives. Toi et moi nous arrivons main dans la main devant l'hôtel. Pendant les quelques minutes de l'attente, je te présente à des amis français, italiens, et même à un Japonais avec lequel j'ai travaillé à Tokyo il y a quelques années, nous essayons de nous comprendre dans un brouhaha polyglotte. Je monte dans l'autobus quand vient mon tour, suivie de toi. A peine assise, j'entends des éclats de voix, je me redresse, je vois le type préposé au contrôle des laissez-passer te repousser brutalement à l'extérieur. Je me précipite, j'essaie d'expliquer, mais ton regard m'arrête. Tu es pâle; l'humiliation, si présente dans ta vie quotidienne, ici, prend des proportions insoutenables. Tu ne veux pas perdre la face devant ces étrangers euphoriques. D'un geste las, tu me signifies que tout est inutile. Les portes coulissent, l'autobus s'ébranle. Je te vois par la vitre debout sur le trottoir, petit homme blessé et, comme le pauvre Charlot, tu donnes un coup de pied rageur dans les cartons d'invitation qui traînent par terre.

Je quitte la réception dès que la politesse le permet, ma position d'actrice étrangère ayant à peine terminé un film en U.R.S.S. m'interdisant de couper aux discours officiels. J'arrive chez notre amie Iëlotchka, mes sœurs m'y ont précédée. Comme toujours à Moscou, nos amis ont déjà entendu parler du scandale de l'autobus. Tous me réconfortent, essaient de minimiser l'incident. Comme je ne te vois pas arriver; je pressens le pire : vers une heure du matin, tu ouvres la porte, fais quelques pas hésitants dans le corridor qui donne dans la salle à manger et, souriant béatement, tu t'affaisses sur le divan, soûl comme une grive. La fête reprend néanmoins, tout le monde parle, mes sœurs, enchantées, goûtent l'ambiance des soirées moscovites. Je me détends moi aussi, il y a de la musique, des rires, les plats passent et repassent, garnis de nourriture exquise, nos verres sont remplis à peine vidés, tu es près de moi, un peu figé dans un sourire forcé, mais, après tout, je pense que tu es beau joueur et je m'amuse, je chante... Un peu plus tard, passant devant la salle de bain, j'entends gémir, tu es arc-bouté sur le lavabo, tu vomis. Ce que je vois m'épouvante : de ta gorge jaillit du sang qui éclabousse tout alentour. Le spasme à peine calmé, tu titubes, et je dois te porter jusqu'au lit le plus proche.

Sur les indications de l'un des invités, nous appelons un médecin, personnage équivoque, ami des artistes, mondain et incompétent (je le saurai plus tard) qui préconise un repos total et quelques gouttes de calmant. Mais les spasmes reprennent. Les invités sont tous partis. Mes sœurs, inquiètes, attendent des nouvelles dans leur hôtel. J'ai voulu rester seule avec Iëlotchka, son fils Seva, et toi, dont le sang vomi à gros bouillons remplit désormais une cuvette posée près du lit. Tu ne parles plus, seuls tes yeux s'ouvrent à demi, quémandant de l'aide.

Je supplie que l'on appelle d'urgence une ambulance, tu n'as presque plus de pouls, la panique me gagne. Quand les deux ambulanciers et un infirmier spécialisé t'examinent, leur réaction est simple, brutale. Il est trop tard : trop de risques, impossible de te transporter. Ils ne veulent pas de macchabée dans leur voiture, c'est mauvais pour le plan.

A la mine effarée de mes amis, je comprends que c'est sans appel. Alors, leur barrant la porte, je hurle que s'ils ne te transportent pas à l'hôpital immédiatement, je ferai un scandale international. Je crie à ces pauvre types du système paramédical soviétique, sous-payés, sous-estimés, dont la fonction se résume à remplir un plan et non plus à soigner et à sauver les gens, des mots qui les épouvantent.

Ils comprennent enfin que le moribond est Vissotsky; la femme échevelée et hurlante, sa compagne, l'actrice française. Après un court conciliabule, en jurant, ils t'emportent dans une couverture, forme inerte bringuebalée dans les étages jusqu'à l'ambulance. J'y monte, forte de ma détresse, et malgré leurs protestations. L'entrée des urgences de Moscou est la même que celle de tous les lieux du même genre de par le monde. Une porte à double battant se referme sur toi. Il est trois heures du matin, le couloir sent l'éther, deux ou trois silhouettes sont affalées, endormies sur les rares bancs.

Je me colle à l'interstice de la porte. Des hommes et des femmes en tenue stérile vert pâle s'affairent. Mon champ de vision est réduit. Je ne vois qu'une partie infime de la salle de réanimation, mais ça bouge, donc ils s'occupent de toi, tout espoir n'est pas perdu. Très vite, je déchante, on me repousse dans un coin pour faire entrer un brancard sur lequel gît une forme féminine frêle et molle. Je comprends que l'agitation qui me semblait garante de ta survie est en fait la norme de ce lieu. Je passe quelques heures collée à la porte, mes amis m'ont apporté à boire, à manger, des cigarettes, un châle. J'ai maintenant des copains dans le couloir, les parents d'un grand brûlé, la mère de la jeune femme entrevue sur le brancard jetée du neuvième étage par son fiancé jaloux, une petite vieille arrivée avec son homme passé sous un train. Je ressens la solidarité profonde qui lie ces gens les uns aux autres.

Il n'y a plus d'actrice étrangère, de vieux, de jeunes, je suis comme eux, une simple femme qui attend fiévreusement des nouvelles de son homme. Je ne cesse de me lever, d'aller vers la fente de la porte, d'épier les visages fatigués des réanimateurs.

La journée a passé, interminable. Une ou deux fois, j'ai essayé vainement de parler à l'un des médecins qui sort de la salle où tu te trouves. Il ne veut rien dire, il faut attendre. Tard dans la soirée – cela fait plus de seize heures que je guette –, l'un d'eux, petit homme aux yeux vifs, les moustaches en bataille, me fait signe de m'approcher et de le suivre. Je passe la porte battante et entre dans une pièce minuscule. Dans les coins, des vêtements déchirés et maculés de sang, des compresses, des ampoules vides, un vrai chantier. A droite, une ouverture donne sur une grande salle violemment éclairée. Sur des brancards à roulettes gisent des corps nus, bardés de tuyaux. Je reconnais le tien, exsangue et impudique, ta poitrine se soulève par saccades. Igoriok, le petit médecin, me réconforte : « Ça a été dur, il avait perdu tant de sang. Vous l'auriez amené quelques minutes plus tard, il serait mort. Maintenant il va falloir faire attention. » J'écoute ces mots les yeux fixés sur toi. On me raconte qu'un vaisseau s'est déchiré dans ta gorge, qu'il ne faut plus que tu boives, qu'il te faut un long repos. Les autres médecins, trois hommes et une femme, me disent combien ils sont heureux de t'avoir sauvé, et comme ils sont contents de me connaître, même si la circonstance n'est pas des plus gaies. D'emblée j'aime ces gens qui, continuant à sauver ce qui est sauvable, rient, racontent des blagues, fument et boivent des petits coups d'alcool à 90° qu'ils font passer en reniflant un bout de pain noir, comme c'est l'usage en Russie.

On me donne un tabouret dans un coin de la petite pièce, je peux te voir en biais, et malgré le va-et-vient des nouveaux blessés qu'on pousse devant moi et qui en un tournemain sont déshabillés, recousus, piqués, nettoyés, bandés, je ne regarde que toi. Tu respires, tu vis.

Igoriok, Vera, Vadim, Ivan et Georges ont bien travaillé. Ils seront fidèles tout au long de notre vie, toujours efficaces et dévoués comme durant cette terrible nuit.

L'HÔPITAL est une bâtisse magnifique du XVIIIe siècle, peinte en bleu ciel et blanc. J'y viens tous les jours te visiter, t'apporter à manger, tu dois retrouver tes forces, je te gave de bouillon de viande, de steaks tartares, de légumes verts, de fruits. Tes joues reprennent des couleurs. Dans la salle commune où tu es couché, il n'y a que des malades ayant subi des traumatismes de la gorge, brûlures, trachéotomies, ablation d'un cancer, certains ont pour se nourrir un entonnoir directement relié à l'estomac. L'ambiance n'en est pas moins gaie. Les nounous qui s'occupent de vous sont de bonnes vieilles, elles vous traitent comme des petits enfants, vous grondent quand vous fumez en cachette, elles sont familières et tendres, tu es naturellement leur chouchou.

Tu es encore faible, mais déjà tu as exigé ta guitare, du papier, des stylos. Pour la joie de tous, tu chantes à mi-voix, tu composes de petites chansons drôles et critiques sur tes voisins de lit, sur les aides-infirmiers, sur les mille petits détails de la vie du vieil hôpital. La salle se transforme en lieu de concert, et les nounous ont toutes les peines du monde à rétablir l'ordre.

Dans un des coins, un homme, l'air sombre, le visage fermé, ne participe pas à l'agitation générale. Sa gorge brûlée par l'acide qu'il a bu, le prenant pour de la vodka, est reconstituée par une série d'opérations et de greffes. Il est hospitalisé depuis plusieurs années, il souffre beaucoup, ses yeux ne s'éclairent que lorsque vient le voir une petite fille ouzbek de cinq ou six ans, aux longues tresses bleu nuit, qui subit le même calvaire que lui. Elle aussi s'est brûlé la gorge en avalant un produit caustique et vit à l'hôpital depuis trois ans. Elle est agressive, griffe et mord comme un petit chat sauvage. Son seul ami, c'est l'homme à l'entonnoir. Ils ont le même mal, et elle vient passer de longues heures avec lui. Ils se chuchotent des choses à l'oreille, ils rient, elle caresse les joues mal rasées, il la prend dans ses bras et la berce. Nous sommes très touchés par cette relation étrange.

Quand tu chantes, la petite malade te regarde par en dessous, et dans ses yeux noirs et luisants je sens de la curiosité et comme une sorte d'étonnement. On dirait que ça lui plaît. Peut-être deviendras-tu son ami toi aussi ? Un jour, l'homme reçoit une visite : un vieux copain de son lointain quartier, visiblement un ivrogne. D'ailleurs, nous le voyons glisser subrepticement une bouteille de vin cuit sous l'oreiller de son pote. En Russie, cela s'appelle « Portvine ». C'est un breuvage infect, qui rappelle vaguement le porto bon marché et fait les délices des alcoolos. Profitant de l'absence de la nounou, l'homme installe son entonnoir et, l'œil pétillant, se pourléchant les babines, grognant de plaisir, vide la bouteille d'un geste large dans son estomac. L'effet est immédiat, il se met à glousser, puis éclate de rire. Pris de chaleur subite, il arrache ses vêtements, jette l'entonnoir à travers la salle, commence à danser, nu et tout couturé, une gigue infernale. Ses cordes vocales brûlées ne produisent pas de sons, les bruits qu'il émet sortent d'on ne sait où. Nous rions aussi au début, mais bientôt cela devient moins drôle. L'homme se débat quand les nounous essaient de l'attraper, on appelle les infirmiers à la rescousse, rien n'y fait, l'alcool a décuplé ses forces, il devient fou furieux. Soudain la porte s'ouvre, la petite fille ouzbek entre, s'approche avec autorité de son ami, lui prend la main, ramasse son pyjama et le lui enfile, tout en chuchotant des mots apaisants de la même voix bizarre. Peu à peu l'homme se calme, se recouche, la gosse s'agenouille et pose sa tête sur l'oreiller à côté de lui, cinq minutes après il s'endort. La petite le borde maternellement, puis nous fixe tous les uns après les autres d'un œil accusateur et, très digne, s'éloigne après nous avoir fait une horrible grimace.

Ta convalescence se poursuit en Biélorussie. Un ami cinéaste, avec lequel tu as tourné un film sur les partisans, nous emmène dans son village, épargné par la guerre, où il vit chez sa très vieille tante. L'isba est minuscule, mais le petit potager regorge de légumes et la chèvre donne assez de lait pour que tu en boives chaque matin un grand bol encore tiède. Nous passons nos journées à flâner dans la campagne, ton ami nous montre les lieux où se sont déroulées les terribles batailles il y a vingt-cinq ans. Tout semble si paisible pourtant, la nature est belle, des lacs parfaitement ronds sont entourés de collines, c'est le début de l'automne, tout est doré, il fait encore doux. Quelquefois nous découvrons d'anciens campements de partisans, véritables villages souterrains que la végétation a envahis. D'autres fois, nous marchons dans les ruines calcinées de villages martyrs, maintenus dans l'état dans lequel les ont laissés les Allemands, dont toute la population, hommes âgés, femmes et enfants, ont été exterminés. Il y a des centaines d'Oradour en

Biélorussie, autant de villages dont aucun habitant n'a survécu. Les hommes valides morts à la guerre, le reste de la population suppliciée, les maisons brûlées. Le contraste entre cette nature si douce et la violence des crimes nous bouleverse. Le soir, assis autour de la table, la lampe à pétrole baignant l'isba d'une lumière chaude, la vieille se souvient...

En 1944, dans son village, il ne reste que neuf femmes de quinze à quarante-cinq ans, quelques grand-mères, cinq fillettes en bas âge et deux vieillards impotents. Tous les hommes de quatorze à soixante-dix ans sont partis soit au front, dans l'armée régulière, soit, pour les trop jeunes ou les trop vieux, chez les partisans. Les Allemands reculent, c'est la débâcle. Par miracle le village est épargné, mais l'horrible angoisse devient certitude. Tous les hommes sont morts. Du front sont arrivés les avis officiels : « Mort pour la patrie »; du maquis, la terrible nouvelle : « Pas de survivant du village X... » Quand les femmes voient arriver un petit groupe de jeunes soldats soviétiques conduits par un capitaine de vingt-cinq ans, leur décision est prise. Après avoir nourri et abreuvé les hommes, elles préparent le bain de vapeur chauffé au bois. Chacune apporte du linge propre, des lits frais sont garnis de multiples coussins brodés, les soldats épuisés s'endorment, goûtant après de longs mois ce plaisir oublié. Dans une des isbas, la lampe reste allumée, la plus hardie des femmes parle avec le jeune capitaine :

– Ce que je vais vous demander va vous choquer. Essayez de nous comprendre. La guerre nous a pris tous nos hommes. Pour que la vie continue, il nous faut des enfants, donnez-nous la vie.

La vieille se tait, pudique. Après un silence, notre amie reprend :

– Dans l'isba d'à côté, le jeune conducteur de tracteur est asiatique comme son père, la postière, elle, ressemble à ses ancêtres arméniens, et la cuisinière de la coopérative est une vraie Sibérienne.

Je pleure doucement, ce récit me fait mesurer la tragédie subie par ce pays bien mieux que n'importe quelle propagande officielle.

Nous allons nous coucher dans la grange, le foin odorant nous sert de lit. A côté le cochon grogne, les poules dérangées protestent. Toute la nuit tu composes à haute voix, les strophes se bousculent, les images surgissent. Comme à tes débuts d'auteur-compositeur, n'ayant pas ta guitare, tu bats le rythme avec tes mains. De cette nuit mémorable naîtront la plupart des chansons de ton cycle sur la guerre.

Tu n'apprécies pas les histoires de guerre mais, comme pour chaque Soviétique, elles font partie de ta culture. Ce peuple que tu aimes profondément retrouve dans tes chansons les échos d'une tragédie qui n'a épargné aucune famille : vingt millions de morts, des millions d'invalides, d'orphelins, de veuves. Des villes, des villages par milliers, détruits, rayés de la carte.

Durant tes concerts, les vétérans couverts de médailles écoutent en pleurant, les jeunes sont pensifs et graves. Tes chansons font plus pour la paix et pour honorer la mémoire des morts que tous les films, documents, monuments et discours officiels mis bout à bout.

Né en 1938, tu n'y as pas participé. Ton seul haut fait a été de prévenir, criant dans un entonnoir de carton en guise de haut-parleur et d'une voix déjà tonnante malgré tes cinq ans, qu'une bombe incendiaire était tombée sur le toit de l'immeuble, et que les équipes de pompiers bénévoles devaient intervenir.

Un de tes souvenirs d'enfance est plus cocasse. Ta mère et toi avez été envoyés à l'arrière du front, car l'avance allemande devient menaçante pour Moscou. Vous habitez un gros bourg où l'on fabrique de l'alcool à partir du jus de betteraves, comme carburant pour les tanks, les avions. Les betteraves une fois pressées, leur pulpe sert à nourrir le bétail. Un jour, l'ouvrière qui tourne les manettes se trompe, l'alcool se déverse sans qu'elle s'en aperçoive dans la nourriture des animaux. Dès qu'ils l'ont mangée, tous deviennent ivres, et dans les rues du village, c'est une bacchanale cacophonique et irrésistiblement drôle : les vaches se courent après et s'encornent, les chevaux ruent et sautent la barrière des jardins, les cochons se roulent par terre les quatre pattes en l'air, les poules, les canards, les oies essaient de s'envoler. Femmes et enfants vont dans tous les sens, tentent en vain de retenir les bêtes déchaînées. Puis, à commencer par les plus petites, toutes une à une s'endorment. Et bientôt on dirait le domaine de *la Belle au bois dormant*. Partout, des chevaux, des vaches, des poules ronflent à qui mieux mieux.

Sur une photographie agrandie, on voit un bel enfant blond aux yeux gris, interrogatifs, le visage levé vers l'objectif. Près de lui, un gros chien-loup. C'est en Allemagne, dans une petite bourgade où se trouvent en garnison les troupes soviétiques d'occupation. Tu as sept ans. Ta mère, après t'avoir eu près d'elle tout au long de la guerre, décide de te confier à ton père, petit militaire de carrière, dont la vie a pris un relief inespéré dans cettte colonie restreinte. Sa nouvelle femme, Génia, une languide Arménienne, te voue d'emblée un profond amour. Elle n'aura jamais d'enfant. Malgré la douleur de l'enfant arraché à sa mère, tu comprends vite le parti que tu peux tirer de cette situation. Déguisé en lord anglais, mangeant de délicieuses douceurs préparées par ta belle-mère, tu apprends le code de vie du jeune Soviétique, à la puissance mille. En vase clos, une dizaine de familles d'officiers, sous haute surveillance réciproque, distillent l'hypocrisie autant que la vodka. Ton père joue les boute-en-train et les jolis cœurs dans le cercle provincial, ce qui bien des années plus tard lui permettra de se vanter d'être un ancien artiste, et donc de s'approprier tes dons comme découlant naturellement des siens... Tout ce qui serait permis à un petit Russe dans son pays t'est interdit, ou presque. Pas de copains de sport librement choisis, que des copains de caste et de privilèges... Pas de balade solitaire, un contrôle de chaque instant par peur des attentats, des bêtises d'enfants qui peuvent prendre des proportions de tragédie. Vous découvrez un jour un dépôt d'armes et faites sauter des cartouches, trois garçons perdent leurs mains, restent aveugles et défigurés. Tu échappes par miracle au carnage. Du coup tu ne sors plus, et ce que ta mère prenait pour un avantage devient en fait un handicap.

Tu subis encore plus fortement que les autres garçons et filles de cette génération les préceptes staliniens, mensonge, vantardise et arbitraire, tu stigmatiseras cela dans ta chanson sur le retour du prisonnier du goulag, *Bagnika Po Bielomou* (le bain de vapeur blanche). Imprégné de cette médiocrité ambiante et marqué par la situation historique – « Les vainqueurs ont toujours raison » – tu te retrouves amputé, non pas physiquement comme tes petits camarades, mais intellectuellement. Tes fantasmes poétiques, sexuels, et déjà contestataires, sont enfouis sous des couches de « bonnes actions », de sorties endimanchées où la petite famille promène ses médailles, son fils, ses uniques bas de soie, et n'attend que le dîner pour s'empiffrer sans chercher à parler à l'enfant anxieux qui va se coucher et rêve. Par chance il y a la tendre belle-mère, la bien-nommée, car d'une beauté exceptionnelle, qui adoucit cette période par sa tolérance et ce qui lui reste de la culture millénaire de l'Arménie, sa terre natale.

C'est pour elle, et pour elle uniquement, que durant les années de notre vie commune, je t'ai obligé, le mot n'est pas trop fort, à voir régulièrement ton père. Pendant tout ce temps, je t'ai tiré par la manche, j'ai pris rendez-vous, je t'ai conduit à des dîners épuisants et sans le moindre intérêt.

Pour toi, je supportais la vantardise grossière, l'étalage pitoyable des trésors, briquets, cendriers et saladiers de tous genres. Tu ne pouvais parler, et j'assumais la conversation. Je subissais les embrassades mouillées du vieil ivrogne. Je n'ai compris que bien plus tard : à cause de tout cela, père, mère, système, exil déjà, tu t'étais mis dès l'âge de treize ans à te cuiter à mort.

CELA commence par des récits, des blagues, tu reviens avec complaisance sur les détails cocasses, et Dieu sait s'il y en a, tout le monde rit car ton art de comédien est si grand que la moindre histoire devient un numéro comique. Les premières fois, je ris aussi, j'en redemande même, j'aime te voir l'œil frisant, les joues roses, j'aime t'entendre imitant les personnes rencontrées aux quatre coins du pays, j'aime l'excitation qui anime ton visage. Très vite, après, commence une période de grande attention pour tes invités, tu me commandes des dîners pantagruéliques, tu appelles plein de copains, tu veux voir beaucoup de monde à la maison, et tout au long de la soirée tu t'affaires, bouteille à la main, tu sers tes convives, tu les soûles littéralement. Tes yeux brillent lorsque la vodka coule dans les verres, et tu regardes celui qui boit avec une intensité presque douloureuse. Quelque temps après, tu te mets à humer, l'air gourmand, les verres que tu sers. Puis vient le moment où tu y trempes tes lèvres, juste pour sentir le goût, dis-tu. Nous savons tous les deux que le prologue est terminé.

La tragédie commence. Après un jour ou deux de légère ivresse, pendant lesquels tu veux à tout prix me convaincre que tu peux boire comme tout le monde, qu'un verre ou deux ne portent pas à conséquence, que désormais tu as surmonté le problème, que tu n'es pas un malade, la maison se vide : plus d'invités, plus de fête, et bientôt tu disparais à ton tour.

Au début de notre vie commune, je me suis laissé prendre plus d'une fois à cette comédie. Et toujours la même question revenait :

– Puisque tu sens, puisque je vois, que l'escalade a commencé, puisque tu n'as pas encore fait le geste fatidique, pourquoi ne pas arrêter alors qu'il est encore temps ?

La réponse sera formulée clairement des années plus tard :

– Parce que je suis déjà ivre dans ma tête bien avant de boire, parce que cela ressemble à une crise qui couve quelques jours, puis éclate, incontrôlable, balayant tout. Parce que, en vérité je suis malade. Cela commence généralement lorsque tu quittes Moscou, Marina, surtout quand tu pars travailler pour longtemps.

De fait, nous récapitulons mes retours en catastrophe, presque toujours au beau milieu d'un film, d'une tournée ou d'une période où je dois m'occuper de mes enfants.

Dès que tu disparais, que je sois à Moscou ou à l'étranger, la chasse commence. Je te suis à la trace. Si tu ne quittes pas la ville, je te retrouve en quelques heures. Je connais toutes les pistes qui mènent vers toi. Nos amis m'aident, car ils savent que le temps est notre ennemi, il faut faire vite. Si, par malheur, je n'arrive que quelques jours plus tard et que tu as eu le temps de t'embarquer sur un avion ou sur un bateau, cela devient beaucoup plus difficile. Quelquefois tu reviens de toi-même, comme c'est arrivé une nuit de printemps.

Je suis seule dans l'appartement loué en banlieue, le redoux a commencé, les terrains vagues qui entourent les immeubles en construction sont devenus de véritables bourbiers. Pour sortir, on doit marcher sur des planches posées comme des ponts sur les flaques visqueuses. Je ne dors pas et quand j'entends la sonnette de l'entrée, je cours ouvrir la porte.

Devant moi, une sorte de bonhomme de terre tend les bras. Des pieds à la tête, une croûte épaisse de glaise brune dégouline doucement sur la moquette, seuls les yeux gris clair font tache dans le masque gluant. Puis le visage s'anime, tu te mets à rire comme un fou, ravi de m'avoir fait peur, et tu m'expliques que voulant rentrer à la maison hier soir, tu as glissé dans un trou profond, que malgré des efforts surhumains tu n'as pas réussi à en sortir et que, sans l'aide d'un passant, tu serais mort de froid, noyé dans la gadoue. Cela te rend si joyeux d'être là bien vivant, et en plus dessoûlé grâce à ces quelques heures de gymnastique forcée, que je me mets à rire à mon tour, tout en te lavant au jet dans la baignoire.

Mais généralement, je ne te retrouve que bien plus tard, quand ton état inquiète enfin tes compagnons de beuverie. Au début, ils sont si fiers d'être avec toi, de t'entendre chanter, les filles sont si flattées de ton attention, que tes désirs sont des ordres : quels que soient leur profession, leur âge, leurs moyens, ils t'offrent à boire, ils te suivent. Certains partent avec toi, pour des destinations inconnues, tu les entraînes dans ton sillage de fête, de folie et de bruit. Mais vient toujours le moment où, enfin fatigués, dégrisés, ils se rendent compte que la bordée tourne au cauchemar. Car tu deviens incontrôlable, ta force décuplée par l'alcool fait peur, et tes hurlements ne sont plus désormais que des râles. On me prévient et, accompagnée de bons copains, presque toujours les mêmes, je vais te récupérer.

Une fois, la fille qui t'accompagne décide de t'amener dans un hôpital de la périphérie où son frère est aide-soignant. Nous ne te retrouvons, nos amis médecins et moi, qu'au bout de cinq jours, alors que tu fais un œdème du cerveau. Nous avons toutes les peines du monde à te faire transférer dans ton hôpital habituel, car tes nouveaux amis ne veulent pas te lâcher, et administrativement c'est interdit. Il faut faire intervenir le médecin-chef. Encore une fois, tu frôles la mort et tu n'es sauvé que par la compétence de Vera, de Vadim, d'Igoriok et de leur équipe.

D'autres fois l'appel vient d'une autre ville, des confins de la Sibérie, ou d'un port où le bateau sur lequel tu as embarqué fait escale. Si, bien qu'étrangère je peux y aller, j'accours. Sinon, j'attends que les copains te ramènent. Alors commence la partie la plus héroïque de l'épopée. Je m'enferme avec toi pour le sevrage. Deux jours de hurlements, de gémissements, de supplications, de menaces, deux jours de piétinements, de sursauts, de chutes, deux jours de crampes, de vomissements, de migraines fulgurantes. J'ai tout vidé, mais si par malheur il reste un fond d'alcool à 90° ou de parfum, c'est la course pour arriver à le jeter avant que tu ne l'avales. Peu à peu tu te calmes, tu t'endors par à-coups, je te veille, souvent je te réveille car tu fais de terribles cauchemars. Enfin tu t'assoupis, et je peux à mon tour dormir quelques heures. J'en ai besoin car, dès ton réveil, s'annonce la seconde phase, peut-être la pire. Tu appelles cela la gueule de bois morale. Tu ne souffres plus physiquement, mais la conscience revenue, tu fais le bilan. Il est souvent terrible. Spectacles annulés, courroux de Lioubimov, argent gaspillé, vêtements perdus ou donnés, corps couvert de plaies et de bosses, un coup de couteau que tu t'es donné une fois en plein ventre a frôlé le foie, appartement saccagé, copains blessés au cours d'accidents de voiture à répétition, mon travail interrompu, mon angoisse, et tous ces mots que tu sais m'avoir dit et dont, même si nous n'en parlons jamais, tu mesures l'obscénité.

Il me faut donc te rassurer et, passant sur ma colère, te pardonner. Car tu as honte, et tant que je ne t'ai pas pris dans mes bras et bercé comme un enfant, tu es inconsolable.

Deux fois seulement je n'ai pas eu cette force. La première, au début de notre mariage, quand dans ton délire tu me parlais en m'appelant du nom d'une de tes anciennes maîtresses. La seconde, lorsque ayant aperçu mon eau de toilette dans la boîte à maquillage que j'avais oublié de vider, tu m'as poussée dans le couloir, t'es enfermé dans la salle de bain pour avaler tout le flacon. Hors de moi, j'ai ouvert grand la porte et je t'ai envoyé au diable. Chaque fois, effectivement, tu as passé six mois en enfer, et moi aussi.

Le jeune homme qui nous accueille à l'entrée est en nage. Nous aussi d'ailleurs. Comme tous les bâtiments administratifs de Moscou, le palais des mariages est surchauffé. Nous sommes tous deux en col roulé, toi bleu ciel, moi beige. Nous avons déjà enlevé nos manteaux, nos écharpes et chapkas, pour un peu nous nous mettrions torse nu. Mais le ton solennel de l'officier d'état civil qui nous accompagne le long des couloirs compliqués, nous rappelle à l'ordre : pas de bêtise. Pourtant tout a pris un tour comique, nous savons depuis quelques jours la date et l'heure de la cérémonie. Nous sommes un peu surpris de la rapidité avec laquelle on nous a autorisés à nous marier. Nos témoins, Max et Seva, également très émus, ont dû se libérer de leur boulot en toute hâte, dès l'aube j'ai commencé à préparer un repas de noce, mais tout brûle sur le petit réchaud, en effet, nous campons pour quelques semaines dans un minuscule studio prêté par une amie chanteuse qui est en tournée. J'essaie de déplacer les meubles vers les murs pour avoir un peu plus de place, mais d'une manière ou d'une autre on ne peut s'asseoir ni se mouvoir à plus de quatre ou six dans cet espace réduit.

Tu as, à force de persuasion, réussi à faire

accepter à la grosse dame qui doit nous marier de le faire non pas dans la grande salle, avec fleurs, musique, photographe, etc., mais dans son bureau. Ce qui l'a décidée, c'est un argument auquel ni toi ni moi n'aurions pensé. Ce n'est pas notre notoriété ni le fait que je sois étrangère, ni notre désir de nous marier dans l'intimité et modestement. Non, ce qui a prévalu, c'est l'indécence de la situation : nous en sommes à notre troisième mariage et, surtout, nous avons cinq enfants à nous deux! Sacro-saint puritanisme, tu nous sauves de la marche nuptiale! Pas de cérémonie, donc pas de vêtements d'apparat. Finalement, nous gardons ce que nous avons sur le dos depuis le matin.

Tu es parti tôt, car tu as tenu à me faire une surprise. Il t'a fallu pour cela convaincre Lioubimov d'annuler quelques-unes de tes représentations au théâtre. Tu reviens l'air réjoui et, tapotant ta poche, tu me chuchotes : « C'est fait! » Le chauffeur du taxi qui nous conduit au Palais nous présente tous ses vœux, ses yeux brillent, il n'arrête pas de se tourner vers nous pour nous dire encore la joie qu'il ressent, que c'est le plus beau jour de sa vie, enfin de la nôtre, évidemment. Ce faisant, il accroche presque la voiture qui nous croise, je sens que cela va être le *dernier* jour de notre vie, je hurle, l'embardée nous sauve, nos têtes heurtent le toit de la voiture, et nous nous engouffrons à moitié « groggy » dans les couloirs, derrière le jeune homme officiel en tenue sombre qui nous attendait sur le perron. Pour celui-là aussi c'est le plus beau jour de sa vie, il bégaie, s'essuie le front avec sa pochette mauve, répète dix fois : « Vous ne pouvez pas savoir. » D'ailleurs nous ne saurons jamais. Et, après une promenade dans des sous-sols pleins de tuyaux et d'odeurs bizarres, nous arrivons devant ce que nous croyons être la porte du fameux bureau. Là nous attendent Max et Seva, eux aussi un peu perplexes. On s'embrasse. Max, journaliste accrédité, a pu entrer facilement; quant à Seva, seul son sens inné de la débrouillardise lui a permis de nous retrouver dans ce labyrinthe. Comme chaque fois que l'on ne suit pas le protocole à la lettre, tout se décale et devient absurde. Nous nous retrouvons devant une porte close. Au loin, les sons atténués d'une marche nuptiale à jet continu, de rires et d'applaudissements, puis du fatidique « Ne bougeons plus » nous permettent de compter plus de six mariages.

La porte s'ouvre, un huissier blême et empesé nous fait signe. Pour lui, ce n'est pas le plus beau jour de sa vie, ce n'est qu'un jour comme les autres, la routine, il n'est même pas étonné d'avoir à conduire quatre énergumènes hilares dans ces couloirs couverts d'or et de tapis rouges, il ne te reconnaît pas, ni moi ni personne, il est perdu dans son univers de mariages à la chaîne.

Enfin, nous nous asseyons devant le bureau de la dame en nage, dans deux fauteuils que nous partageons à quatre. Sur la photo que prend Max, nous avons l'air de deux étudiants sérieux en train d'écouter un cours magistral, sauf que tu es assis sur le bras du fauteuil et que nos mines semblent par trop hypocrites. On nous marie en douce, mais pas en douceur.

– Six mariages, cinq enfants, que des garçons en plus *(sic)*, qu'avez-vous fait de votre vie? Etes-vous sûrs de vous, ne pensez-vous pas que l'on doive se marier sérieusement? Je souhaite que cette fois vous ayez bien réfléchi...

Je suis tiraillée entre le rire et les larmes, mais du coin de l'œil je vois que ta colère monte, que tu es presque en rage... Vite je signe, en quelques secondes c'est fait. Tu tiens le certificat de mariage comme un billet pour le théâtre, la main tendue au-dessus de la foule. Nous sortons parmi les mariées en tulle blanc et au son de l'increvable marche. Nous sommes mariés, tu es rassuré, tu m'attrapes par la taille, pas de fête, pas le temps, nous embarquons pour Odessa, dans quelques heures nous serons à bord du *Grouzia* : la surprise c'était cela. Un vrai voyage de noces, sur un vrai bateau. Sans marche nuptiale.

DESCENDRE le fameux escalier me noue déjà la gorge, à nos pieds s'étend le port d'Odessa. Nous sentons l'odeur propre à ce lieu, mélange de mazout, de marée fraîche et de peinture. Les bruits aussi montent à nos oreilles, même les yeux fermés nous savons que nous avons devant nous un grand port, nos cœurs s'affolent car nous allons partir en mer, nos mains nouées sont moites, c'est notre premier voyage ensemble, et même si nous ne quittons pas la mer Noire, c'est une goulée de liberté pour toi. Et puis, tu aimes les marins et ils te le rendent bien. Où que tu sois, les capitaines t'accueillent, te logent dans la meilleure cabine, t'invitent à terre où ils t'offrent des fêtes. Tu les as tant chantés, tu as si bien raconté leurs joies mais aussi leurs tragédies. Beaucoup pensent que tu as été marin, d'ailleurs il te faudrait avoir vécu cinquante vies pour ne pas faire mentir ceux qui jurent que tu as été en mer avec eux, dans le même avion de chasse, ou dans les camps du goulag, dans la même cordée d'alpinistes... Tous te sentent proche, l'un des leurs, *Sien* comme on dit en russe.

Celui qui nous accueille au pied de la passerelle, Tolia Garagoulia, trogne burinée, sourire désarmant, règne sur un équipage mixte; les hommes l'admirent, les femmes en sont toutes un peu amoureuses, le bateau qu'il commande est une pure merveille. Prise de guerre, il a été restauré sous Staline. Les cabines et salons sont d'un luxe inhabituel en U.R.S.S. Le *Grouzia*, c'est-à-dire Géorgie, la patrie de Staline, est entièrement décoré de cuivre frappé, de tapis, de sculptures et peintures venant de cette République. Malgré les péripéties de ces années agitées, ce navire allemand du début du siècle a gardé ses belles boiseries, ses conques de cuivre poli qui servent à la ventilation, et surtout sa cabine impériale : un véritable appartement tendu de velours bleu de roi, où chaque couchette peut abriter au moins trois personnes, dont le grand miroir central renvoie la lumière à l'infini dans les glaces de la salle de bain équipée d'une baignoire anglaise aux robinets de cuivre et de porcelaine, de doubles lavabos et de commodités à part.

Nous découvrons notre domaine avec délices, orné de fruits de toutes sortes, d'une bouteille de vin géorgien, de gâteaux. Tolia a bien fait les choses : fait rare et précieux, la cabine est remplie de fleurs. Nous ne savons par où commencer, et comme tous les imbéciles heureux nous nous exclamons sur chaque détail. On dirait que je n'ai jamais vu de palace, que je n'ai jamais connu ce luxe, mais je ne joue pas la comédie, je suis émue de voir tes réactions, la manière dont tu caresses le dessus-de-lit de velours et ouvres les armoires aux tiroirs sertis de petites poignées de cuivre, ces regards qui quêtent mon approbation, et ton rire quand tu me vois aussi éblouie.

Puis nous visitons le bateau. Ce qui nous frappe le plus, c'est la salle des machines. Les hommes nous tendent l'avant-bras à serrer, tout en se balançant d'un pied sur l'autre comme de grands ours timides, essuyant leurs mains crevassées, marbrées d'huile noire, à un chiffon gras. Les machines, elles, sont luisantes de propreté. Les pistons surgissent dans un mouvement puissant, tu rugis de plaisir et, sur le rythme des moteurs, tu improvises un texte à la gloire de ce bateau qui a l'honneur de porter dans son flanc un tel équipage, mais surtout la femme aimée, ta femme légitime... Les hommes applaudissent, nous grimpons dans l'escalier vertical, nous sommes sur le pont, l'air frais nous cingle, Tolia nous entraîne dans sa salle à manger privée. Après un festin dont les marins ont le secret, saumon cru, caviar naturel, seulement pressé de sa poche et légèrement parsemé de sel fin, crabe géant de plus d'un mètre cinquante d'envergure dont la chair succulente fond dans la bouche, repus, nous nous allongeons sur le pont pour respirer et reprendre notre souffle. Nous sourions à la nuit, le ronron des moteurs nous berce, demain nous serons à Soukhoumi, ta main cherche la mienne.

Dès l'aube, le capitaine nous fait goûter sur le quai des *tchibouriki*, sorte de pizza à l'œuf, arrosées de café turc chauffé dans le sable brûlant, puis nous entraîne chez un riche ami à lui, entrepreneur d'Etat, qui s'est fait construire aux heures perdues et aux frais de la communauté une grosse maison qui domine la ville. Dès qu'il a compris qui nous étions, la table se couvre de victuailles, de bouteilles, et un voisin apporte des *chachliks* fumants. Le gros propriétaire nous dit avec un large sourire : « Je suis géorgien », puis avec une grimace de dégoût : « Il est arménien. Vous voyez que l'on s'entend bien ! » Et, donnant une large claque dans le dos grêle de l'Arménien : « Oui, on s'entend bien, c'est toujours lui qui me fait griller la viande. » Pauvre sourire du voisin exploité...

Je quitte sans regret cet hôte bruyant, et nous redescendons bras dessus, bras dessous vers le port. De loin, le bateau est encore plus beau. Tolia s'arrête un instant, ses bons yeux se voilent, il nous prend par les épaules et, la gorge serrée, nous dit :

– Regardez-le bien ! Je ne vous ai rien dit hier soir, mais mon beau bateau, ma belle *Grouzia* fait son dernier voyage. C'est un honneur pour nous de vous avoir eus à bord pour cette dernière croisière. Dès notre retour à Odessa, c'est le laminoir. Le pur acier dont elle est faite va servir à faire des millions de lames de rasoir !

Nous sommes atterrés pour notre ami, mais aussi pour la vieille *Grouzia* dont nous sommes tombés amoureux comme lui. Nous cheminons en silence. Arrivés à la passerelle, le capitaine nous lance :

– Ça ne fait rien, l'année prochaine nous aurons la nouvelle *Grouzia* et (visiblement sans y croire) elle sera encore plus belle !

Nous n'avons jamais plus retrouvé le bonheur de ce premier voyage. Nous sommes allés sur toutes les mers, nous avons été accueillis comme des rois par des capitaines généreux, chaleureux, mais jamais, même sur la nouvelle *Grouzia*, nous n'avons ressenti cette harmonie. Ce premier voyage était aussi notre voyage de noces...

Notre mariage qui a été expédié en une demi-heure à Moscou, nous le fêtons dans l'antique Tbilissi, capitale de la Géorgie, chez un ami sculpteur qui nous offre une vraie noce à l'ancienne. Les femmes, en noir, s'affairent dans la grande salle où est disposée la table du banquet. Tout ce que la cuisine géorgienne compte de mets fins est apporté dans de longs plats d'argent, les herbes odorantes sont posées en bouquet, l'ail mariné, les *lobio*, haricots noirs parfumés, les *satsivi*, poulet aux noix, les *chachliks* grillés dans la cour, tout cela embaume la maison. Nous sommes assis en bout de table, tous les deux en blanc, nous nous tenons par la main. La compagnie est exclusivement masculine. Les femmes servent et restent à l'écart, mains croisées sur le ventre, leur beau visage sombre adouci par un sourire. Le Tamada, maître de cérémonie, porte le premier toast.

— Que votre cercueil soit assemblé de planches sciées dans le chêne que nous plantons aujourd'hui, jour de vos noces.

A chacun, on verse le vin dans une petite corne de vachette, les verres de cristal ancien ne sont là que pour l'eau fraîche. La petite corne contient un quart de litre de vin et comme on ne peut la poser debout, il faut la vider. Je m'exécute, toi tu y trempes tes lèvres et d'un geste qui se répétera tout au long des quelques heures que durera le repas, tu passes la corne à un solide garçon qui se tient derrière toi, il la vide puis la dépose sur un plateau tendu par une femme âgée qui fait le tour des convives. Puis le deuxième toast :

— Que vos arrière-petits-enfants ne trouvent pas une place, même au marché noir, pour venir vous applaudir au théâtre !

On apporte des cornes un peu plus grandes, j'essaie de tout boire, mais je cale, et à mon tour je passe le vin au jeune homme qui est debout derrière moi. Tous boivent et de nouveau déposent les cornes vides sur le plateau. La tradition veut que tout soit bu, et que nul ne sorte de table. La nourriture est riche, les toasts nombreux, chacun des trente convives y va du sien. Tu découvres avec une pointe d'envie que des gens peuvent boire tant et plus sans perdre leur dignité. Nous calculerons que chacun a absorbé une dizaine de litres de vin. Nos deux anges gardiens, debout et ne mangeant pas, provoquent ton étonnement et ton admiration. Quand, vers la fin, d'un geste maladroit tu fais s'écrouler l'extrémité de la table à rallonges, et que toute la vaisselle précieuse tombe et se fracasse, nous sommes horrifiés. En réponse à nos excuses gênées, le maître de maison, à son tour, fait d'un large geste de la main se renverser tout ce qu'il a devant lui. Puis, grand seigneur, il fait dresser à nouveau plats, verres, carafes; des cuisines arrivent d'autres viandes, gibiers, gâteaux. Les derniers débris sont vivement nettoyés par les femmes silencieuses et habiles. Le Tamada dit :

– Tant mieux, on recommence depuis le début.

Maintenant, l'atmosphère est sauvage, un homme se lève et, tenant à bout de bras une corne dont la double courbe est recouverte d'argent ciselé et contient près d'un litre de vin, demande d'une voix grave, en détachant chaque syllabe :

– Allons-nous oublier de boire à notre grand Staline ?

Tous, nous restons pétrifiés. L'intelligentsia géorgienne a terriblement souffert sous Staline et, si le petit peuple lui voue une admiration nostalgique, nous savons que notre hôte le tient, comme nous-mêmes, pour un vulgaire criminel.

Je te prends la main sous la table et te supplie à voix basse de ne pas faire de scandale. Tu es blême, et tes yeux devenus presque transparents fixent l'homme avec fureur. Notre ami, d'un geste courtois, prend la corne des mains de l'invité, la vide lentement, puis, dans le silence qui s'épaissit, jette quelques notes immédiatement reprises par tous. Le chœur éclate, viril, puissant; c'est par leur chant, polyphonie subtile et rare, que ces hommes répondent à l'évocation des années damnées : les voix qui s'entremêlent en une architecture sonore et hardie affirment leur mépris pour le tyran; l'harmonie de leur rythme démontre celle de leurs pensées. Puis la politesse du cœur qui apaise le trouble de l'esprit nous permet de reprendre la fête ; elle dure encore quand le coq se met à chanter dans la cour de cette belle demeure.

Le plus étonnant cadeau, nous le recevons en ouvrant la porte de notre chambre. Le sol est totalement recouvert de fruits divers de toutes couleurs. Un mot est épinglé sur un châle ancien, somptueux, qui drape le miroir de la coiffeuse : Serge Paradjanov, notre ami cinéaste, a imaginé cette mise en scène surréaliste. Essayant de ne pas trop écraser le tapis de fruits, nous nous écroulons épuisés, et je m'endors enroulée dans l'étoffe soyeuse.

Un matin, alors que nous nous promenons dans Tbilissi, notre guide nous montre une grande maison aux fenêtres hautes. C'est là, dit-il, qu'habite le peintre géorgien Lado Goudiachvili, ami de Modigliani, de Matisse, des Delaunay, il a vécu dans les années 20 à Paris. Je te dis que mon père, dénommé Vladimir-le-généreux, a sûrement rencontré cet homme ; faisant partie du même cercle d'artistes, travaillant chez Bourdelle, il le connaissait certainement. Tu me proposes d'aller sonner, nous le faisons immédiatement. La porte s'ouvre, une très vieille dame nous demande ce que nous voulons. Je le lui explique, elle nous dit d'attendre, puis revient quelques minutes plus tard et nous demande de repasser le soir après dix-neuf heures, « le Maître vous recevra ».

A l'heure dite, la même vieille dame nous fait entrer dans une salle haute de plafond, dont les murs sont couverts de tableaux. Au centre, une longue table est recouverte de mets, de vins, de gâteaux, de fleurs, et semble préparée pour un grand banquet. Au fond de la salle, une porte s'ouvre, et nous voyons un homme au très beau visage, les cheveux blancs, les yeux brillants et vifs, s'avancer vers nous les bras ouverts.

– Je ne mourrai pas sans avoir embrassé la fille de Vladimir. Grâce à Dieu vous êtes venue.

Il me serre sur sa poitrine avec une vigueur juvénile. Puis il nous invite à nous asseoir près de lui et fait apporter deux photos encore humides qu'il vient de faire tirer spécialement pour moi. De son doigt tremblant il me montre au premier plan deux jeunes hommes; ils se tiennent par l'épaule, sourient à l'objectif. Je reconnais mon père et, derrière eux, des visages connus. Tous rient, on sent une atmosphère de fête. Lado Goudiachvili se met à raconter longuement, tu écoutes, fasciné, le récit nostalgique, les bals costumés, les virées dans les ateliers, les amis démunis, Modigliani, Soutine, le foisonnement d'étrangers vivant tous dans ce périmètre où le centre était le Dôme et la Coupole. Selon la tradition géorgienne, le festin se poursuit jusque tard dans la nuit, la vieille servante debout derrière nous remplit verres et assiettes. La grande salle est sombre maintenant, on apporte des lampes dont la lumière fait briller nos yeux, tu parles du *Hamlet* que tu prépares, de la traduction de Pasternak. Lado nous prend par la main, nous mène vers un petit salon : sur le piano, une grande photo du poète dans un cadre d'argent massif, partout ses lettres autographes, ses livres, ses poèmes et, dans une vitrine, un verre à demi plein de cognac recouvert d'une soucoupe.

– C'est le dernier verre qu'a bu Pasternak. Nous le conservons et le remplissons à sa mémoire depuis sa mort.

Le peintre nous raccompagne, m'embrasse de nouveau, longuement, je suis triste, je sais que je ne le reverrai jamais plus. Je le quitte en serrant contre moi les photos où, jeunes et beaux, mon père et lui, enlacés, riaient à la vie.

Esperal : ces trois syllabes, je te les dis un matin où, assise à ton chevet, je tente de t'expliquer qu'en France lâcher un travail sans autre raison que celle d'un mari qui prend une cuite, est impossible. Je l'ai encore fait, je vais payer un dédit qui dépassera mon cachet pour ce film, mais je ne peux plus me le permettre. Tu ne sembles pas comprendre. Il est vrai qu'en U.R.S.S., la tolérance pour les ivrognes est générale. Comme chacun peut se retrouver un jour par terre, inconscient dans la boue gelée, tous donnent un coup de main au pochard. On l'adosse dans une entrée chauffée, on ferme les yeux sur son absence au bureau ou à l'usine, on lui donne quelques kopecks pour qu'il se remette avec de la bière glacée, éventuellement on le ramène chez lui comme un paquet. C'est la fraternité dans la cuite. Comment te faire comprendre la différence? Le goût du vin, le plaisir de l'ivresse qui accompagne un bon repas entre amis, les petits excès quotidiens de l'alcoolique mondain, cela est si loin du gouffre où tu plonges, de l'anéantissement que tu recherches, de cette petite mort dont tu ressors brisé, encore plus fragile. Quelque six ou sept bouteilles de vodka par jour te raient de la vie. Ici à Moscou on sait ce que c'est, pas à Paris. Il se trouve que je tourne avec un acteur étranger, J.L.V., qui, me voyant bouleversée, comprenant à demi-mot mon angoisse, me raconte qu'il a eu lui-même à affronter ce terrible problème. Il ne boit plus depuis plusieurs années grâce à un implant qu'il se fait placer sous la peau. Naturellement, cela doit être décidé par toi-même. C'est une sorte de garde-fou. Camisole chimique qui arrête le geste vers la bouteille, pacte terrible avec la mort. Si par malheur on boit, l'apoplexie vous étouffe.

J'ai dans mon sac un petit tube stérile. Il contient la dose nécessaire pour l'implant. Patiemment, je t'explique. Dans ton visage difforme, seuls tes yeux me sont familiers. Tu es incrédule, rien ne peut à ton avis arrêter cette destruction qui a commencé dès ton adolescence. Je me bats avec la force de l'amour que je te porte. Tout est possible, il suffit de vouloir, et quitte à mourir, autant essayer ce pari impossible. Déjà une fois tu es revenu du néant, mon désespoir a effrayé les ambulanciers, on t'a réanimé, tu as repris pied. Quelque mois ont passé, tu es là, mal en point, mais encore vivant. Je te supplie d'essayer. Tu acceptes.

Ce premier implant, pratiqué sur la table de la cuisine par un copain chirurgien auquel j'indique la manière de procéder, est le premier d'une longue série. *Esperal.* Il y a dans ce mot l'illusion de l'espoir. Un interdit ne résout pas les problèmes fondamentaux, ce n'est qu'une béquille. Mais, grâce à elle, tu voles quelques années de vie à la fatalité dont tu te sens menacé. En dix ans, de 1970 à 1980, tu réussis à mettre entre parenthèses plus de six années arrachées par ta volonté à cette malédiction. Quelquefois, ce répit est raccourci par des crises d'automutilation où, pour extirper l'implant, tu n'hésites pas à ouvrir au couteau ta chair vive. D'autres fois, après avoir demandé que l'implant soit inaccessible, sur le bas du dos, tu le fais retirer quelques jours plus tard par un chirurgien. Tu as toujours la liberté de refuser cette contrainte, mais la répétition des rechutes te fait revenir chaque fois à cette solution.

Les périodes d'accalmie passent d'un an et demi pour la première à quelques semaines pour le dernier implant. Tu n'y crois plus, pire, tu commences à te leurrer toi-même. Quelques jours après l'implant, tu essaies de boire par petites doses, la réaction est faible, mais tu augmentes et, voyant ton état, le médecin décide d'extraire le médicament. Après, c'est la chute libre jusqu'à l'hospitalisation en catastrophe. Réanimation, sevrage, angoisse et désespoir : le cycle infernal se reproduit, de plus en plus fréquent.

PENDANT dix ans, nous avons eu un ange gardien, Lucie, petite voix flûtée sur laquelle je n'ai mis un visage que bien des années plus tard. Tout a commencé lors de notre première séparation. J'avais bouclé mes valises et quitté Moscou après une longue et pénible période de ta folie éthylique. Ma patience à l'époque n'était pas à toute épreuve et, lassée, ne connaissant encore aucun moyen pour te faire cesser ce cirque, j'avais fui, ne laissant rien d'autre qu'un petit mot : « Ne me cherche pas. » C'était naïf de ma part. J'étais depuis peu ta femme légitime, et ce papier officiel te donnait le droit, pensais-tu, de me faire subir toutes tes excentricités.

Je me suis jetée dans le travail, le seul dérivatif que je connaisse. Etant à Rome depuis quelques semaines, un matin, chez le coiffeur, on m'appelle au téléphone de l'étranger, je m'affole, je pense à mes enfants, quelque chose de grave a dû arriver : « Ici Moscou, on vous demande de la part de V. Vissotsky. » Je n'ai que le temps de dire : « Allô. » J'entends ta voix :

– Enfin, enfin je t'ai retrouvée, nous t'avons retrouvée, merci mes petites téléphonistes chéries, grâce à vous j'ai retrouvé ma femme, maintenant tout va bien, je vais t'expliquer, je vais tout t'expliquer, il faut que tu reviennes, tu es ma femme, toi seule peux m'aider, n'est-ce pas, mes chéries, j'ai raison, dites-lui que j'ai besoin d'elle, dites-le-lui !

Se superposant à ta voix, je perçois des petits rires gênés : « Allez, racontez-lui ce que vous avez fait pour la dénicher », et sans attendre le récit de la brave téléphoniste, tu te mets à me raconter toi-même :

– Nous avons appelé tous les hôtels de Rome, nous avons enfin eu une réponse positive mais tu n'étais pas là, « elle est chez le coiffeur », mais lequel ? Qu'à cela ne tienne, nous avons joint plusieurs coiffeurs, et enfin te voilà.

A ta voix, à ton excitation je comprends que tu es encore dans un état second, je te le dis, et avant que tu ne répondes, la petite voix intervient : « Ne vous inquiétez pas, cela fait plusieurs jours qu'il vous cherche, il ne boit plus, il est seulement très très heureux. » Voilà comment, par téléphoniste interposée, nous nous sommes réconciliés.

Nous lui devons beaucoup car, vivant séparés plusieurs mois par an, nous aurions dû attendre les lettres qui mettent des jours pour arriver, créant ainsi un dialogue de sourds, ou des heures pour une conversation téléphonique improbable. Cette femme simple a réussi à nous réunir, non seulement par le fil téléphonique, mais souvent en intervenant directement. Combien de fois, m'entendant hurler de rage, m'a-t-elle dit : « Calmez-vous, prenez un moment de réflexion, ce n'est pas grave, je vous rappelle dans une heure. » Combien de fois, faisant son métier de « contrôleur » préposé aux conversations internationales, a-t-elle interrompu ton flot de paroles incompréhensibles en disant : « Je coupe, nous rappellerons demain quand nous serons en meilleur état. » Combien de fois, alors qu'éperdue je te cherchais à l'extrémité de la Russie, je finissais par joindre notre bonne amie; elle me rassurait et, au bout de quelques minutes, je savais où tu étais, comment te trouver et te ramener à la maison. Mais, surtout, nous lui devons d'avoir eu tout au long de notre vie commune la possibilité de parler chaque jour ensemble, autant que nous le désirions, et où que j'aie été. Du fin fond de la Polynésie, de New York, d'Athènes, je savais que je pourrais te joindre. Elle a été le fil ténu qui nous a reliés pour le meilleur et pour le pire, jusqu'à notre dernière conversation. Son visage gonflé de pleurs, je ne l'ai vu qu'après, quand sa complicité ne pouvait plus rien pour nous aider à nous retrouver.

Lucie est immortalisée dans la chanson « 07 », l'indicatif des appels internationaux :

Cette nuit pour moi est hors la loi,
C'est au cœur de la nuit que naissent mes
                                           [chansons.
J'empoigne le cadran du téléphone
Et je fais le sempiternel zéro-sept.

Mademoiselle, bonjour, quel est votre nom?
                                             [Lucia.
Le soixante-douze, j'attends, je retiens mon
                                             [souffle.
Non, c'est impossible. J'en suis sûr, elle est là.
Ah! voilà, on répond : « Bonjour, c'est moi. »

Cette nuit pour moi est hors la loi.
Je ne dors pas, je crie. Plus vite...
Pourquoi me proposez-vous ce que j'aime
A crédit, par mensualités qui traînent...

Mademoiselle, écoutez, le soixante-douze.
Je ne peux attendre, ma montre est arrêtée.
(Au diable ces lignes.) Demain je m'envole.
Ah, voilà on répond : « Bonjour, c'est moi. »

Le téléphone pour moi est une icône,
Et l'annuaire un vrai triptyque,
La téléphoniste devenue madone
Abrège un instant l'espace infini.

Mademoiselle, ma douce, prolongez, je vous prie,
Vous êtes un ange, ne quittez pas votre autel,
Comprenez, comprenez, j'attends l'essentiel
Voilà, on a répondu : « Bonjour, c'est moi. »

Quoi ? la ligne encore est encombrée ?
Quoi ? encore le central blague avec le relais ?
Qu'importe ! Je fais le poireau. D'accord
Pour commencer chaque nuit par le zéro !

Zéro-sept, bonjour, c'est toujours moi...
Non, pas ce numéro. Je veux Magadan.
Vous comprenez, mon ami a dû repartir là-bas.
Et je voudrais bien savoir comment il va.

Cette nuit pour moi est hors la loi.
La nuit, je fuis le sommeil.
Si je m'endors je rêverai d'une madone
Semblable à certaine personne.

Mademoiselle, ma douce, encore moi. Lucia.
Je ne peux plus attendre, j'attendrai, je retiens
Mon souffle. Oui, c'est moi, bien sûr moi, je suis
                                    [chez moi.
En ligne ! C'est à vous ! « Bonjour, c'est moi. »

Un matin d'octobre 1971. J'attends avec mes sœurs dans le hall d'une clinique parisienne. Notre mère, que je chéris plus que tout au monde, est opérée d'un cancer du sein. Elle n'a pas voulu nous inquiéter, elle a laissé depuis des années s'installer le mal. Nous savons que notre sœur Odile est atteinte de la même maladie, nous sommes accablées. Les chirurgiens réservent leur pronostic. J'attends jusqu'au dernier moment; après l'opération, je vois passer ma mère inconsciente sur un chariot. Dans le taxi qui m'emmène, j'essaie de calmer mon cœur emballé, je me recoiffe, me poudre, je vais à une rencontre des présidents de l'association France-U.R.S.S., avec Leonid Brejnev. Ma discipline d'actrice me sert une fois de plus. J'arrive à l'ambassade d'U.R.S.S., apparemment apaisée, comme sortie d'une boîte, prête à affronter ce rendez-vous dont je pressens l'importance pour notre vie. Nous attendons dans un salon, tous un peu crispés, puis on nous fait entrer dans une salle où des chaises font face à un bureau. Leonid Brejnev entre à son tour, on nous fait signe de nous asseoir. Nous sommes une quinzaine, hommes et femmes de tous bords politiques, gaullistes, communistes, syndicalistes, diplomates, militaires, écrivains, tous gens de bonne volonté attachés à l'hypothétique compréhension entre nos deux pays.

Nous écoutons le discours traditionnel. Leonid Brejnev est détendu, il blague, tripote un porte-cigarettes dont il ne sort rien, nous dit qu'il ne doit plus fumer et fait longuement l'historique de l'amitié entre nos deux peuples. Roland Leroy me murmure : « Regarde comme il se tourne vers toi à chaque allusion aux raisons de cette amitié. » De fait, je remarque les regards entendus que Leonid Brejnev me porte. Je sais qu'il n'ignore rien de mon mariage avec toi. Lorsque, un peu plus tard, nous buvons une coupe de champagne, il s'approche de moi et m'explique que la vodka ce n'est pas pareil, qu'il faut en boire 50 g, puis 100 et puis, si l'on tient le coup, 150, et qu'alors on est bien. Je réponds que cela me paraît beaucoup. « Alors, il faut boire du thé », conclut-il, et je reçois en souvenir de cette rencontre un samovar électrique accompagné néanmoins de deux bouteilles de très bonne Starka, vodka de quinze ans d'âge, vieillie dans des fûts de chêne, odorante et ambrée.

Avant de partir, on nous photographie, le groupe des présidents entourant le numéro un soviétique. Cette photo a fait certainement plus que toutes nos démarches, toutes les amitiés anonymes, toutes mes compromissions réunies. Il m'a suffi de voir, dès mon retour à Moscou, la subite fierté de tes parents, sortant à tout bout de champ la coupure du journal où l'on me voit en gros plan à côté de Leonid Brejnev, pour en apprécier l'importance.

Mais ce soir-là, je retourne à la clinique, désespérée. Ma mère, mon amie, le seul axe fort de toute ma vie, entre en agonie. Je mesure l'absurdité de la comédie jouée pour sauvegarder un futur incertain face à l'inéluctable.

La mort de ma mère, me révélant ma propre fin, réduit à bien peu de chose la farce du quotidien.

Pourtant, il faut continuer à vivre. Je sais que tu m'attends, mes fils eux aussi ont besoin de moi. Désormais je suis pour vous tous le dernier maillon de la chaîne. Car ma mère, que tu as entrevue quelques minutes dans ma suite de l'hôtel Sovietskaia trois ans plus tôt, représente pour toi aussi une sécurité, une approbation, une chaleur dont tu as compris l'importance. Femme éclose à la révolution, elle a eu dix-huit ans en 1917. Elevée au Smolny, institution pour les jeunes filles nobles, elle a fait partie de celles qui, exaltées par les idées neuves, ont déployé des tissus rouges aux fenêtres. Mais ayant assisté à l'assassinat de leur directrice, à la mise à sac des boutiques de drapiers juifs dont les étoffes chatoyantes étaient déroulées dans les rues, elles ont fui dans un désordre indescriptible et, après une multitude d'épisodes tragiques, se sont retrouvées en exil.

Tu sais qu'elle t'aime, qu'elle a pour la première fois accepté un homme dans ma vie. Il faut dire que les autres empiétaient sur son territoire, notre maison. Comme tu ne peux sortir de ton pays, tu n'es pas encombrant, mais le plus important : ce sont tes textes, ta voix, ta musique, qui l'ont séduite. Elle bute quelquefois sur les expressions modernes, sur les mots en jargon, mais elle comprend tout, même l'incompréhensible pour une femme de sa génération. Elle me lit tes lettres quotidiennes car je n'ai pas encore appris à lire couramment le russe.

Quand je te dis au téléphone que nous devons décider de faire débrancher l'appareil qui la maintient artificiellement en vie, tu me réponds ce que j'attends. « S'il n'y a plus de vie possible, à quoi bon en maintenir le simulacre. » Nous sommes d'accord, une de mes sœurs et moi. Après de longues discussions, mes deux autres sœurs acceptent, et nous faisons nos adieux à ce corps tant aimé.

En sanglotant au téléphone tu essaies de me réconforter.

En ce mois de février 1972, toutes les solutions sont envisagées. Même celle de m'installer à Moscou avec mes enfants. Mais, très vite, nous butons sur des difficultés insurmontables : manque d'argent de part et d'autre, mon métier que je veux et dois continuer d'exercer, mes sœurs et mes amis tous affolés par cette solution, et surtout mes enfants qui, ravis de passer là-bas des vacances, ne souhaitent pourtant pas vivre définitivement loin de la France.

Ce n'est donc qu'après avoir déménagé de ma grande maison devenue inutile, mis mes enfants en pension, terminé le film dont le tournage se poursuivait pendant toutes ces semaines, que je reprends l'avion pour Moscou.

La mort de ma mère a changé brutalement le cours de nos vies à tous.

CURIEUSEMENT, c'est à Paris que j'ai fait la demande décisive concernant mes visas et mes permis de séjour à Moscou. M. Abrassimov, ambassadeur d'U.R.S.S. à Paris, m'accorde une audience. Je lui parle très brutalement de nos difficultés, les voyages touristiques coûtent cher en devises, je ne peux me faire inviter plusieurs fois par an (administrativement c'est impossible) et mon métier m'interdit de faire des projets à long terme. De plus, je trouve insensé d'être obligée de payer hôtel et pension alors que je vis chez toi, mon mari, et que, pour l'instant je suis la seule à pouvoir me déplacer. D'un geste de la main, l'ambassadeur arrête mon plaidoyer.

– Vous êtes très aimée en U.R.S.S., nous savons que vous êtes une amie et, de plus, nous faisons tout ce qui est possible pour faciliter la réunion des familles. Je suis personnellement un admirateur de longue date de votre talent, de votre engagement courageux pour la cause de la paix et de l'amitié entre nos deux pays. Au fait, que pensez-vous du film *L'Aveu*?

Je reste un moment interdite puis, prenant mon souffle, je dis :

– Le livre me paraît nécessaire et juste. Il faut dénoncer les crimes du stalinisme.

Un silence. Visiblement l'ambassadeur attend autre chose. J'avoue que je fais alors l'impasse sur mes opinions profondes. C'est toi que je choisis; les droits de l'homme de mon combat, ce sont les tiens, et je dis les mots attendus :

– Le film, en revanche, risque de faire passer une opinion excessive, du fait même que le cinéma impose une image, et, contrairement au livre, ne permet pas de réfléchir. On réfléchit pour vous, oui, cela peut être négatif.

L'ambassadeur sourit.

– Je ferai le nécessaire pour que vous ayez toutes facilités concernant visa et permis de séjour.

Je rougis violemment, d'autant plus que ce reniement n'est pas public, qu'il ne sert en fait qu'à montrer mon soi-disant désaccord avec Montand, Signoret et Costa-Gavras, qui sont des amis, afin de faire plaisir à M. Abrassimov qui leur en veut terriblement de leur prise de position.

Jusqu'à aujourd'hui, de l'admiration pour l'actrice, de l'estime pour la militante bien orthodoxe, de l'attitude familière de Brejnev l'année précédente au cours de la rencontre avec les présidents de France-U.R.S.S., sincèrement je ne sais ce qui a prévalu. Le fait est qu'à partir de ce jour, j'ai pu user et abuser de ce privilège. Plus de soixante-dix visas m'ont été accordés; souvent, quand il y avait urgence, le jour même de ma demande.

Pour ton visa de sortie, cela a été une autre affaire. Nous aurons attendu six ans avant d'avoir le courage de faire la demande fatidique. J'ai donné, il me semble, assez de preuves de ma loyauté : plusieurs amis soviétiques sont venus au cours de ces années à Maisons-Laffitte sur mon invitation, aucun n'en a profité pour rester en Occident ou faire des déclarations fracassantes, tous sont rentrés à temps, heureux de leur voyage qui était presque chaque fois le premier à l'étranger. Et puis, notre vie commune t'a stabilisé. Grâce à notre complicité et à mes interventions rapides, ta conduite est plus calme et tes cuites ne débordent pas le cadre communément admis en Russie.

Tu as de très longues périodes de sobriété absolue, tu travailles beaucoup et ta renommée officielle de tragédien de théâtre s'est enrichie d'une facette nouvelle : tu fais du cinéma, et le public adore tes rôles équivoques (et négatifs bien sûr, tu n'as pas le droit d'être un héros positif). Tu joues les méchants, mais si bien! Et puis je veux te montrer Paris, je veux que tu connaisses ma vie, mes amis, je veux que tu aies le droit de sortir, que tu voies le monde, que tu te sentes libre.

Nous avons parlé de longues nuits, dans le noir, nous avons imaginé tout ce que tu pourrais faire. Jamais tu n'as pensé à choisir de rester en France. Pour toi, il est vital de garder tes racines, ta langue, ton appartenance à ce pays que tu aimes passionnément, mais tu fais des projets fous. Je t'écoute divaguer, tu parles de concerts à travers le monde, de disques enfin composés librement, de voyages au bout de la planète. Comme souvent, tes délires sont divinatoires : tout aura lieu, mais plus tard.

Pour l'instant, il faut obtenir un simple visa aller et retour pour la France, en tant qu'époux d'une Française, et pour y passer un mois de vacances. Voilà la teneur de notre demande, enfin déposée à l'O.V.I.R.

Les semaines qui suivent sont une torture constante. Nous avons joué la carte la plus hasardeuse. Si nous perdons, pour toi, ce sera à vie l'impossibilité de vivre tes rêves. Le jeu est serré, nous savons que la décision va être très discutée, et à un très haut niveau. Les jours passent, nous supputons nos chances. Quelquefois tu es désespéré, certain que cela ne peut marcher, d'autres fois tu prends ce long silence pour un bon signe. S' « ils » n'ont pas encore décidé, c'est qu'il y a des gens qui te défendent, qui plaident pour toi, ils vont gagner. J'ai dans la tête un dernier recours, mais je n'en dis mot, bien que je commence moi-même à avoir de sérieux doutes. La date de tes vacances approche, « ils » peuvent faire traîner jusqu'au moment où il sera impossible pour toi de quitter ton théâtre. C'est un truc souvent utilisé par l'administration, quelle qu'elle soit d'ailleurs. Tu bous littéralement, tu ne peux plus écrire, tu ne dors plus et, si cela n'était impossible à cause de l'*Esperal*, je craindrais la fuite dans l'alcool. Un matin, très tôt, nous apprenons avec désespoir que le refus est imminent; encore une fois, un admirateur anonyme et courageux, qui travaille dans les bureaux de l'O.V.I.R., nous a prévenus. Sans attendre, grâce à Lucie, j'appelle Roland Leroy que je connais bien. Cet homme à la culture brillante aime ton théâtre; il t'a fait inviter en France depuis de longues années, sans résultat d'ailleurs, et je sais qu'il apprécie particulièrement tes chansons. De plus, il n'ignore rien de nos problèmes, je lui en ai parlé longuement au cours de nos rencontres à France-U.R.S.S. Je lui dis notre désarroi, il me promet d'essayer de faire quelque chose.

Le lendemain matin, un coursier spécial vient t'apporter ton passeport de voyage qu'on a échangé contre le passeport que chaque citoyen doit avoir sur lui en U.R.S.S. Le visa, dûment tamponné et dont l'encre n'a pas eu le temps de sécher, est entre tes mains. Comme un gosse qui n'en croit pas ses yeux, tu tournes les pages, tu palpes le carton rouge de la couverture, tu me lis à haute voix tout ce qui est écrit à l'intérieur. Nous rions, nous pleurons.

Ce n'est que plus tard que nous réalisons l'énormité d'un détail que nous avions presque oublié. Ce coursier était un gradé, et il a apporté le passeport « dans les dents » comme tu dis, alors que tout le monde fait la queue pendant des heures pour recevoir ses papiers. L'ordre a dû venir de haut, du plus haut. Tu me cites immédiatement le cas de Pouchkine, dont le censeur personnel était le tsar, mais qui n'a pas eu, lui, la chance de recevoir la permission demandée, d'aller à l'étranger. Nous saurons plus tard que Georges Marchais a intercédé pour nous auprès de Brejnev lui-même.

Il aura fallu l'intervention bienveillante du plus haut dignitaire d'U.R.S.S. pour que tu reçoives ce droit somme toute légitime.

Tu auras eu plus de chance que Pouchkine.

Le seul moment de ta vie où tu as frôlé l'emprisonnement, c'est en 1960 à Odessa : alors que tu étais déjà assis dans l'avion pour Moscou, deux hommes du K.G.B. t'ont prié de les suivre. Un viol a été commis, suivi de coups mortels. La victime, une petite fille, avait été vue avec un homme te ressemblant. Le groupe sanguin, relevé sous les ongles de la pauvre gosse, correspond au tien. L'affolement te gagne, tu as beau expliquer que, le jour du viol, tu étais en compagnie d'une troupe de quarante personnes en train de tourner en extérieur, à près de cent kilomètres de là, rien n'y fait. On t'ordonne de rester à l'hôtel, en attendant d'être convoqué pour une confrontation.

Tu sais à quel point le K.G.B. local te surveille. Tu es au début de ta carrière, et tes chansons corrosives déplaisent au pouvoir local. Il faut dire que chaque ville a son roitelet. Celui d'Odessa n'aime pas ton humour, il veut ta peau et, hasard ou montage pur et simple, on prétend que le violeur te ressemble comme un frère. L'après-midi, tu vois arriver un homme d'une trentaine d'années dont l'aspect ne trompe pas. C'est un flic, mais celui-ci est un admirateur. Déjà, tu as la chance d'avoir partout, dans toutes les couches de la société soviétique, des gens qui apprécient tes chansons. Il t'explique qu'il ne faut surtout pas te présenter pour la confrontation. Ce sont de jeunes enfants qui ont vu l'homme qui emmenait la fillette, et il est très facile d'après le policier d'influencer leur témoignage. Or, si la machine se met en route, plus rien ne peut l'arrêter. Le flic te conseille de disparaître au plus vite. Et surtout de donner des preuves de ton tournage le jour du crime. Le directeur du studio d'Odessa, alerté, fait immédiatement tirer les prises des scènes tournées ce jour-là. Les numéros correspondent aux annotations faites par la script et l'ingénieur du son. Il s'agit bien du même jour.

Grâce au courage de tous ces gens – et du courage il en faut pour contredire le K.G.B. –, et surtout grâce au conseil que t'a donné ton flic admirateur, tu t'en tires, après avoir subi une des plus grandes frayeurs de ta vie.

Tu dis toujours qu'en Occident les gens sont aveuglés par les histoires qui ont la une des journaux, c'est-à-dire les affaires de Sakharov, de *refuzniks*, de dissidents connus, mais qu'en fait, la véritable horreur c'est la pression quotidienne, répétitive, usante, dont sont victimes les gens, la lutte contre le « mur de ouate » comme tu l'appelles, l'impossibilité de mettre un visage sur le fonctionnaire dont dépendent souvent carrière, vie personnelle, liberté d'expression. Je me souviens des heures d'angoisse passées au théâtre de la Taganka, quand Youri Lioubimov, avec toute son équipe, présente un nouveau spectacle aux représentants de la culture. Ces gens peuvent d'un mot anéantir plusieurs mois de travail et ils ne s'en privent pas. Un spectacle sur trois n'a pas été joué à la Taganka. Tes concerts annulés quelquefois juste avant que tu n'entres en scène, avec le plus souvent ta maladie comme prétexte, ce qui te rend fou de rage (non seulement on ne te laisse pas chanter, mais en plus on t'en fait porter la responsabilité). Les chansons que tu as composées pour un film, censurées et retirées juste avant la sortie devant le public, mutilation qui rend le film boiteux et comme nu. Les textes envoyés inlassablement aux comités de lecture et sempiternellement renvoyés à l'expéditeur avec des regrets trop polis. Les disques, cinq 45 tours seulement, parus en plus de vingt ans d'activité, comportant des chansons anodines choisies parmi plus de sept cents textes. Le silence total sur les ondes comme à la télévision. Jamais ton nom n'est cité dans les organes de presse de ton pays, alors qu'il n'existe pas de maison où l'on n'écoute Vissotsky chaque jour.

Ces brimades répétitives t'usent en profondeur, car ton succès populaire, aussi grand soit-il, ne contrebalance pas à tes yeux le manque de reconnaissance officielle. Je m'en étonne souvent, mais tu réponds, amer : « Ils ne me laissent pas exister, ils ne veulent pas m'accepter, ils m'ignorent tout simplement. » Jusqu'au bout, tu tenteras vainement de te faire admettre comme poète.

Nous sommes à Bakou sur le port. Ayant promis un beau plongeon à mes fils, debout, les bras tendus, les yeux fixés devant toi, tu te concentres, puis d'un bond bref tu tentes un double saut périlleux avant. Ton front frôle le bord du quai, nous sommes horrifiés. Tu as eu très peur et, pendant plusieurs semaines, tu feras de la gymnastique deux fois par jour, longuement, patiemment, tirant sur tes muscles, forçant tes articulations, usant les dernières gouttes de ton souffle.

Tu as trente-neuf ans, ton corps auquel tu as tant demandé ne répond plus comme avant. Enfant, tu as fait de l'acrobatie; jeune homme, tu as continué à pratiquer beaucoup le sport à l'école, puis au V.G.I.K., conservatoire de Moscou où l'on apprend l'escrime, la danse et en général toutes les disciplines corporelles. Tu es très doué. Lorsque je te vois à la Taganka, dans tous les spectacles tu fais des prodiges. Dans *La Vie de Galilée,* tu récites un long monologue dans la position du poirier. Dans *Dix jours qui ébranlèrent le monde,* tu réussis à parler tout en multipliant les sauts acrobatiques. Dans *Pougatchiev* enfin, le long et terrifiant monologue de Klapoucha, tu le hurles tout en étant reçu et rejeté par des chaînes sur lesquelles tu rebondis et qui, à chaque fois, marquent ta peau blanche de longues zébrures carmin.

A la plage où nous allons en été, qui borde un bras de la Moskva et qui est réservée aux diplomates, sur le gazon où nous installons notre petit campement pour la journée, tu continues tes exercices. Près de nous, les Soviétiques qui ont accès à cette plage, interprète de Brejnev, enfants de ministres, cinéastes, poètes et journalistes dans le vent, applaudissent quand tu fais le crocodile à une patte, figure très difficile, où l'athlète couché parallèlement au sol sur un seul avant-bras tient en équilibre quelques secondes.

Un soir, mon fils Vladimir, qui a six ans, traverse la rivière et ne peut plus revenir. Micha Barichnikov plonge le rechercher, j'en profite pour lui demander s'il le croit doué pour la danse. Micha, après l'avoir observé, pense que oui, mais le soir, pendant le câlin qui précède le sommeil, Vladimir me dit rageusement qu'il ne fera jamais ce « métier de bonne femme ». « Dommage, il est vraiment très doué », me dis-tu quand je te raconte la conversation. « Moi aussi j'ai loupé la chance d'être un grand sportif, mais j'ai préféré le théâtre. » Et je te vois chaque jour faire tes exercices comme un danseur, tu regardes le jeu de tes muscles dans le grand miroir de la salle de bain, tu es très fier des deux faisceaux qui barrent ton ventre de haut en bas, tu expliques que ce sont les plus difficiles à obtenir et à conserver, surtout les fameux abdominaux droits, ceux qui finissent la série de « petits carrés de chocolat », comme tu les appelles, et qui sont si beaux sur les Apollons grecs. Tu n'es pas grand, 1,70 m, mais parfaitement proportionné. De longues jambes minces, un bassin très étroit, les épaules légèrement tombantes rallongeant une silhouette qui, sinon, serait un peu trapue car le torse, comme souvent chez les Russes, est très puissant, les muscles courts et ronds.

Cela te donne d'ailleurs ce fameux punch dont tu uses avec tant de plaisir. Le nombre de fois où je t'ai vu te battre et allonger pour le compte des hommes beaucoup plus forts que toi est stupéfiant. Le plus beau de ces coups, tu l'as asséné à un très grand bonhomme un peu *Padchauffé*, comme on dit en russe, qui, au moment où je mettais mon manteau pour sortir du restaurant géorgien Aragvi, m'a prise par l'épaule et m'a retournée en disant : « Allez, montre-toi, Marina. » Il n'a pas eu le temps de finir sa phrase que d'un long « swing » du gauche tu l'as projeté à l'horizontale à travers l'entrée de marbre blanc où, après une glissade sur le dos, il a fini dans les plantes vertes. Les deux portiers videurs, tous deux avec une tête de brute épaisse, sont restés un moment médusés, te regardant, puis fixant le type par terre. Après quelques secondes, pendant lesquelles nous ne savions pas ce qui allait se passer, car généralement on appelle tout de suite la milice, ils ont éclaté de rire et avec force claques dans le dos, t'ont raccompagné jusqu'à ta voiture, te félicitant en connaisseurs.

Je le suis un peu aussi, car mon père était un excellent boxeur amateur, et je l'ai vu maintes fois régler des querelles avec ses poings dont il disait : « Le droit l'hôpital, le gauche la mort. » La seule fois où je t'ai vu rater ton coup, c'était – encore – au restaurant un type très soûl voulait à tout prix te faire boire un grand verre de vodka. Finalement, à bout d'arguments, tu as essayé de le frapper d'un uppercut, mais étant assis, cela a manqué de force et, l'ivrogne tanguant vers l'arrière, tu n'as fait qu'effleurer sa mâchoire en te retournant le pouce. Malgré tes hurlements de douleur, nous n'avons pas pu nous empêcher d'éclater de rire. Comme la tarte à la crème, ça marche toujours. Furieux et surtout très vexé, tu as boudé jusqu'à la fin du dîner.

Ce corps, tu l'échauffes avant chaque spectacle, faisant ce qu'on appelle la gymnastique du comédien. Toute la troupe de la Taganka la pratique obligatoirement, car les spectacles de Lioubimov demandent, outre le talent d'acteur, de très grandes qualités sportives : c'est une série d'exercices de mise en forme des muscles, d'éclaircissement de la voix, de respiration et de concentration mise au point par Stanislavsky, puis améliorée par les apports du yoga et autres disciplines orientales. Pour toi en particulier, elle est indispensable. Pendant la représentation d'*Hamlet* tu perds entre 2 et 3 kg. Dans *La Vie de Galilée* c'est presque pire, car tu ne quittes pas la scène pendant les quatre heures que dure le spectacle. C'est grâce à cela aussi que ta célèbre voix, éraillée et déchirante quand tu chantes, est en fait claire et forte sur scène. Je ne t'ai jamais vu devenir complètement aphone, la terreur des tragédiens. On appelle ta voix, dans notre métier, une voix d'airain. Il te reste toujours quelques notes que tu contrôles en modulant un curieux « Pourlourlou » qui va de l'aigu au grave.

Ce qui me navre, c'est que ce corps tant soigné, tant travaillé, cette voix si entretenue, cet aspect de propreté presque maniaque, tout cela est en un geste effacé, détruit, abîmé.

Après deux journées de beuverie, ton corps n'est plus qu'une baudruche; ta voix, un grincement informe; tes vêtements, des loques. L'épouvantable « deuxième moi » prend le dessus.

Nous mangeons à la cuisine, je te sers, mais tes yeux vagues, la gloutonnerie indifférente avec laquelle tu avales ce qu'il y a dans ton assiette, tes réponses floues à mes questions me font comprendre que tu es ailleurs. Des strophes tournent dans ta tête. De fait, en plein milieu du repas, tu te précipites vers ta table de travail. Il ne me reste plus qu'à débarrasser, tu ne mangeras plus. Je prépare un thé très fort, doucement je dépose la tasse près de toi, et je ferme la porte. Tu as déjà couvert une feuille de ton écriture fine et appliquée.

Pendant plusieurs heures, tu restes assis, l'œil fixé sur le mur blanc. Tu ne supportes aucun dessin, aucun tableau, aucune ombre sur la paroi qui te fait face. Dans chacun de nos appartements, le bureau est placé dans un coin, dos à la fenêtre, de préférence dans un petit réduit réalisé à l'aide d'une armoire posée en épi ou d'une étagère qui fait écran. Et toujours un espace lisse, vide et blanc devant les yeux.

Sur les vingt-quatre heures que durent les journées trop courtes pour toi, tu en passes en moyenne trois ou quatre à ta table de travail. La nuit, surtout. Quand nous n'avons qu'une pièce, je m'assoupis à côté sur le lit. Plus tard, dans notre grand appartement, c'est sur le divan de ton bureau que j'attends, essayant de dormir, que tu me lises ce que tu viens d'écrire. Ce moment privilégié, dans le silence de la nuit, où tu me caresses doucement le visage pour me réveiller et où, les yeux rougis, la voix rauque d'avoir trop fumé, tu me fais découvrir ton nouveau texte, est l'un des plus intenses de notre vie. C'est à chaque fois une émotion, une communion profonde, le don de ce que tu as de plus précieux, ton talent. Quand je te demande comment tu fais, d'où cela vient, qu'est-ce qui provoque ce besoin impérieux de jeter sur le papier ces mots dans cet ordre précis, parfois sans la moindre rature, tu ne sais que répondre : ta moue, le geste de tes bras, qui s'ouvrent après un haussement d'épaules, montrent ta propre incompréhension : « Ça vient, c'est tout »; et tu ajoutes : « Quelquefois, c'est difficile, tu sais. »

Des heures durant, tu fumes, tu jettes rageusement les feuilles roulées en boulette dans le panier, tu bois des litres de thé brûlant, tu grattes ta guitare à la recherche d'accords nouveaux, tu te rassois immobile, comme fasciné par le halo blanc de la lampe, et soudain les pires jurons éclatent, le rire aussi, ça y est, tu as trouvé, quelquefois juste une strophe, mais à partir d'elle tout se compose, se noue, et au petit matin, quand la chambre se teinte des couleurs de l'aube et que je me réveille frissonnante d'avoir si peu dormi, tu me lis, triomphant, le travail de la nuit. D'autres fois, c'est la mélodie qui provoque le verbe. Alors nous ne dormons pas, car tu joues sans cesse le même motif, tu scandes rageusement les mots jusqu'à ce qu'ils se marient, s'ajustent et deviennent chanson. Tout te sert de révélateur, comme une plaque sensible, tu enregistres les émotions, tu emmagasines les récits, tu nourris ta verve de choses vécues sans rien laisser de côté. Tous les thèmes provoquent un jour ou l'autre un poème : la guerre, le sport, les camps, la maladie, l'amour, la mort, rien ne t'est étranger, et l'on peut penser que tu as vécu cent vies en lisant tout ce que tu as écrit. Tu es passé maître dans le pastiche des chants du milieu; les voleurs, les malfrats, tous les marginaux pensent que tu es un vieil habitué des prisons, certaines de tes chansons écrites dans les années 50-60 font partie du folklore des camps, et les anciens disent se souvenir de ces textes qui, d'après eux, datent de bien avant la Révolution. Cela te fait rire mais en même temps te remplit de fierté. Pas un marin, pas un aviateur qui ne connaisse par cœur tes chansons sur la mer, la terrible *Sauvez nos âmes* ou le bouleversant dialogue entre deux chasseurs au combat en plein ciel.

Parmi les milliers de lettres que tu reçois, tu gardes jalousement les témoignages des hommes et des femmes que tes chansons ont aidés à surmonter un moment tragique de leur vie. Je les ai lues. Sous-mariniers bloqués au fond de leur cercueil d'acier, alpinistes perdus dans la tourmente, camionneurs égarés dans les steppes, cosmonautes réconfortés dans le vide sidéral par tes chansons humoristiques, jeunes délinquants retrouvant le goût de vivre après de lourdes peines, femmes réussissant à rire malgré des vies écrasées de soucis, vieux te remerciant d'avoir si bien honoré leurs copains morts pour la patrie, artistes en herbe te prenant pour exemple et te jurant de travailler de toute leur force et d'égaler, peut-être de surpasser, leur modèle. Et aussi, soldats du contingent, se battant aux frontières de la Chine, de retour de missions « normalisatrices » en Tchécoslovaquie ou simplement tirant leurs trois ans de mobilisation, et dont la sincérité et le désarroi te font pleurer. Ces lettres, qui justifiaient après coup tes chansons prémonitoires, dont tu disais qu'elles seraient le meilleur avocat dans le procès que t'intentent sans relâche tes censeurs, ont disparu. Volées par une main cherchant à effacer ces témoignages par trop « scandaleux ».

Tu m'écrivais en 1970 : « J'ai téléphoné à ma mère, il se trouve qu'elle a passé la nuit dernière chez N.G., une de mes connaissances de la radio, je peux imaginer la teneur de leur conversation !... Cela fait partie du même topo, pour que les gens sachent '' quelle exceptionnelle mère elle est '', etc. Elle pouvait aller au moins dans cinq endroits, chez des parents, mais elle est allée chez mes '' amis '', Dieu soit avec elle !... Je suis en colère aujourd'hui car, en plus elle a de nouveau fouillé et lu tous mes papiers. Mais mes sentiments pour toi sont plus forts que ma colère. »

Ont disparu aussi mes quelque mille cinq cents lettres qui péchaient sûrement par une trop grande exaltation amoureuse, ainsi que des centaines de télégrammes, papillons bleus de notre vie volant vers toi de tous les coins du monde pour te soutenir, t'exhorter, t'apaiser, te dire mon amour. Heureusement, il reste tes chansons. Elles sont les dépositaires de ces trésors.

Quelquefois tu te réveilles, marmonnant des mots sans suite, tu te lèves, et je te vois nu, changeant de pied car le sol est froid, te découpant sur la fenêtre blême, comme un héron sur une patte. Tu restes là, longuement, écrivant sur ce qui te tombe sous la main, puis tu te glisses glacé dans le lit, et au matin, nous découvrons ensemble les lignes zigzagantes et incertaines. D'autres fois, tu sembles t'assoupir, mais aux mouvements saccadés de ton corps je sais que tu vas parler, et la litanie commence, nous appelons cela le film rêvé raconté. Tu décris, à une allure folle, des images qui s'enchaînent, toujours en couleurs, souvent avec des bruits, des odeurs, des personnages dont tu dessines en quelques paroles brèves le caractère, la destinée. Ce sont généralement les prémices d'un grand poème tragique. Et presque toujours il s'agit de la Russie. *Les Chevaux rétifs*, *Les Coupoles*, *La vieille maison*, *Volga notre mère* ont été écrits dans l'exaltation du matin suivant ces visions.

Les poètes qui t'ont précédé n'ont pas eu la chance de bénéficier du magnétophone (et il est certain que sous Staline tu aurais été purement et simplement éliminé). Né en 1938, en plus de la survie, tu profites de la technique inespérée de la reproduction sonore à domicile. Tout un chacun en U.R.S.S. possède alors, emprunte ou se procure, des bandes magnétiques. Sans cet appareil miraculeux ton œuvre serait restée inconnue du grand public. Ni la radio ni la télévision n'ont jamais passé une de tes chansons. Aucune revue, aucun journal n'ont publié une ligne de ton œuvre. Grâce au magnétophone, un texte lu au petit matin, chanté le soir au théâtre puis chez des amis, est repris en chœur huit jours après jusqu'au fond de la Sibérie, à bord des bateaux qui sillonnent le monde, aux quatre coins de la planète dans les communautés russes, soviétiques, de la première (1917), de la deuxième (1945) ou de la troisième (1970) émigration. Avec une même ferveur, les vieux, les jeunes, un peu plus tard les étudiants de langue russe, écoutent, commentent et vivent de tes chansons. Au cours de tes concerts au pays, mais aussi à l'étranger, tu découvres avec ravissement que les textes que tu croyais réservés à quelques intimes, sont en fait connus et demandés à chaque bis. Quelquefois tu les as oubliés, et c'est le public qui te souffle les paroles, à Paris à l'Elysée-Montmartre, à la soirée poétique de Saint-Denis, à Rome, à New York, à Los Angeles ou en diverses universités d'Amérique, en Hongrie, Pologne, Bulgarie, et en U.R.S.S. toujours devant des auditoires de plus en plus larges, tu reçois la confirmation du succès de ton travail. Nous calculons un jour que près de cinq cent mille personnes t'ont entendu au cours de récitals tout au long de ces années. Sachant que chaque fois c'est une épopée, un tour de force, que tu chantes seul, t'accompagnant à la guitare et généralement sans autre sonorisation qu'un micro de conférencier, ce chiffre est fantastique. Quant à ceux qui t'ont écouté sur bande, leur nombre est incalculable. Des dizaines de millions sans doute. Le seul tirage des disques édités en U.R.S.S. dépasse à chaque fois plusieurs millions. Et il ne s'agit que de quelques titres, une quinzaine au plus.

Dans les dernières années, tu te prépareras à passer à la prose. Tu feras quelques essais, écriras des nouvelles, des scénarios, tu te proposeras d'aborder des thèmes qui te sont chers. Sans doute sens-tu alors que la poésie sous la forme que tu as développée, texte chanté accompagné à la guitare, est désormais trop limitée. Tu auras envie de prendre un nouveau rythme, d'élargir le cadre de tes écrits.

De plus en plus, les questions métaphysiques vont surgir et te hanter. Dans nos conversations va revenir sans cesse l'interrogation sur la mort. Beaucoup de proches, d'amis ont disparu.

Tu songes très sérieusement à passer plusieurs mois en France pour y écrire à loisir, tu parles de quitter le théâtre dont la discipline te pèse de plus en plus. Je décide de reprendre ma grande maison près de Paris pour que tu puisses y travailler en paix.

Début 1979, je remets à neuf la villa de Maisons-Laffitte, je m'y réinstalle avec bonheur après six ans d'absence. Pendant ce temps, tu continues à écrire, à classer, à faire taper à la machine, à corriger tes textes. Je suis toujours stupéfaite du soin que tu portes à tes écrits. Dans les pires états, alors que tout dans la maison peut être brisé, donné, souillé, déchiré, voire jeté par la fenêtre, jamais une feuille, même ne comportant que quelques gribouillis, n'est déplacée de ton bureau. Tout est et reste soigneusement rangé dans des chemises de carton multicolores, et même ce qui semble traîner de-ci, de-là ne disparaît jamais. L'appartement peut être sens dessus dessous, jamais un petit bout de papier comportant le moindre signe n'est jeté. Toi qui as généreusement gaspillé tes affaires, tes forces et ta vie, tu n'as jamais égaré ni abîmé aucun de tes textes.

Un soir tu rentres tard et à ta façon de claquer la porte je te sens très énervé. De la cuisine je te vois au bout du corridor, tu jettes ton manteau, ta casquette, et à grands pas tu viens vers moi en agitant un petit livre gris.

— C'est trop fort, tu te rends compte, ce type, ce Français, il me pique tout, il écrit comme moi, c'est du pur plagiat. Tiens, regarde : ces mots, ce rythme, ça ne te dit rien ? Il a bien étudié mes textes, hein, ce salaud, et le traducteur, quelle crapule, il ne s'est pas gêné !

Je n'arrive pas à lire, tu tournes les pages à toute allure, puis tu commences à aller et venir dans l'appartement et, ponctuant les rimes de coups du plat de la main, tu me cites les passages qui te choquent le plus. J'éclate de rire, je ne peux plus m'arrêter ; hoquetante, je finis par te dire que tu ne te prends pas pour un minable, que celui qui te rend si furieux n'est autre que l'un de nos plus grands poètes, ton aîné de près d'un siècle : Arthur Rimbaud. Tu rougis de ta bévue. Mais, profondément modeste, tu passes les dernières heures de la nuit à déclamer les vers illustres.

Mon grand-père paternel était un noceur impénitent. Fils unique d'une riche famille moscovite, il disparaissait pour plusieurs jours en compagnie de Tziganes dans des lieux de plaisirs louches et, dans la plus pure tradition russe, se roulait dans la fange pour ensuite, accablé de remords, revenir chez lui, porté par son cocher qui le transmettait au valet de pied, qui l'étrillait, le baignait, le rasait, lui passait du linge propre. Puis il envoyait son secrétaire particulier acheter un bijou de grande valeur et, l'oreille basse, se présentait devant ma grand-mère courroucée qui, vite radoucie par le cadeau, mais surtout par son amour pour cet être fantasque, lui pardonnait tout.

Nos relations sont presque sur ce modèle. Tu disparais, je l'apprends. Si je suis à l'étranger je prends le premier avion, sinon je mène mon enquête, et quand, avertie par des amis, la famille ou des inconnus, je sais où tu te trouves, je n'envoie pas le cocher, je prends la voiture et, généralement seule, je pars à ta recherche. Une fois l'endroit repéré, il faut te dégager d'une bande d'amis de fortune, braillards et collants, puis te faire accepter de monter dans la voiture et, enfin, avec mille ruses, te conduire à la maison.

Là, ce n'est pas le valet qui te lave et t'habille de

propre, c'est moi, et les dimensions diverses des appartements où nous avons vécu rendent les choses plus ou moins faciles. Dans les lieux étroits, il faut de la virtuosité pour éviter que tu ne te cognes trop rudement. Dans le grand appartement que nous habitons pendant six ans, l'espace rend les choses plus acrobatiques : tu fuis d'une pièce à l'autre, et nous terminons épuisés la séance de nettoyage. On ne peut imaginer à quel point un être peut se salir pendant une cuite, même de quelques heures. Puis, n'ayant pas de secrétaire particulier pour acheter des cadeaux, c'est les mains vides que tu t'expliques. Le seul point qui me rapproche de l'attitude de ma grand-mère, c'est mon amour pour toi. Ma colère retombe vite et je pardonne facilement. L'oreille basse, toi aussi, tu promets que cela ne se reproduira jamais plus. Moi, mi-sérieuse, je te gronde de ne pas m'avoir offert au moins une perle fine pour chacune de tes soûlographies.

J'aurais aujourd'hui un collier de plus de soixante-dix perles.

Au cours d'un voyage en voiture en Arménie avec David, un copain dont c'est la patrie – alors que ni l'un ni l'autre vous n'avez de permis de conduire, avec naturellement une provision de cognac arménien à bord –, tu découvres la beauté austère des paysages de montagne, la pureté des fresques qui ornent les monastères dont certains datent de l'an 400 de notre ère.

Au départ de Moscou tout est tragique. Nous venons de nous séparer pour la énième fois, tu as quitté le théâtre sur une dispute violente avec Lioubimov. De plus, après un virage loupé, vous avez fait plusieurs tonneaux, ne sortant indemnes de l'accident que parce que « Dieu protège les ivrognes », comme tu te plais à le répéter. Après avoir repris quelques forces et remplacé les bouteilles brisées au cours de votre cascade involontaire, vous voilà repartis. Michelle, la femme de David, dont c'est d'ailleurs la voiture, ne sait plus à quel saint se vouer. Moi, je suis en route pour Paris et ne connaîtrai les détails de l'épopée que bien plus tard.

Dès le premier monastère, David voit avec amusement d'abord, puis scepticisme, tes gestes maladroits pour faire des signes de croix. Au troisième monastère, mais après la quatrième bouteille de cognac, c'est avec peine qu'il retient ses gloussements. Tu es à genoux, les yeux noyés de larmes, tu parles à haute voix, tu t'expliques, comme on dit, avec les hautes figures de saints représentées sur les parois. Au soleil couchant, survolté par le paysage grandiose, la beauté de l'architecture, le nombre incalculable de rasades avalées à même le goulot, c'est à quatre pattes que tu te propulses dans l'église. Des sons incompréhensibles sortent de ta bouche, tu te tapes la tête sur la dalle polie qui recouvre le sol, la crise mystique est à son apogée. Puis, soudain, fatigué par tant d'émotions diverses, tu t'endors les bras en croix, allongé de tout ton long comme les bonnes sœurs lorsqu'elles prennent le voile.

C'est la seule fois, à ma connaissance, que ton sens critique concernant la religiosité et la théâtralité de l'Eglise orthodoxe et de ses représentants t'a fait défaut. Ton humour retrouvé, quelque temps plus tard, en conclusion de ton récit, tu cites le fameux dicton russe :

– Dis à un imbécile de prier, il se brisera la tête contre le sol.

Tu as deux fils de ton deuxième mariage, Arkadi et Nikita. Lorsque nous faisons connaissance, ils ont à peu près six et sept ans. Je suis étonnée par ta répugnance à en parler. Quand j'insiste, disant que je voudrais les connaître, tu finis par me dire que ton ex-femme ne souhaite pas que ses enfants rencontrent une étrangère, qu'elle a une mauvaise opinion de toi, que vos rapports sont tendus. Je sens qu'il faudra de la patience pour arriver à rendre notre relation possible. J'y tiens beaucoup, car je vois que tu souffres de cette situation. Et puis, j'ai moi-même trois garçons, ils viennent passer leurs vacances avec nous et malgré ta grande tendresse pour eux, je sais que tu peux regretter parfois que tes propres enfants ne soient pas avec nous. Mon fils cadet, qui se prénomme Vladimir comme toi, te porte d'emblée une amitié passionnée, il est comme un petit animal tout le temps fourré contre toi, te racontant d'interminables histoires dans un langage compréhensible par vous seuls, modulant inlassablement ton prénom, Volodia, Volodia. Il s'est cassé le bras juste avant de venir passer l'été à Moscou. Un jour, nous l'emmenons chez le médecin car il se plaint de fortes douleurs, on découvre que les broches posées dans l'os par un chirurgien boucher ont infecté la zone de croissance.

Il faut donc l'hospitaliser, il nous fait peine car ne parlant pas le russe il est complètement perdu parmi les enfants de la salle où on l'a admis. Tu t'arranges avec le chirurgien pour qu'on le mette dans une chambre à part. Ainsi nous pourrons nous relayer auprès de lui. En échange, tu donnes un petit récital pour les infirmières, les internes et tous les gosses malades. Vladimir est fier de toi et son séjour à l'hôpital devient presque agréable, à tel point qu'un jour, le laissant en larmes, nous attendons derrière la porte la mort dans l'âme, et nous le voyons, quelques minutes plus tard, organiser une partie de football dans le couloir, shootant dans des jouets en caoutchouc, perturbant les soins donnés aux nouveau-nés en couveuse, excitant les petits opérés qui se baladent avec leur perfusion sur roulettes; bref, mettant la pagaille dans l'étage où tout désormais lui est permis.

Avec mes autres fils Igor et Pierre, c'est plutôt de la complicité. L'épisode le plus significatif se produit le jour où, revenant à la maison pour me changer avant une soirée, je trouve mes deux fils très occupés à improviser un dîner que tu devais leur préparer. A cette époque nous habitons seuls, ta mère étant en vacances au bord de la mer.

Ils me disent que tu as dû t'absenter mais que tu me retrouveras plus tard. Je repars donc en taxi car c'est toi qui as la voiture, une Renault 16 que j'ai ramenée de Paris et sur laquelle tu as appris à conduire. Tu arrives beaucoup plus tard, en col roulé jaune pâle, les cheveux humides, l'air un peu trop désinvolte. Intriguée, je te demande d'où tu viens. Tu me dis que tu m'expliqueras plus tard, je n'insiste pas. La soirée se passe, sympathique et chaleureuse, mais tu refuses de chanter, prétextant un enrouement que je ne t'ai jamais connu. Je suis de plus en plus perplexe. Nous sortons, et quand nous sommes enfin seuls dans la rue, tu me racontes qu'à cause d'un malotru d'autobus, tu as perdu le contrôle de la voiture, que tu es passé à travers le pare-brise, que tu es rentré à la maison en sang, que mes fils t'ont obligé à aller te faire soigner, que la voiture est garée près de la maison en piteux état, mais que toi, ça va, malgré les points de suture, et pour me rassurer tu me fais une série de claquettes sur le trottoir. Ce n'est qu'en rentrant à la maison que je mesure la gravité de l'accident : tout l'avant est enfoncé, la voiture est foutue. Ta tête, dont les cheveux bien rabattus cachent les plaies, est recousue en trois endroits par vingt-sept points. Ton coude droit est tuméfié, tes deux genoux ressemblent à des aubergines mûres. Mes deux garçons, qui n'ont pas dormi pour assister à notre retour, sont très impressionnés par ton courage. Surtout ils sont fiers d'avoir gardé le secret. Complices, ils le resteront jusqu'à la fin. Devenus adultes, ils seront tes meilleurs avocats auprès de moi et, comme en ce soir de 1971, ils défendront toujours leur copain Volodia envers et contre tous.

Dès le début de notre vie commune, tu n'as cessé de rêver à notre enfant possible. La naissance de tes deux fils, imposée par un subterfuge de ta femme t'annonçant ses grossesses alors qu'il était trop tard pour les interrompre, t'avait désespéré. Moi, qui ai programmé mes fils au jour près, qui ai lutté pour le droit des couples à avoir des enfants désirés et non plus accidentels, je n'ai jamais accepté de mettre au monde un enfant otage de notre vie. Notre condition déjà difficile aurait été totalement insupportable si nous avions eu un petit être entre nous. Il n'aurait pas été un lien mais une entrave, il aurait résumé dans son existence toutes les contradictions dont nous étions malades. Ballotté entre l'Est et l'Ouest, il n'aurait jamais pu trouver ses véritables racines. Et ta certitude enfin acquise, après des années de doute entretenu par ta belle-famille, que ton alcoolisme n'était pas responsable de la maladie nerveuse dont est victime ton fils aîné, ne m'a pas convaincue.

Nous étions assez de deux pour nous coltiner avec les problèmes de notre couple, et la fin de notre histoire confirme le bien-fondé de mon refus. Etre orpheline de père à treize ans a été la blessure dont j'ai le plus souffert dans ma vie.

L'enfant rêvé par toi aurait eu entre onze ans et un an en juillet 1980.

Dans le hall de l'hôtel Europe à Leningrad, trône un portier chamarré d'or. Tout respire les fastes du passé, tapis rouges, lustres de cristal, bronzes enlaidis par des ampoules électriques diffusant une lumière jaunâtre. Malheureusement, partout aussi, des néons bleutés, aveuglants et lugubres, anachroniques comme certains meubles recouverts de formica. En revanche, de-ci, de-là, une pièce très belle, d'époque Empire en général, délabrée naturellement, mais qui donne l'idée de ce que devait être dans le temps cet hôtel. Nous y descendons volontiers, car la cuisine est bonne, et puis il est si bien placé : au cœur historique de la ville, tout près du Smolny, l'ancien Institut que ma mère a vu devenir le siège de l'Etat bolchevique. Ici nous avons beaucoup d'amis, des écrivains, des compositeurs, des peintres, et les soirées interminables des « nuits blanches », nous les passons à déambuler le long des perspectives qui contournent les palais multicolores, nous arrêtant longuement devant l'amirauté où siégeait mon aïeul, amiral de la flotte de la Baltique. Tu ne te lasses pas de mes récits, tu es fier que mes racines plongent si loin dans la terre russe, tes amis aussi écoutent avec intérêt. En conclusion, je demande à chaque fois, hypocritement et pour rire, si le secrétaire du parti de Leningrad, le camarade Romanov, est un descendant de la famille impériale. Il est ton pire ennemi, il te voue une haine personnelle qui t'a empêché ta vie durant de t'exprimer à Leningrad ou dans la région, même comme acteur. Sur ce sujet, tous sont intarissables. J'ai rarement entendu quelqu'un se faire autant « descendre en flammes » par l'intelligentsia que ce camarade-là. On dit que cette homonymie lui a coûté le poste de secrétaire général, qu'il briguait pourtant avec acharnement. Je reconnais avoir souri en apprenant sa disgrâce.

Au fil des années, l'hôtel Europe a perdu de son calme, et ce à cause de l'arrivée des Finlandais. Désormais, ils peuvent sans visa pénétrer en territoire soviétique, et c'est par autobus entiers qu'ils envahissent la ville. En ces années 70, la prohibition sévit de l'autre côté du bras de mer. Le vendredi soir, impossible de trouver le moindre tabouret, le bar de l'hôtel est noir de monde, hommes et femmes accoudés puis accrochés, se remplissent de vodka systématiquement, à peine l'un s'écroule-t-il qu'un autre prend sa place. Trouvant le spectacle dégoûtant et pas très conseillé pour toi, je t'entraîne ailleurs, pendant que le portier aidé d'un bagagiste costaud enfourne les corps inconscients dans l'autobus dont je ne veux imaginer l'état après la traversée! Tu te retournes deux ou trois fois, et je vois dans tes yeux comme une lueur d'envie. Tu croises mon regard, tu éclates de rire, et nous partons bras dessus, bras dessous, joyeux.

Tu as une passion secrète pour un homme que j'admire moi-même profondément. Je la découvre un jour où, rayonnant, tu m'annonces que Sviatoslav Richter nous attend pour le thé. J'ai rarement vu tes yeux briller autant. Tu me demandes l'heure plusieurs fois, tu te fais beau, tu t'agites, tu me racontes à quel point le grand pianiste nous honore en nous recevant chez lui, car il est timide, sauvage, solitaire, et surtout si occupé, si souvent en tournée. Je te sens flatté parce que tes chansons ont plu, que ton travail au théâtre a séduit. Cette invitation est une sorte de consécration. Toi, le petit voyou moscovite grandi sur les pavés des grandes cours d'immeubles du vieux quartier de l'Arbat, poète compositeur sachant à peine écrire la musique, reçu par le plus grand pianiste de ton pays, quelle fête! J'ai connu Richter à Paris chez ma sœur Odile Versois, son amie intime et sa grande admiratrice depuis de longues années. Je suis intimidée aussi car, en dehors de cette brève rencontre, je ne l'ai vu qu'en spectatrice passionnée de ses concerts.

Comme deux mômes, nous nous regardons avant d'entrer dans le hall du bel immeuble situé dans le cœur de Moscou où se trouve l'appartement. Nous sonnons, tu n'as pas le temps de baisser tes mains qui tentent de maîtriser des mèches rebelles, la porte s'ouvre. Tu restes les bras en l'air. Devant toi, le géant aux cheveux blancs, aux doux yeux bleus, te tend à son tour des pognes aux doigts puissants, dont on ne peut imaginer qu'ils puissent s'appuyer sur les touches d'un clavier et les faire vibrer avec une telle délicatesse. Derrière lui, je vois une salle très claire d'une quinzaine de mètres de long sur cinq à six mètres de large, deux pianos à queue noirs, quelques tabourets le long du mur. Richter nous fait entrer. Il s'excuse car, par terre, des confettis, des serpentins multicolores s'accrochent à nos pieds. Sur les tabourets, quelques cotillons abandonnés rappellent que la fête vient à peine de s'achever.

– J'ai reçu cette nuit tous mes camarades de promotion du conservatoire, ceux qui restent évidemment, après tant d'années! Nous nous sommes amusés comme des fous, nous avons fait des jeux, des charades (et avec un petit rire :) sait-on encore s'amuser comme cela maintenant? Venez, mon épouse nous attend.

Après la grande salle, le petit boudoir où est servi le thé semble presque oriental. Une belle dame vêtue de soie sombre nous dit bonjour d'une voix vibrante de cantatrice. Du coin de l'œil, je vois ton visage un peu rouge : tes doigts croisés et décroisés, ta voix plus éraillée que de coutume révèlent ton trouble. Nous buvons un thé ambré dans des tasses de porcelaine ancienne, accompagné de petits gâteaux fondants, légers; nous parlons de choses et d'autres, le temps s'écoule, délicieux. Nous sommes heureux. Puis, traînant quelques serpentins à nos chaussures, nous descendons les étages à pied, encore sous le charme.

1984 : salle Pleyel, j'assisterai à une répétition de Richter. Quand le Maître se lèvera, je m'approcherai, nous nous regarderons longuement, ses fortes

mains serreront mes épaules. Il sourira tristement et doucement me dira :
— Il faut toujours être prêt à mourir, c'est le plus important.

Le seul poète dont tu aies le portrait dans ton bureau, c'est Pouchkine. Les seules œuvres que tu collectionnes sont les œuvres de Pouchkine. Les seuls livres que tu ouvres de temps en temps, sont les poèmes de Pouchkine. Les seules pensées que tu récites par cœur sont celles de Pouchkine. Le seul musée que tu visites est celui de Pouchkine. La seule statue que tu fleurisses est la statue de Pouchkine. Le seul masque mortuaire que tu gardes sur ta table de travail, c'est celui de Pouchkine.

Ton dernier rôle, c'est Don Juan dans *Le Convive de pierre*. Tu dis que Pouchkine a été la Renaissance russe à lui tout seul. Il est ton frère de souffrance, tu connais chaque détail de sa vie, tu aimes les gens qui l'ont aimé, tu hais ceux qui lui ont fait du mal, tu pleures sa perte comme si elle était toute récente. Selon le mot de Boulgakov, tu le portes en toi. Il est ton modèle, il représente toute les qualités intellectuelles et artistiques que tu souhaiterais posséder.

Point de bonheur pour nous ici-bas
Mais la Paix, la Liberté à quoi depuis longtemps
Depuis longtemps, esclave las,   [j'aspire
Je songe à fuir vers un havre de calme pur et de
*   [labeur.*

A. Pouchkine

Quand le ciel devient rose, que les coupoles dorées s'y détachent en ombres chinoises et qu'une légère brume se lève au-dessus de la rivière, tu aimes sortir te balader dans ta ville.

Habillés chaudement, nous allons faire un tour sur les boulevards, saluer la statue de Pouchkine, et suivre ces allées bordées de petits palais anciens de couleur pâle, des grilles de fer forgé admirables ceignant leurs jardins qui renferment les derniers grands arbres de Moscou. Notre promenade nous mène toujours aux mêmes endroits, d'ailleurs c'est tout ce qui reste de la vieille ville, une partie du quartier de l'Arbat. Là, nous avons cherché en vain un appartement, car ce sont des endroits pleins de charme.

C'est en arpentant la Sadovoie Koltso, avenue circulaire qui, jadis, était elle aussi ornée en son milieu d'une allée de beaux arbres et de massifs de fleurs, que j'ai fini par retrouver la maison de ma famille paternelle. D'après les descriptions d'un vieil ami moscovite de mon père, nous étions arrivés à la situer dans un périmètre qui englobait le croisement où se trouvent maintenant la statue de Maïakovski, quelques immeubles neufs, et le Sovremenik, Théâtre contemporain. Quelle ne fut pas notre surprise d'appendre que le théâtre avait été construit sur l'emplacement même d'un petit hôtel particulier, celui où est né mon père. Depuis, il a lui aussi disparu.

Souvent nous allons au marché central, sur les boulevards également car l'atmosphère, le bruit, les odeurs fortes nous ravissent. On peut y acheter en automne les champignons multicolores que proposent à grands cris des « babas » aux joues rouges, des fromages frais, des œufs, du beurre de ferme même parfois, du miel, et toutes sortes de petits objets de bois peint; en hiver, des pommes ridées comme les vieilles qui les vendent, mais succulentes, cuites au four avec le rôti de porc ou le canard farci. De ce côté-là de la ville, il y a aussi les restaurants que nous aimons, l'Arménie, l'Ouzbékistan, l'Aragvi, le Pékin, où nous faisons des festins dont nous sortons repus et euphoriques. Ensuite, nous rentrons à pied, et tu me chantes à mi-voix tes dernières chansons. Quelquefois, nous allons sur la place Rouge, surtout en plein hiver, car la neige fait ressortir la cathédrale de Vassili-le-Bienheureux, dont les coupoles ressemblent à de gros berlingots multicolores : c'est là que mon père fut baptisé en 1889.

Nous aimons aller au zoo, pour moi l'un des plus beaux du monde, peut-être parce que je le connais bien, nous habitons à proximité. Lorsque le temps le permet et que la « nurserie » est ouverte, nous ne pouvons nous arracher au spectacle de ces petits d'animaux qui jouent innocemment entre eux : louveteaux, agneaux, bébés tigres, porcelets, oursons et renardeaux, nous donnent un aperçu de ce que serait le paradis s'il existait. Un peu plus loin, nous retrouvons nos favoris, deux pumas aux yeux gris-bleu, dont l'attitude calme et royale est démentie par la fulgurance du bond qui les propulse apparemment sans aucun effort sur les branches hautes des arbres morts qui leur servent de perchoir. Nous n'oublions jamais de passer devant les loups, si malheureux dans l'enclos où ils ne cessent de tourner en rond, plus pour leur jeter un regard fraternel que pour les admirer.

Une autre de nos promenades nous mène au cimetière de Novodievitchi : là sont enterrés tous les grands hommes de la Russie. Comme tous les cimetières orthodoxes, celui-ci est un merveilleux jardin. Rien de triste ni de froid dans cet espace où nous déambulons en égrenant des noms et des bribes de poèmes ou de musique. Nous nous arrêtons toujours longuement sur la tombe de Tchekhov, pour moi l'un des plus grands à qui je voue une reconnaissance particulière pour m'avoir donné le plus parfait bonheur de ma vie théâtrale, celui d'avoir joué *Les Trois Sœurs* avec mes propres sœurs, Odile Versois et Hélène Vallier, et, grâce au film *Un amour de Tchekhov*, de t'avoir rencontré, aimé, et épousé.

Mais notre promenade préférée, recommencée au long des années, passe par quelques maisons amies des environs de Moscou, et se termine toujours sur les bords d'un bras tortueux de la Moskva Rika, la rivière de Moscou. Le matin, nous passons saluer le vieux physicien Kapitsa, ami des arts, dont le téléphone relié directement au Kremlin, sorte d'appareil appelé *vertouchka*, semblable aux appareils anciens dont on tourne la manivelle, permet de parler directement aux grands du régime, chose impossible pour le commun des mortels : il a permis de nombreux sauvetages de spectacles *in extremis*. Son regard reste dans ma mémoire comme l'un des plus doux et lumineux que j'ai croisés dans ma vie. Ensuite, visite de la datcha de Pasternak. Là nous reçoit Brigitte Engerer, jeune pianiste française, virtuose attendrissante, disciple du maître de maison Stanislav Neuhaus, élevé dès l'âge de quatre ans par le grand poète, ton frère en autodestruction. Cette maison renferme des trésors de cette époque éblouissante et tragique, les années 20-30. Nous allons tous nous incliner au cimetière de Pérédelkino sur la tombe de Pasternak qui n'a jamais cédé, et dont le profil en bas-relief exprime l'orgueil et la détermination dont il a fait preuve toute sa vie.

Puis nous faisons un crochet par la datcha-capharnaüm de Bella Ahmadoulina. L'atmosphère y est toute différente, on sent que l'aspect extérieur n'a aucune importance. Ici, les chaises sont dépareillées, la propreté douteuse. Des chats, des chiens jouent dans les lits avec les enfants de la poétesse. Sur le mur une photo un peu racornie est épinglée, celle de deux amis très proches, Boulat Okoudjava en costume sombre, et sa femme en chignon-choucroute et jupe courte. Comme dit Boulat : « C'est quand nous étions vieux, en 1960 ! » Boulatik, comme nous l'appelons familièrement, est ton « premier de cordée ». C'est lui qui a essuyé les plâtres d'auteur-compositeur interprète, cette profession qui n'en était pas une en U.R.S.S. dans les années du triumvirat poststalinien. Il est l'un des seuls à t'avoir toujours soutenu et défendu.

Quand nous ne trouvons pas Bella, la vieille « baba » qui sert de nounou improvise un déjeuner avec le peu dont elle dispose, et nous mangeons tous ensemble, enfants, animaux et grands mélangés. C'est gai et très tendre. Si Bella est présente, tout devient silencieux, tout n'est plus qu'écoute. La voix inimitable s'élève, le visage pâle et tragique levé vers le ciel, le cou tendu, veines comme prêtes à éclater, elle dit sa douleur, sa colère ou son amour. Après avoir bu un peu de vin, elle éclate d'un rire facétieux et frais, et le temps, suspendu un moment par son génie, reprend son cours. Nous la quittons et notre promenade continue. Nous nous asseyons alors un long moment face au soleil couchant, les boucles de la rivière reflètent le ciel rose, des bruits familiers résonnent dans l'air pur, tu cherches ma main, c'est la paix.

Au bout de la longue plaine, tout au bord de l'horizon, droit devant nous, se profile la frontière. Furtivement je t'observe. Tu es assis très droit, le dos décollé du siège, tes yeux ne cillent pas. Seuls, les muscles de la mâchoire se crispent puis se relâchent par intermittence, tes doigts accrochés au tableau de bord sont presque blancs tant tu serres le rebord de plastique.

Nous avons roulé très vite depuis Moscou. La conversation a été de plus en plus exaltée, jusqu'à devenir un monologue au fur et à mesure de notre avancée vers l'Ouest. Maintenant c'est le silence. Je suis très tendue moi aussi. Dans ma tête se bousculent tous les scénarios possibles : on ne te laisse pas sortir, on t'arrête, pire encore, on t'enferme sur place, j'imagine déjà mes démarches, je repars vers Moscou, non, je rentre en France, non, je reste devant la prison, je déclenche une grève de la faim, bref je me fais du cinéma! Pendant ce temps, nous fumons cigarette sur cigarette, on étouffe dans la voiture, les derniers kilomètres sont avalés. Je ralentis, nous y sommes. Je sors de mon sac tous les papiers, passeports, assurances, carte grise, etc. Je te les donne. Nos mains se frôlent un moment, puis j'aborde le virage qui mène vers la première sentinelle en armes. Un très jeune homme nous fait signe d'attendre. Devant nous, un bâtiment quelconque où s'agitent des silhouettes à contre-jour. Nous échangeons un regard. J'essaie de sourire mais ça se coince. La sentinelle fait signe, j'avance au pas, après avoir fait grincer la boîte de vitesses : l'émotion! Nous sommes très pâles tous les deux. Arrivés devant le bâtiment, je coupe le moteur, nous ouvrons les portes et, soudain, de toutes parts se pressent vers nous les douaniers, les soldats, les cantinières, les serveuses du bar, suivis du commandant du poste qui arrive le dernier. Les visages sont souriants, déjà tu as repris des couleurs, tu me prends par l'épaule, tu me présentes aux officiels, puis tu signes des autographes sur les livrets militaires, sur le menu du restaurant, sur la peau d'un bras... On nous entraîne vers le bâtiment, nos passeports sont tamponnés, on nous offre du thé, tout le monde parle en même temps. On nous photographie, chacun veut être pris à nos côtés devant la voiture. C'est une sorte de fête. Ragaillardis, nous repartons. Derrière nous, longtemps, un groupe de gens nous saluent avec de grands gestes des bras. Nous rions, nous nous embrassons, nous passons le *no' man's land*, tu chantes le couplet de ta fameuse chanson :

Sur le no man's land,
les fleurs
sont d'une beauté inhabituelle.
Pourquoi ne peut-on s'y promener?
La terre est neutre, elle est à nous tous!

Les Polonais nous retiennent à peine, et dès que la frontière est cachée par un bouquet d'arbres, nous nous arrêtons. Sautant comme un cabri, tu te mets à hurler de toutes les forces de ton bonheur, de toute la puissance de ta longue patience, de toute ta fougue décuplée par cette liberté enfin acquise. Avoir passé la frontière de ton pays que tu croyais ne jamais pouvoir quitter, savoir que nous allons voir le monde, avoir devant nous tant de richesses à découvrir, cela te rend presque fou d'exaltation, nous sommes tous deux comme ivres. Quelques kilomètres plus loin, tu veux de nouveau t'arrêter dans un tout petit village typiquement polonais, où nous nous gavons de boudin aux pommes de terre, où les paysans nous regardent avec curiosité parce que nous sommes hilares et exubérants, simplement comme des gens heureux.

Nous repartons, et à l'inverse de ta chanson où l'homme que l'on arrête pour l'envoyer en Sibérie supplie : « Ne m'emmenez pas hors du printemps », nous qui roulons vers l'Ouest, le printemps nous accueille, les arbres se couvrent d'une brume vert pâle, l'herbe n'est plus roussie, le soleil encore timide, à travers les vitres, tiédit déjà l'intérieur de notre voiture. Tu te mets naturellement à composer ce qui deviendra le grand poème du premier voyage. A haute voix, tu commentes ce que tu vois, comme les griots africains. Comme nous approchons de Varsovie, le ton devient dramatique. D'abord, ce sont les descriptions surréalistes de la peinture abstraite que composent les corps écrasés des insectes sur le pare-brise, puis se dressent comme des sentinelles les combattants de la grande guerre, enfin, au bord de la Vistule, tu me demandes encore de m'arrêter. Tu contemples longuement la ville martyre, tu me racontes comment l'Armée Rouge a dû attendre, à l'endroit même où nous sommes, deux interminables journées, car les ordres secrets étaient de laisser le massacre s'accomplir. Le pouvoir soviétique de l'époque, c'est-à-dire Staline, voulait ne mettre à la tête du gouvernement que des communistes polonais ayant passé la guerre en U.R.S.S., formés et éduqués à Moscou, il fallait donc laisser tuer les partisans communistes qui étaient sur place...

Daniel Olbrychski, acteur internationalement connu, a, un soir, fait le mur du théâtre de la Taganka pour te voir jouer *Hamlet*, passant par un vasistas alors que la représentation était commencée, que, naturellement, il n'avait pas de billet, et que les portes étaient closes. Tombé amoureux de ton art, il a traduit tes chansons. Il les interprète pour le public polonais, il est de toutes les batailles, il a tous les courages. Aujourd'hui, nous devons l'appeler dès notre arrivée dans les faubourgs de Varsovie, il viendra nous chercher et nous emmènera chez lui. Nous nous arrêtons au premier hôtel venu, sa femme Monika nous répond au téléphone. Nous ne la connaissons pas encore, elle nous dit que Daniel tourne un film à Lodz, ville distante de quelques centaines de kilomètres, qu'il n'arrivera que tard dans la soirée, mais qu'elle va venir au plus tôt nous chercher. Nous attendons en buvant un café au bar de l'hôtel. Après un temps assez long, une belle femme rousse s'approche de nous, son état de nervosité nous intrigue. Arrivés dans leur maison où tout est apparemment prêt pour nous recevoir, nous comprenons qu'il y a eu un terrible impair. L'hôtel d'où, par hasard, nous avons téléphoné, était par une étrange fatalité celui même où Daniel, époux volage, passait l'après-midi en compagnie galante. Malgré tout, la fête en l'honneur de ton arrivée a lieu. Tous les amis polonais sont venus t'embrasser, Wajda, Hoffman, Zanussi et tant d'autres qui savent et aiment ce que tu es. La fête se termine fort tard et, le lendemain, nous visitons au pas de course le cœur de la ville historique, tu mets dans un tronc un peu d'argent et moi une de mes bagues, comme le font beaucoup de Polonais pour la reconstruction de la Vieille Cité. Daniel nous accompagne à 180 à l'heure sur la route qui mène vers l'Ouest, je le suis tant bien que mal, nous nous embrassons à quelques kilomètres de la frontière de l'Allemagne de l'Est.

Nous reviendrons plusieurs fois à Varsovie, chaque séjour sera exaltant, comme le sont tous ces hommes et femmes à la recherche de leur dignité. Daniel réussira, après d'interminables palabres pour recevoir un visa, à passer à Moscou avec tous nos amis la nuit du 27 au 28 juillet 1980. Nous nous retrouverons dans cet appartement rempli de tout sauf de toi. Nous parlerons longuement, il me fera une demande au nom de tous les amis polonais que je promettrai de satisfaire : une mèche de cheveux et un peu de la terre qui te recouvre sont désormais enfouis dans le sol de la patrie des gens qui t'ont aimé et à qui tu le rendais bien.

A cause de ton patriotisme sans faille, tout ce qui pouvait ternir l'image de la Russie, ta mère patrie, te faisait mal. Pour la Pologne, comme avant pour la Hongrie et la Tchécoslovaquie, ce furent des discussions sans fin, des critiques amères, des condamnations, mais toujours nuancées. Pour l'Afghanistan, je l'ai vu de mes yeux, ce fut le dégoût, une douleur comme si tu découvrais enfin une limite à l'horreur supportable. Il faut dire que les images que tu découvrais à la télé étaient les pires : une fillette afghane, brûlée au napalm (comme la petite Vietnamienne...); cette fois, ce n'étaient plus les visages douloureux et perplexes de jeunes soldats soviétiques à bord des tanks qui occupaient Budapest, Prague et même Varsovie, dont le désarroi évident nous apitoyait. (Nous apprîmes plus tard que les équipages de ces tanks étaient relevés toutes les vingt-quatre heures tant les cas de dépression ou de folie étaient fréquents.)

Non, en cette année 1980, la sale guerre n'avait plus d'état d'âme. Ce sera ton dernier chagrin.

Un soir, à Paris, nous rentrons après une répétition de *Hamlet* que tu dois jouer dans quelques jours à Chaillot, l'embouteillage est à son comble. Nous sommes arrêtés depuis plusieurs minutes près du pont de Bezons. Soudain un jeune, visiblement drogué, agrippe un homme qui passe à vélomoteur, le fait tomber à terre, le frappe violemment, puis, comme pris de folie, s'acharne sur la machine. Les mains en sang, il se jette en hurlant sur les voitures, donne des coups de pied dans les portières, se tape la tête sur les pare-brise. Le front éclaté, le visage grimaçant, il ouvre la porte de la voiture à nos côtés et, tirant la passagère par ses vêtements, la projette sur le bitume et se met à l'étrangler en la rouant de coups de pied. Des hommes se précipitent, tentent de l'approcher, certains sautent par-dessus les capots car les voitures se touchent. Tu veux sortir à ton tour, je m'accroche à toi; je hurle :

— Il ne faut pas, tu es soviétique, tu ne peux pas être mêlé à une bagarre.

Pendant que tu protestes, des flics arrivent, ceinturent le jeune dément, en quelques secondes tout est fini.

Nous redémarrons, suivant des yeux le pauvre gosse qui se débat. Tu dis, amer :

— Même ici, je n'ai pas le droit de me conduire en homme libre.

Assis par terre sur de vagues coussins, mêlés à la foule anonyme, nous regardons *Timon d'Athènes*, magistralement interprété par les acteurs que dirige Peter Brook. D'emblée, tu es conquis par la salle mystérieuse, tragique, lépreuse et noble à la fois, par cette fosse surplombée d'un mur sur lequel sont tatouées toutes les misères et les splendeurs de ce théâtre magique des Bouffes-du-Nord, par la manière qu'ont les acteurs d'être comme mêlés au public dans une intimité qui fait penser à des enfants écoutant, assis en rond, une belle histoire. Shakespeare se prête admirablement à ce jeu, et la pièce, qui en général semble longue, se dévide en succession de scènes d'une telle richesse que le public, au moment des saluts, en redemande. Pourtant, cela fait plus de trois heures que nous sommes assis, serrés les uns contre les autres. Tu es enthousiasmé, tu cries : « Bravo ! »; et lorsque la salle se vide, un petit homme aux yeux d'un bleu intense, aux cheveux blancs ébouriffés, traverse la scène et s'approche de nous, tu lui sautes dessus et l'embrasses avec transport. Peter Brook (car c'est lui) est très *british* malgré ses origines russes, et tes élans l'intimident beaucoup. Il est déjà rubicond, mais là il tourne carrément au violine. Passé le moment de surprise, il te présente les acteurs que tu félicites longuement.

Puis Peter te demande de chanter. A ton tour tu rosis de plaisir. Tu cours chercher ta guitare dans la voiture, tous les acteurs se sont déjà assis par terre ou sur les bancs. Le théâtre vide dans lequel flotte encore comme un léger brouillard de poussière dorée résonne de ta voix, les sons se répercutent et le vide amplifie encore le grondement sourd des syllabes que tu craches avec violence. Je regarde les visages de ces gens, émaciés par l'effort, les yeux agrandis par la fatigue qui suit un spectacle, et qui tendus vers toi, tous avec une attention quasi douloureuse, boivent ton chant. Micheline Rozan, l'heureuse directrice de ce lieu béni, dont la belle tête à crinière d'argent marque le rythme, semble aussi très émue. Mais celui qui me bouleverse, c'est Peter, car lui te regarde, un sourire extatique sur le visage, les yeux baignés de larmes, et ce durant tout le petit concert improvisé que tu donnes à la troupe. Quand nous nous quittons, presque une heure a passé, et tu me dis :

– Pour la première fois, j'ai chanté à l'Ouest, tu vois, c'est possible, ils m'ont bien écouté.

Au fond d'une cour, dans ce qui ressemble à une ancienne écurie, tu enregistres depuis plusieurs jours ton premier disque en Occident. L'affaire a été rondement menée. Tu as cédé les droits de plus de vingt-cinq chansons; en échange, le Chant du monde organise tout, avec un courage certain, car cette firme représente tous les artistes soviétiques, cette action lui sera d'ailleurs reprochée. Tout : de la confection à la distribution de ce 30 cm tant désiré. Nous sommes dans un état de grande surexcitation. Nous ne dormons plus. Notre ami

Konstantin Kazanski, lui-même chanteur très populaire en Bulgarie, et qui après avoir traduit et chanté tes chansons dans son pays a dû le quitter, s'occupe avec amour des orchestrations. Sont invités les meilleurs : à la guitare Claude Pavie, et à la basse Pierre Moreillon. Ils font des merveilles. Dans la fièvre et le bonheur, vous enregistrez vingt-deux titres. L'ingénieur du son, Robert Prudon, mixe avec tact et talent. Pour la première fois, ta voix n'est pas couverte par un orchestre envahissant, au contraire les guitares et la basse soulignent ton phrasé si particulier, et les soli sont étonnamment dans le ton des chansons. Ces musiciens qui ne connaissent pas un traître mot de russe t'accompagnent comme s'ils partageaient tes souffrances et ton angoisse : ils ont tout compris.

Nous passons plusieurs jours enfermés dans le studio, le bonheur est complet. Rarement l'enthousiasme que tu communiques a autant électrisé un groupe. Véronique, la femme de Konstantin, chanteuse à la voix troublante, est là et nous nous soutenons en faisant un travail de groupies : apporter le café, acheter les sandwiches, les cigarettes, être là à tout moment pour vous applaudir quand un titre est bien enregistré. Le travail est dur mais si agréable que ces quelques jours filent à toute allure. Et le disque tant attendu sort enfin. Les photographies qui ornent les pages intérieures ont été prises pendant le travail. Tous deux barbus, Konstantin et toi avez l'air de deux naufragés à peine rescapés, aux yeux rougis par la fatigue, et qui sourient béatement. Les textes sont traduits par notre belle amie Michèle Kahn, elle a vécu dix ans en U.R.S.S. et connaît toute ton œuvre. Nous nous servons de ces traductions pour composer peu après ton récital à l'Elysée-Montmartre; très curieusement d'ailleurs ce petit lieu qui nous semble trop grand, car nous ne pensons pas faire déplacer les foules, se révèle exigu. Tous les Soviétiques de Paris sont là, avec femmes et enfants, ainsi qu'un nombre considérable d'étudiants en langue russe, cela te rend très heureux. Le plus étonnant, c'est que l'homme de la rue est venu aussi, intrigué par ton nom ou attiré par l'exotisme, nous ne le saurons jamais, mais le spectacle lui plaît. Je suis sur scène avec toi, un spot m'éclaire pendant que je lis les textes en français. Puis il s'éteint et tu restes seul visible. J'ai un trac fou, mais en même temps je me sens si proche de toi. Enfin, nous faisons quelque chose ensemble sur scène. Tu te donnes tellement que tes doigts sont meurtris lorsque, après plusieurs bis, tu disparais dans les coulisses.

Plus tard, c'est à Saint-Denis que tu chantes quelques-unes de tes créations au cours d'un grand récital de poésie. Une autre fois, tu participes au spectacle sur le grand podium pendant la fête de l'Humanité. Là c'est fou, car près de 200 000 personnes sont massées à tes pieds sur la pelouse. Quand tu apparais, seul avec ta guitare, la foule te siffle. Elle attend les groupes de rock, pas un chanteur folklorique. Mais tu attaques, rageur *La Chasse aux loups*, et ta voix gronde dans les haut-parleurs. Un murmure court sur l'étendue humaine, tous se tournent vers toi et, en quelques minutes, c'est dans un silence attentif, seulement entrecoupé par les bruits environnants, que tu finis ta courte apparition. Tu salues sous un crépitement d'applaudissements, je te vois approcher sur fond de multitude, et souriant fièrement tu me dis : « Je pouvais rester autant que je voulais, je les ai eus. » Un autre jour, Maxime Leforestier, notre ami, qui t'a découvert lors d'un voyage en U.R.S.S. et qui a écrit le texte de présentation pour ton premier disque, nous invite à déjeuner chez lui et, l'œil malicieux, prenant sa guitare, nous chante deux de tes chansons en français. Il a adapté tes textes et nous en fait la surprise. Tout de suite tu te mets à travailler et, à force de répétitions, tu finis par prononcer très correctement les paroles en français. Avec ton oreille et ton sens du rythme, tu as très vite appris assez de notre langue pour te débrouiller seul. D'ailleurs, le travail de Maxime Leforestier ne restera pas inutilisé, car dans ton troisième disque, enregistré à Paris grâce à l'aide efficace de mon vieux copain Jacques Ourévitch, chaque face commence par ton interprétation en français. Plus surprenants encore seront tes concerts aux U.S.A. quand tu baragouines quelques phrases en anglais pour la plus grande joie des spectateurs américains.

A Moscou, souvent, tu sors tes disques de la cachette où tu les gardes, car on nous en a chipé des dizaines, et tu les poses sur le tapis, tu les contemples, tu en mets un sur la platine, et en écoutant ta propre voix, tes yeux se voilent de nostalgie :

– Comme c'est bien, pourquoi ne puis-je pas faire aussi bien ici pour que mon public puisse m'écouter avec cette qualité de son, d'enregistrement, et ce choix de textes réalisé sans censeurs, sans retenue, sans crainte. Pourquoi ?

Lorsqu'on écoute les centaines de ballades, de marches, de thèmes lyriques que tu as composées, on est indigné à l'idée que tu n'aies jamais été reconnu comme compositeur. L'ostracisme qui frappe ton œuvre musicale est le même que celui qui fait ignorer aux officiels ton œuvre poétique. N'ayant pas fini le conservatoire, tu ne peux être considéré comme compositeur; n'ayant pas terminé l'université de littérature, tu ne peux être accepté comme poète; n'étant pas publié, tu ne peux obtenir le statut de membre de l'Union des écrivains, etc. Le cercle vicieux t'enserre avec une logique impitoyable. L'homme le plus connu d'U.R.S.S., assis par terre, regarde tristement trois pochettes de disques posées sur le tapis de son salon.

Dans la rue qui longe le théâtre Hébertot se trouve un petit immeuble blanchâtre, dont la façade cache un restaurant-boîte de nuit et quelques chambres. Au troisième étage, vit depuis plusieurs années celui qui m'appelle « ma petite fille », le baron des Tziganes russes de Paris, Aliocha Dimitrievitch. Le titre, il se l'est décerné lui-même probablement, mais il a la prestance et l'orgueil qui conviennent. Et puis, il sait comme personne faire pleurer sa guitare, et sa voix, qui semble sortie des tréfonds du malheur, séduit depuis longtemps les belles noctambules. Après les nombreuses fêtes que nous inventons au fil des mois, au cours des représentations des *Trois Sœurs* tous les amis de la tribu Poliakoff finissent leur nuit chez Jean Pion, le propriétaire que nous appelons affectueusement notre cinquième sœur. Aliocha, conquis par le lieu, l'accueil et l'ambiance, a élu domicile dans la petite chambre du troisième.

Un jour, vers midi, nous arrivons à pied devant la porte de la boîte. Je sonne longuement, car c'est une heure insolite pour les gens de la nuit. Après quelques minutes d'attente, les verrous glissent, la porte s'ouvre. Dans l'ombre, une silhouette frêle recule, s'efface. L'odeur forte de tabac froid, de parfum, de sueur, relents de la nuit passée, nous prend à la gorge. La compagne d'Aliocha, jeune Française blonde et pâle qui, par amour pour lui, passe ses nuits déguisée en Tzigane, nous dit à voix feutrée : « Il va descendre, attendez ici, là-haut c'est trop petit. » Tu brûles d'impatience. Depuis longtemps, tu écoutes ses disques que je t'avais apportés à Moscou, tu connais toutes les histoires, toutes les anecdotes : les nuits passées avec mon père et Kessel dans les cabarets, les conseils d'Aliocha : « Ne bois jamais d'alcool quand tu prends de la cocaïne » (j'avais treize ans!), le salaire de la famille Dimitrievitch volé, la vieille Valia en larmes, le chèque que je leur ai donné à leur grand étonnement mais qu'ils ont accepté sans mot dire, les Tziganes acceptent l'argent comme un dû.

Aliocha descend, nous entendons sa toux saccadée avant de le voir. Dans la pénombre de la boîte, un faisceau de soleil venant de la rue fait danser les volutes de fumée de nos cigarettes. Je vois ton profil, tes yeux transparents, j'entends ta respiration. Au moment où les jambes d'Aliocha pénètrent dans la lumière, il y a comme une sorte de ralenti. Après un long moment, nous voyons son visage, dont la peau brune tendue sur les pommettes est striée de mille plis qui tous divergent à partir de l'œil, noir et luisant, fureteur et pointu. Comme dans un western, chacun de vous a discrètement relevé sa guitare et, sans un mot, accordés par miracle sur la même note, le duel sonore commence.

Enfoncée dans la mollesse du grand divan, j'assiste au choc de deux traditions. Les voix se mêlent d'emblée, l'un lance le début du couplet, l'autre le reprend, brisant le rythme, l'un scande les phrases ancestrales, l'autre reprend, crachant les mots nouveaux. Les profils se rapprochent, maintenant je vois dans le rai de lumière les particules de salive qui fusent, les veines du cou qui se gonflent, la sueur qui perle sur les fronts butés. Puis, tendrement, une main fait signe, attend, écoute, et la plainte monte, nous submerge. Le soleil tourne, sculptant vos deux visages, puis, les laissant dans l'ombre, n'éclaire plus que le bois blond des guitares et vos mains si dissemblables, qui pourtant arrachent en même temps la mélodie qui vous sert de langage. Le respect que vous ressentez l'un pour l'autre ne faillira jamais. Contrairement au reste du clan Dimitrievitch, Aliocha est le seul à n'avoir jamais gardé les billets que tu jettes aux quatre vents dans tes nuits folles : le lendemain, il te rend l'argent soigneusement plié dans une enveloppe.

Un jour, j'ai demandé à Aliocha ce qu'il pensait de notre vie, il a pris un jeu de cartes, me l'a tendu : « Sors-en deux, m'a-t-il dit de sa voix sourde (puis après un long moment de silence :) as de cœur, neuf de pique, l'amour, la mort... »

Dans un cadre, collée sur une photo de nous, la carte au cœur rouge est encore là aujourd'hui.

Mon père, ayant chanté sept saisons à l'Opéra de Monte-Carlo, n'avait que quelques pas à faire pour aller perdre des fortunes au casino. D'après papa, nous pouvions, en cas de problèmes de logement, nous installer dans une aile du casino, qui lui appartenait en partie, disait-il, tant il y avait laissé d'argent.

Un beau matin, en route pour Gênes où nous devons embarquer sur un paquebot ami, nous arrivons directement de Paris en voiture et, voulant te faire visiter cette demeure quasi familiale, nous entrons en chemisette dans le grand hall de l'imposant bâtiment. Je demande timidement si l'on peut faire un tour, l'huissier tout souriant nous dit que l'on peut même jouer. Cela n'était pas dans mon programme mais, voyant ton regard suppliant, je dis :

– Très bien, allons-y, mais tu sais, nous avons peu d'argent liquide, nous jouerons donc symboliquement.

La salle est un peu triste de jour, il n'y a que quelques petits vieux qui viennent tenter leur martingale imparable. Je pense tendrement à mon père qui, comme tout Russe qui se respecte, a été joueur jusqu'à la fin de sa vie.

Nous prenons des jetons et, ne sachant ni l'un ni

l'autre comment l'on procède, toi parce qu'il n'y a pas de casino en U.R.S.S., moi car je les ai fuis toute ma vie à cause du penchant familial pour le jeu, nous nous mettons à observer les tables diverses.

Soudain, je t'entends dire dans ton français incompréhensible : « En trois », puis tu jettes tous tes jetons sur le tapis. Le croupier les pousse sur le 33, tu fais un geste en répétant « en 3 », je te retiens, il a compris 33, c'est trop tard, la roulette tourne. Ton visage est crispé, tragique, on dirait qu'il y va de ta vie. Je retrouve l'expression si bien décrite par Dostoïevski : tu es possédé par la passion du jeu, ici dans cette salle sans lumière, le matin, avec pour tous partenaires trois vieux proprets qui jouent machinalement. Pour toi, c'est la première fois, et l'ivresse t'a gagné instantanément. La petite boule saute, retombe, roule encore un moment qui te paraît éternel, et s'immobilise enfin sur le... 33.

Tu rugis de bonheur, toutes les têtes se tournent vers toi, le croupier ramène les jetons dans ta direction, tu tends la main pour placer le tas sur un autre numéro, mais je t'attrape par la ceinture et vivement je te tire en arrière. Furieux tu te débats, mais j'ai de la poigne et je te sors de la salle en t'expliquant que ce coup doit rester unique, que c'est trop beau de gagner tant de sous, la première fois qu'on joue. Le caissier te donne une liasse de billets multicolores et, radouci, tu sors du casino, tenant tes gains comme on tient un bouquet de fleurs, à bout de bras. Le portier te félicite, tu es heureux, moi j'ai eu chaud...

Une autre fois, cela s'est terminé moins glorieusement. Nous prenons un *Jet* jaune poussin pour aller visiter Las Vegas, tu es survolté, déjà tout ce voyage est grisant, mais Las Vegas, les shows, les lumières, le désert, le jeu, tu en rêves depuis notre arrivée aux U.S.A. Dans l'aéroport de Las Vegas nous croisons des gens hâves, défraîchis, pas rasés, certains sont abattus, visiblement ratissés, seule une femme en short à carreaux exulte et dit à qui veut l'entendre qu'elle a gagné une fortune. Peut-être est-elle payée par le syndicat d'initiative ?

Il fait 45° à l'ombre : après une journée de tourisme épuisante, nous voici devant les machines à sous. On les trouve partout sur son chemin, même dans les toilettes, ce qui te fait hurler de rire. Nous décidons de jouer cent dollars chacun, et pour que ton plaisir soit total, je pars de mon côté tenter ma chance à la roue, une sorte de loterie comme dans nos fêtes foraines. Je gagne, et poursuivant ma promenade dans l'immense salle de jeux de l'hôtel, je t'observe de loin, tu es au black jack : une ravissante croupière fait voltiger les cartes, mais tu n'as d'yeux que pour les figures qui apparaissent par enchantement sous ses doigts. Je repars rassurée et m'installe devant une machine; très vite je perds trop, je reviens vers le black jack. Tu n'y es plus, à ta place je remarque deux Japonais, peut-être le père et le fils, qui jouent très gros. Ils ont une petite valise pleine de dollars et sortent des paquets de billets verts à pleines mains. Je te cherche des yeux, mais il y a foule, je ne te trouve pas. Je vais au bar me rafraîchir et reprendre un peu mes esprits, je lie conversation avec deux Françaises entreprenantes qui font l'Amérique en voiture, nous parlons un bon moment en sirotant des long-drinks, il est déjà tard, je déambule entre les tables, jouant à peine. Cela ne m'amuse plus. Il me reste presque 60 dollars, et à nouveau, je me dirige vers le black jack. Je suis curieuse de voir où en sont les Japonais. De loin, je vois ton dos; à tes côtés, le visage fermé, le père joue, le fils sort des billets. Dès que tu me vois, sans rien dire, tu tends la main, ton visage est livide, et après avoir empoché mes dollars tu me dis entre les dents :

— Tu tombes bien, j'ai pu continuer le jeu car j'ai trouvé un billet de 50 dollars par terre, mais je viens de le perdre.

Je te crois car il t'arrive toujours des histoires à dormir debout. Je me sens mal à l'aise, je n'aime pas ton allure, mais ne voulant pas te gâcher ton plaisir, je pars me coucher après t'avoir pressé le bras en signe d'encouragement. Notre chambre est d'un luxe inouï, des meubles ravissants, des rideaux frais vert pâle, une salle de bain de star, et surtout un lit gigantesque sur lequel une multitude de coussins sont empilés. Je me glisse sous le drap avec délices, j'éteins. Mais à peine ai-je étendu mes jambes fatiguées que la porte s'ouvre, la lumière se rallume, tu te rues littéralement sur moi et les yeux fous, la voix cassée, le visage luisant de sueur, tu exiges l'argent :

— Celui que tu gardes, l'argent du voyage!

Je me jette de l'autre côté du lit, tu en fais le tour, hurlant :

— Donne-le-moi!

Et me prenant par les épaules, toi qui n'as jamais levé la main sur moi, même dans tes pires délires alcooliques, tu te mets à me secouer, tu me sors du lit, me pousses vers l'armoire où j'ai enfermé mon sac. Ma réaction est à la mesure de ta violence, je sors le sac et, hurlant à mon tour, je te jette à la figure tout ce qu'il contient. Tu ramasses le rouleau de dollars et tu files en claquant la porte. Je reste abasourdie, je sais qu'en ce moment tu ne bois pas, pourtant cette rage me sidère. Quand ai-je vu ce masque, ces yeux, cette bouche grimaçante? J'enfile une chemise, un jean, je me précipite dans l'ascenseur, maintenant je sais : Monte-Carlo, la roulette, le 33, le bouquet de billets! Trop tard! Tu es assis, tassé, les bras ballants. A tes côtés, les Japonais toujours impassibles rangent leurs billets verts. Tu as tout perdu. Tout l'argent de notre voyage ! En quelques minutes, la vraie grande folie du jeu t'a noyé.

A l'aéroport, au petit matin, nous sommes, à notre tour, hâves, défraîchis, amers, tenant à la main notre seule fortune : deux billets de retour sur Los Angeles. Nous embarquons. L'avion jaune poussin décolle; non loin de nous, deux Japonais s'assoupissent, détendus : pour eux la nuit a été belle.

Nous sommes à Montréal, les Jeux olympiques battent leur plein. Notre tendre amie Diane Dufresne, avec une générosité et un sens de l'hospitalité qui nous touchent profondément, nous loge, nous nourrit, nous trimbale chez tous ses amis musiciens, paroliers, chanteurs. Les Canadiens sont si gais, si chaleureux, que tu te sens comme chez toi et, lorsqu'un ami, Gilles Talbot, t'offre de faire un disque, tu te mets immédiatement à rêver de la maquette, des arrangements, des musiciens qui peuvent t'accompagner.

Une seule note triste dans ce séjour parfait, nous sommes au football, l'équipe d'U.R.S.S. joue un match dans le grand stade tout neuf. Les joueurs t'ont invité. Nous sommes assis dans la tribune, derrière nous des Ukrainiens du Canada scandent tout au long du match des slogans violemment antisoviétiques. Tu as mal pour ton pays, mal pour ton peuple, mal pour les joueurs, tu souffres de cette haine que vous rencontrez partout dans le monde, tu trouves injuste que des jeunes sportifs ou des artistes subissent à l'étranger les contrecoups de la politique de force du gouvernement de l'U.R.S.S. Très blessés, nous quittons le stade avant la fin du match.

Heureusement, le lendemain, nous passons une

belle journée chez Luc Plamandon, le parolier. Il a une petite maison de bois au bord d'un lac, des castors construisent une digue et nous observons, assis dans un canoë, leur va-et-vient affairé. Puis tu chantes après un solide dîner à la canadienne, et la soirée se termine par notre unique expérience de la marijuana. Nos hôtes nous passent un joint, nous hésitons, mais nos amis nous assurent que ce n'est pas désagréable du tout et que la musique plus particulièrement se goûte comme jamais après quelques bouffées d'herbe. Nous fumons chacun à notre tour, tu soupires d'aise, un peu hilare, moi je suis envahie par les sons, je distingue chaque instrument, j'ai l'impression que tout l'orchestre joue dans ma tête, mais très vite je ne peux plus lutter contre une envie de dormir impérieuse et je m'endors emportant dans mon sommeil l'image de ton visage ravi. Un soir d'ailleurs, nous ressentirons à peu près les mêmes effets mais indirectement, au cours d'un concert de rock. 70 000 personnes, entassées avec nous sur les gradins et la pelouse du stade, fument de l'herbe, cela nous soûle complètement, la sono poussée à fond nous ébranle des pieds à la tête. Une colonne bleutée monte vers le ciel, nous allumons tous nos briquets en signe de fraternité, Lake Emerson et Palmer reprennent leur énième bis, nous sommes euphoriques et tout à coup tu te mets à chanter à pleins poumons. Nos voisins éberlués se lèvent pour voir d'où vient cette voix tonnante qui reprend en tierce les thèmes de rock et, gagnés par ton enthousiasme, tous se mettent à hurler. La cacophonie est indescriptible, nous rentrons aphones tous les deux, la tête bourdonnante mais le cœur léger.

Quelques jours après, nous partons chez André Perry, toujours accompagnés par notre fidèle Gilles Talbot qui nous conduit d'une manière désinvolte, une main sur le volant de sa Rolls de musée, l'autre nous indiquant le paysage qui défile. Ce paysage d'ailleurs nous est familier, rien ne ressemble plus à la Russie du Nord que le Canada, mêmes forêts de bouleaux, mêmes lacs, même luminosité du ciel. Nous arrivons devant une merveille d'architecture moderne, une maison de verre s'harmonisant avec le bosquet qui l'entoure, ouvrant sur le petit lac rond qui baigne les marches de la véranda-ponton. Un silence total règne dans le studio, car c'est là que tu vas enregistrer ton disque. André Perry est un magicien du son, la meilleure oreille du continent américain. Son matériel est le plus sophistiqué qui soit et nous sommes éblouis par la table de mixage : dix-huit pistes (nous sommes en 1976!), on ne peut trouver mieux. La salle est pleine d'instruments, des divans profonds sont disposés tout autour, mais surtout il y a la vue, on se croit en plein air au milieu d'un bois de bouleaux, sur le lac des canards sauvages s'ébattent, le soleil fait briller le cuivre des instruments à vent. André Perry s'avance, te serre chaleureusement les mains, puis nous présente les musiciens. Ils sont très jeunes, très beaux, leurs longs cheveux encadrant des visages romantiques, « Ce sont tous des Christ », dis-tu en russe, et c'est vrai qu'ils ont l'air illuminé quand ils se mettent à jouer. Tu travailles avec un extrême plaisir, sans effort, et pourtant ce disque est fait de chansons dures, *Sauvez nos âmes*, *Le Vol arrêté*, *la Poursuite*, *Les Coupoles* et surtout *La Chasse aux loups*, long cri de peur et de rage : « La horde de loups emprisonnés dans un espace délimité par des fanions rouges ne peut s'échapper, mais un loup transgresse l'interdit et s'enfuit. » La chanson se termine par un cri d'espoir, les chasseurs sont restés les mains vides (ce texte provoquera l'interdiction du spectacle *Protégez vos visages* au théâtre de la Taganka à Moscou). Le contraste est brutal entre la beauté du lieu et la fureur de ton chant. Toute la tendresse, la compassion que t'inspire ton peuple qui a tant souffert et qui souffre encore, sont exacerbées par l'impression de richesse, de luxe, de facilité dans lesquels nous nous trouvons ici. Comme chaque fois, tu veux exorciser ton sentiment de culpabilité envers tes frères privés de liberté en m'offrant un cadeau. Dans ton esprit, l'argent dont tu disposes doit me revenir sous forme de présents, car la liberté dont tu jouis, tu penses me la devoir. Je sais que ce n'est pas si simple : ton talent, l'amour de ton public en sont les garants essentiels, mais il est inutile d'essayer de te convaincre et je ne peux me résoudre à gâcher ton besoin d'exorcisme par un refus.

Dès que nous sommes de retour en ville, tu m'entraînes dans une boutique tenue par un immense vieillard, Juif au visage diaphane, aux longues mains blanches qui caressent en les déposant sur le velours bleu nuit des trésors antiques. Dans un russe que l'on ne parle plus de nos jours, il nous explique l'histoire de ces objets rares, perles de verre bleu égyptiennes, ambre millénaire, colliers moyenâgeux, sceaux grecs, pièces romaines. Je choisis les perles bleues. Touché par notre émerveillement, le vénérable rabbin, car il est aussi rabbin, nous bénit et nous offre deux croix byzantines en argent ciselé, puis il sort trois petits calices de vermeil, et nous verse quelques gouttes de liqueur de cerise, la *vishnevka* que l'on boit dans toute l'Europe centrale. Sagement, tu ne fais qu'y tremper tes lèvres, et nous quittons le patriarche, qui nous fait longtemps de grands signes d'adieu, après t'avoir dit : « Salue pour moi la mère patrie. »

KALOU RIMPOTCHE. Ce nom qui sonne si joliment t'a intrigué tout de suite. J'enregistre un disque avec un groupe de musiciens amis, tous bouddhistes et qui m'ont beaucoup aidée, il y a quelques années, durant les errances psychédéliques de mon fils aîné. On parle toute la journée de l'arrivée en France du grand maître bouddhiste tibétain. Il est pour eux ce qu'est le pape pour les catholiques. Je te raconte au téléphone l'enthousiasme de mes amis à l'idée de pouvoir rencontrer le saint homme. Tu me dis à demi sérieux qu'il pourrait peut-être t'aider. Je n'y crois pas trop moi-même, mais étant ouverte à toutes les expériences, même teintées de magie, je te promets que dès ton arrivée à Paris tu pourras être reçu par lui. En fait, dès notre premier dîner chez notre ami peintre Micha Chemiakine, gros buveur lui aussi, la conversation tourne autour des gourous et autres personnages qui ont le pouvoir d'aider les malheureux dans leur lutte contre le « serpent vert ». Chemiakine, très mystique, veut absolument être reçu le plus vite possible. J'obtiens une audience et nous voilà en route vers un petit pavillon dans le 14e.

Dans une pièce recouverte de belles images sacrées, sur une estrade se tient un petit homme fort âgé. Son visage plissé, bienveillant est tourné vers nous. Comme nous l'ont indiqué nos amis, nous entrons en nous inclinant. Moi je baisse la tête en signe de politesse, mais Chemiakine, pris par une subite impulsion, se jette à terre à genoux et, rampant presque, s'approche du trône. Tu me regardes et, ne sachant trop quoi faire, à demi penché, une main par terre, pliant les jambes dans une contorsion cocasse, tu avances aussi vers le maître. Je me retiens avec peine. Rire ne me semble pas permis devant un si haut dignitaire de la foi. J'ai tort, car lui-même souriant franchement vous fait signe de vous asseoir devant lui. Il a à ses pieds une jeune femme, française, drapée dans le beau tissu orange que portent les nonnes bouddhistes; elle traduit la phrase de bienvenue que le petit homme vient de dire d'une voix ténue, mais ferme. Puis elle demande quelle est la question que souhaitent poser les deux étrangers. Je prends la parole, car ni toi ni Chemiakine ne parlez le français.

J'explique que vous ne pouvez contrôler votre goût pour la boisson et que vous espérez l'aide du sage. La jeune femme traduit. Après quelques minutes de réflexion, Kalou Rimpotche se met à raconter une longue parabole. Ce récit curieusement traduit du tibétain en français puis en russe, le voici :

« Un jeune moine, passant devant la maison d'une veuve, est happée par celle-ci, qui l'enferme dans la maison et lui dit : '' Je ne te laisserai sortir que si tu fais l'amour avec moi, ou bien si tu bois du vin, ou bien si tu tues ma chèvre. '' Le jeune moine, atterré, ne sait que répondre : ayant fait vœu de chasteté il ne peut faire l'amour, ayant fait vœu de sobriété il ne peut boire, et surtout il ne peut attenter à la vie quelle qu'elle soit. Mais il doit choisir, et après une longue réflexion, il décide que boire du vin est le moindre des péchés. » A ce moment du récit, Kalou Rimpotche éclate d'un rire malicieux, vous regarde bien droit dans les yeux et dit : « Il but le vin, puis il aima la femme et ensuite il tua la chèvre. »

J'ai bien ri moi aussi. Comme c'était simple et sage. Vos visages émus et contrits disaient combien il avait frappé juste. Mais ce qui m'étonne le plus, c'est que vous n'avez bu ni l'un ni l'autre pendant presque un an.

MICHA, Riva, Dorothée, ces noms sont prononcés chaque jour pendant tes séjours à Paris. Les Chemiakine, famille de peintres en exil, dont l'appartement labyrinthe est rempli de curieux animaux : le plus curieux étant sans nul doute le fameux Mickaïl Chemiakine, le maître de maison, tout de noir vêtu, son visage florentin toujours fermé, très pâle et tellement aigu que de face il a l'air d'être de profil; Riva, toute petite femme aux cheveux rouges, en robes multicolores qui mettent en évidence ses formes plus que généreuses et dont les yeux vifs et bons surveillent sans cesse la maisonnée; Dorothée, petit bout de loubarde, dont les épingles de nourrice, chaînes de vélo et autres accessoires *punk* ravissent les parents.

Ce trio accumule le talent, et cela te subjugue. A chacune de nos visites, nous découvrons de nouvelles splendeurs. Micha exploite sa femme, elle compose tous ses fonds, minuscules touches de camaïeu qui donnent cette richesse tant prisée à ses tableaux. Riva, quand elle en a terminé avec la cuisine, le ménage et son mètre carré de fond, peut enfin dessiner, sculpter à son tour : c'est délicieux de délicatesse et de charme. Dorothée, malgré l'influence évidente du père, a déjà son coup de patte : ce qu'elle fait est encore minuscule, quelques centimètres carrés, mais on la pousse, et bientôt elle expose une série de petits chats pervers et drôles qui font un tabac à New York.

Tu t'es lié d'amitié avec les Chemiakine à Paris, la famille ayant quitté Leningrad après des péripéties inénarrables, mais au grand complet. Ta relation avec Micha est teintée de mystère. Vous vous enfermez ensemble des heures dans son atelier, il adore te photographier, t'enregistrer, t'écouter, car cet homme qui vit complètement dans le passé est amoureux de ta violence contemporaine. Il est croyant, mystique même, je ne te connais pas de penchant religieux. Il est méticuleux, maniaque, collectionneur, cachottier, tu es le contraire. Votre seul point commun, à part le talent, c'est le goût pour les cuites folles.

Combien de fois, Riva, Dorothée et moi, ahanant sous le poids, ne vous avons-nous pas remontés tous deux dans l'appartement qui fait face au Louvre! Les chiens, qui n'aiment pas l'odeur de l'alcool, aboient furieusement. Le perroquet jure effroyablement. Nous sommes tiraillées entre le fou rire et la colère, car autant tes facultés orales disparaissent dès que tu as bu (tu ne sais plus que hurler), autant Micha se met à déclamer de longs monologues injurieux. Lui qui se targue d'être un prince sombre et silencieux, on ne peut plus le faire taire; pire encore, il a pris l'habitude de nous téléphoner. Certaines fois, je suis obligée de l'écouter patiemment dévider son chapelet d'insultes, car si je raccroche, il rappelle toute la nuit. Je t'ai vu t'endormir au téléphone pour permettre à ton ami de vider son sac. Pendant que vous cuvez votre vin affalés dans un coin, Riva et moi, quelquefois avec Dorothée, bavardons en mangeant quelques bons petits plats. La vie est gaie, la vie est triste. Nous ne savons pas que nous passons des moments paisibles et heureux.

Quelques années plus tard, tout cela a disparu, je suis la seule à rester à Paris. Chemiakine, pourchassé en 1980 par le fisc, et m'ayant emprunté l'argent nécessaire au rachat des matrices de lithos gardées comme monnaie d'échange par son imprimeur, file à New York en emportant tous les biens du ménage. Dorothée et Riva partent vivre en Grèce à cause de la lumière, des beaux marins et de la modicité du coût de la vie.

Je n'ai jamais revu Micha. Quant à Riva et Dorothée, nous nous rencontrons au fil de mes voyages. Elles peignent, vivent gaiement, bien que très pauvrement. La jeune *punk* est devenue une grande fille costaude, d'ailleurs elle travaille comme maçon occasionnellement. En mangeant une moussaka, nous parlons du passé, toujours entre rire et larmes...

1987. J'ai reçu un chèque américain, et deux très beaux livres de peintures signés Chemiakine.

Après un séjour superbe à Tahiti, nous nous arrêtons dans la capitale du cinéma. Le temps est doux, à nos pieds Los Angeles se devine sous sa couverture de brume, nous découvrons la maison de Buck Henry, homme-orchestre, acteur, auteur, metteur en scène, chez qui nous passons l'après-midi. Du fond de la piscine, nous voyons arriver deux amis de longue date, Milos Forman suivi d'une jolie blonde et Micha Barichnikov qui vient d'émigrer aux U.S.A. Tu es heureux de retrouver Micha. Comme des gosses, vous jouez dans l'eau bleue, la jeune personne vous émoustille. Milos nous parle de son prochain film, *Hair*, et nous invite à aller voir les premières répétitions à New York. Buck Henry et moi partons acheter de quoi préparer le repas. Tu fais des sauts de l'ange, des acrobaties, du bruit, tu veux plaire à la starlette. Mais elle regarde Micha avec insistance. Elle s'appelle Jessica Lange, deviendra sa compagne peu après et lui donnera une fille, Alexandra.

Le soir, nous nous rendons à une *party* dans une maison ultra-moderne de Sunset Boulevard. Dans cette sorte de soirée, il faut se montrer, être accompagné de gens connus, faire des mondanités, déambuler un verre à la main, l'air absent : plus on intrigue les autres, mieux cela vaut. Des créatures

de rêve se baladent d'une pièce à l'autre, s'excusant à peine lorsqu'elles dérangent les ébats d'un couple isolé. Tu es perplexe, et très vite tu me dis :
– Toutes ces filles se ressemblent, elles sont belles mais sans âme, partons.

Je sens ton irritation, personne ne s'intéresse à toi. Tu es un inconnu pour la première fois de ta vie. Seul, le maître de maison nous demande poliment si nous avons besoin de quelque chose et nous dit de nous servir, de visiter la maison, de profiter de la piscine.

Help yourself. Phrase sacro-sainte en Amérique. Générosité de surface. Tu préférerais un peu plus de chaleur humaine. Déçus, nous quittons ce musée de cire et rentrons chez les amis qui nous logent. Là, c'est une tout autre atmosphère. Dik Finn est un virtuose de l'électronique. Sa maison en préfabriqué ne paie pas de mine mais elle est pleine de cris, de rires, de bruit. Un petit chien blanc, boule de poils fous (qui chaque matin nous réveille par des câlins) nous fait la fête. Des amis de tous âges, qui t'attendent depuis plusieurs heures, veulent que tu chantes. Tu es content, tu as retrouvé l'ambiance que tu aimes.

Le lendemain, Mick Medovoï, le producteur, nous fait visiter son studio, la M.G.M. (ou bien Universal). Nous retrouvons l'odeur des plateaux, poussière et colle, l'affairement des machinos, des électros. Sur un terre-plein, près d'une rue de western en ruine, tu nous mimes le duel au pistolet qui termine un de tes films favoris, *Le train sifflera trois fois*. Nous découvrons l'immense King-Kong, sa peau frémit, ses yeux roulent désespérés, ses bras aux mains articulées semblent supplier, il me fait de la peine. A ses pieds, Jessica Lange ne nous reconnaît pas. Elle est avec Dino de Laurentis, le producteur. Il s'avance et avec chaleur nous serre

142

les mains (il y a quelques années j'ai tourné pour lui à Rome, à Cinecitta). Puis une voiture électrique silencieuse nous conduit dans le dédale des rues de la petite ville qu'est un studio. Nous attendons devant une grande porte que le rouge s'éteigne, puis on nous fait entrer sur le plateau de *New York, New York*. Liza Minnelli et Robert de Niro interprètent une scène de boîte de nuit. Ils sont tendus, concentrés. De Niro joue du saxo et nous voyons qu'il a vraiment appris à jouer de cet instrument difficile. Liza Minnelli, ses immenses yeux aux faux cils lui mangeant le visage, te jette un coup d'œil ravageur. Nous assistons à la prise de vues, l'atmosphère est lourde. Et comme nous ne voulons pas déranger, nous nous éclipsons. Mick Medovoï nous chuchote :

– Ce soir j'organise une *party* pour vous.

Nous acceptons avec reconnaissance. Je te sens flatté, tu seras l'invité d'honneur. De retour à la maison amie, tu te mets à choisir parmi tes blousons, pantalons et cols roulés, la tenue qui te paraît la plus adaptée. Tu choisis le bleu pâle. Tu es bronzé, en pleine forme. Tes yeux brillent d'excitation. Cela me réjouit aussi, et surtout je n'ai pas d'inquiétude. Ton implant d'*Esperal* vient d'être placé, pas de risque de te voir succomber devant une bouteille. Cette barrière invisible que tu acceptes de mettre entre toi et l'alcool te donne une entière liberté. Le problème n'existe plus. Pour quelques mois tu es un non-buveur heureux.

Le parc violemment éclairé entoure une maison de style colonial. Sur la véranda, dans les salons, au bord de la piscine, le Tout-Hollywood, est là. Ce qui nous frappe, c'est la beauté de tous ces gens : les femmes longilignes, aux cheveux magnifiques, le teint doré, le corps musclé sous des robes légères; les hommes grands, souples, souriants, ressemblent à des carnivores à la recherche de leur proie. Tu me pousses du coude et comme un enfant tu nommes les acteurs qui nous entourent : Rock Hudson, Paul Newman, Gregory Peck. Et quand le maître de maison demande le silence, que tous en cercle autour de toi écoutent le petit speech de présentation de Mick, racontant qui tu es, acteur soviétique, poète, chanteur à la voix exceptionnelle, je sens que tu n'en mènes pas large. Assise presque à tes pieds, Liza Minnelli, qui vient d'arriver, te sourit. T'accrochant à son regard, tu attaques ta première chanson. L'effet est brutal, tous ces visages poliment attentifs se figent. Du jardin, de la piscine, de la terrasse, comme attirés par des fils invisibles, les gens s'agglutinent autour de toi. Ta voix déchirée les fait frissonner, les femmes se blottissent contre leurs compagnons, les hommes fument cigarette sur cigarette, les verres se remplissent à peine vidés, la désinvolture a disparu. Je découvre sur chaque visage la tension que provoque ton chant. Ils ne comprennent pas le sens des mots, mais les masques sont tombés. Chacun a retrouvé son vrai visage, certains ne cachent pas leur émotion; d'autres, les yeux fermés, se laissent envahir par ton cri. Un long silence suit ta dernière chanson. Tous se regardent incrédules, possédés par le petit homme en bleu, Liza Minnelli et Robert de Niro donnent le ton en criant :

— Fabuleux, incroyable !

Tous veulent te serrer la main, t'embrasser, te dire leur enthousiasme. Je ne te vois plus, perdu au milieu de ces hommes et de ces femmes, tous beaucoup plus grands que toi. En une heure tu as conquis le public peut-être le plus difficile, un public fait uniquement de professionnels du cinéma, de personnes plus connues, plus gâtées, plus blasées que toi-même.

Le lendemain, à l'Université U.C.L.A., la salle est

comble : sont assis tous les étudiants de langue russe, de littérature russe, d'histoire de la Russie, tous jeunes et avides d'écouter enfin le poète dont ils ont tant entendu parler. Ils ne seront pas déçus. Galvanisé par ton triomphe de la veille, tu commences ton premier concert public aux U.S.A. par un speech de deux minutes en anglais. De la coulisse j'écoute médusée. Quand as-tu appris ces quelques mots ? Tu me jettes un regard et éclates de rire :

— C'est une petite surprise que je vous ai préparée cette nuit.

Et tu attaques, fort, par *La Chasse aux loups*. Après deux heures épuisantes, tu sors de scène en nage, les doigts en sang, deux cordes de ta guitare pendent, arrachées, mais ton visage est radieux.

— Ils ont tout compris, ils étaient bons ce soir.

Dans la salle de cours qui te sert de loge t'attendent le recteur de l'Université, les professeurs de russe, et deux représentants du consulat d'U.R.S.S. à Los Angeles : eux ne savent pas trop sur quel pied danser. Le succès est indéniable, et ils sont tout aussi heureux que le public d'avoir assisté à ton concert. Pour eux c'est une aubaine, car en U.R.S.S., où ils se trouvent rarement, obtenir une place dans ton théâtre de la Taganka ou pour un de tes rares concerts publics est quasiment impossible. Et puis, tu as chanté un répertoire très large, les trente chansons les plus demandées là-bas, plus quelques nouveautés encore inconnues à Moscou. Mais c'est justement ce qui les rend circonspects.

Doivent-ils te féliciter et montrer leur enthousiasme, ou doivent-ils te reprocher le contenu de certaines chansons ? Je vois leurs pensées se bousculer dans leur tête. « S'il est ici, s'il chante librement, s'il a l'air si sûr de lui, c'est qu'il doit être protégé, il doit avoir reçu une permission

145

exceptionnelle. Qui sait, peut-être est-ce Brejnev lui-même qui lui a accordé le feu vert ? Nous n'avons reçu aucun signal de l'ambassade, nous savons qu'il est là pour accompagner sa femme, un point c'est tout. Donc restons prudents. Attendons les réactions officielles. » Les deux hommes te félicitent et s'éclipsent rapidement.

Dans chaque université où tu chantes, c'est le même scénario : ovations du public, réserve prudente des officiels soviétiques. Ce qui te fait sourire ici aux U.S.A. te fera franchement rire à ton retour à Moscou. Tous les organes de tutelle auxquels tu auras à faire, seront désarmés par ton culot. Les tampons de tous les pays visités qui ornent le passeport que tu as reçu avec le seul droit d'aller en France me rejoindre, tu les expliqueras par mes obligations professionnelles et familiales, mes fils étant à Tahiti. Les concerts donnés dans tous ces pays, tu les justifieras par des phrases pleines de sous-entendus : « En haut lieu, on était au courant. » Et à chaque fois au pire on te grondera, mais toujours avec prudence. « Qui sait, pensent-ils, il doit avoir le droit, il n'aurait pas osé. » Et ne voulant pas risquer de contrecarrer un ordre venu du plus haut de la hiérarchie, jamais tes interlocuteurs ne sanctionneront tes actes. « Puisque tout est interdit, dis-tu, on peut tout se permettre. » Encore faut-il en avoir le courage. Ce courage tu en as fait preuve tout au long de ta vie, mais aussi, tu l'admets, parce que tu bénéficies de l'amour et de l'admiration de tant de gens, du simple paysan au dirigeant de haut rang, du jeune écolier à l'académicien nonagénaire : c'est cette reconnaissance de ton peuple qui te sert de bouclier.

Nous repartons pour New York, où nous attend Micha Barichnikov. Il nous prête son appartement. Ici tu n'es que spectateur, nous allons de concert en show, d'exposition de peinture en ballet, Broadway te fascine. Nous nous gavons de hamburgers, de souvlakis, de pizzas, nous marchons jour et nuit, anonymes et un peu perdus. Deux jours de suite, nous allons admirer l'exposition Kandinsky au musée Guggenheim. Les taxis jaunes qui nous trimbalent dans la ville sont souvent conduits par des Soviétiques immigrés. Certains, te reconnaissant, n'en croyant pas leurs yeux, s'arrêtent pile, créant des embouteillages inattendus. Ils veulent t'emmener chez eux, te montrer à leurs copains, t'entendre chanter. Nous arrivons avec peine, en leur promettant des places pour un concert, à nous libérer de leur enthousiasme. Milos Forman nous présente son équipe de jeunes danseurs et chanteurs, nous assistons à une répétition de *Hair*. La perfection des voix, la grâce des corps nous donnent envie de chanter et de danser avec eux. Tu fais une démonstration de *Tchitchiotka* russe, sorte de claquettes syncopées, que tu danses comme un professionnel.

Une autre nuit, on nous mène en barque vers une péniche amarrée sur l'Hudson. Toute la ville est devant nous, scintillante, la péniche est presque vide, des poufs jonchent le sol, des peintures hyperréalistes couvrent les panneaux, la musique hurle, nous sommes abasourdis, comme transportés sur une autre planète. Nos amis danseurs, de sexe indéterminé, décident de te montrer le quartier *gay*. J'hésite à y aller avec vous, mais tu insistes, tu ne veux pas me laisser seule sur la péniche, et nous repartons sur le fleuve sombre et un peu effrayant. Sur le quai, des boîtes de nuit crachent leur musique. Me voyant dans ce groupe d'hommes, certains videurs ne nous laissent pas entrer. « Pas de femme chez nous ! » Une grande boîte, de laquelle s'échappent bizarrement des sons d'accordéon, est plus accueillante. Je t'observe, tu es très mal à l'aise, ces couples d'hommes qui dansent, s'embrassent, se caressent, cela te choque profondément. Tu m'attrapes par le bras, m'entraînes vers la sortie. A peine dans la rue, deux petits garçons maquillés, très beaux, s'avancent vers nous, leur proposition n'est pas équivoque, tu comprends et, outré, le regard mauvais, tu jures entre tes dents. J'ai toutes les peines du monde à te calmer. Nous sautons dans un taxi et quittons ce quartier dans lequel nous ne remettrons plus jamais les pieds.

Heureusement, le lendemain nous avons rendez-vous avec Iossif Brodsky, le poète russe que tu estimes le plus. Nous nous retrouvons dans un petit café de Greenwich Village; attablés devant un thé, tu retrouves le plaisir de la conversation à bâtons rompus. Tu récites à Brodsky tes derniers textes, il t'écoute, grave, puis nous emmène faire un tour dans les rues. Ce quartier, il l'aime, cela fait plusieurs années qu'il vit à New York, le froid est vif, et tu m'achètes un petit chapeau marrant pour me couvrir les oreilles. Dans les caniveaux, parmi les ordures, beaucoup de seringues usagées, que tu disperses d'un coup de pied rageur.

Brodsky raconte la vie dure et dangereuse de la ville, on a peine à le croire tant les rues sont paisibles, presque provinciales. Puis nous arrivons chez lui, minuscule appartement rempli de livres jusqu'au plafond, une vraie caverne de poète. Il nous prépare un déjeuner chinois inattendu et nous récite ses poèmes écrits directement en anglais; puis, avant que nous ne le quittions, il te dédicace son dernier livre. L'émotion te noue la gorge. Pour la première fois, un vrai, un grand poète te reconnaît comme son égal. Combien d'années as-tu attendu ce moment? Tu as toujours été catalogué comme chanteur, diseur, auteur-compositeur, barde, ménestrel, mais l'acceptation dans cette famille supérieure, l'entrée en Poésie, on te l'a toujours refusée. A Moscou, pour s'intituler poète, on doit avoir étudié (comme si la poésie pouvait s'apprendre), on doit être édité (comme si cela était donné à tout un chacun). Les poètes officiels, Evtouchenko, Voznessienski sourient avec condescendance quand tu leur apportes tes textes. Aucun, jamais, n'a tenu ses promesses, tous ont pris avec eux quelques-uns de tes poèmes, promettant de les faire éditer, mais jamais tu n'as eu la joie de voir, noir sur blanc, les mots qui te sortent du cœur et, n'ayant pas le nombre voulu de lignes imprimées, tu n'as jamais pu obtenir le statut de membre de la très influente Union des écrivains. Cela, à part l'honneur, t'aurait donné tant d'avantages : attribution d'appartement en priorité avec bureau pour travailler (une pièce de plus, à Moscou c'est un luxe), facilités pour organiser des soirées poétiques, possibilité de jouir des multiples maisons de création où l'on peut passer des mois à peu de frais dans des lieux magnifiques et calmes si nécessaires pour créer, et surtout l'obtention de visas afin de participer à des récitals de poésie russe dans le monde entier.

Par bonheur, tout cela, tu l'as grâce à ton talent, à l'amour des gens et à notre mariage. Quant à « l'honneur », te voici reconnu par le meilleur de vous tous, et tes yeux qui brillent de larmes en disent long sur ta fierté. Ce livre tu le montreras à chaque copain, à chaque visiteur, il sera toujours à la place d'honneur dans ta bibliothèque. Et je m'attendrirai en te voyant si souvent relire la dédicace qui t'a sacré poète.

1974, retour en U.R.S.S. En attaquant, seule, l'autoroute vers Moscou, je comprends que ce nouveau voyage va être infernal. Ma voiture, chargée jusqu'à la gueule, ressemble plutôt à un hors-bord. Sur le toit, arrimé solidement, un matelas « super-spirales individuelles » de 1,60 m de large, une merveille, dont le vendeur m'a juré qu'il tiendrait sous le vent et la pluie dans sa housse de plastique. A l'intérieur, j'ai juste la place de poser cartes, papiers, et un panier qui contient pique-niques et boissons diverses. Derrière, il y a tout. Tout ce qui manque à Moscou : de la vaisselle aux épices en passant par les spaghetti, les Kleenex et surtout les disques, cassettes, etc. Nous allons enfin emménager. Six ans d'attente, mais quelle joie! Après un passage nocturne de la frontière polonaise dont je me remets doucement (les femmes – ce sont les pires – m'ont tout fait sortir de la voiture, ont ouvert chaque paquet, déplié le linge, sorti chaque disque), j'arrive à Brest-Litovsk, où tu m'attends... Le moment d'émotion des retrouvailles passé, pendant que les douaniers soviétiques refont le même petit ménage dans nos affaires, tu m'annonces que l'eau et les fenêtres n'étant pas posées, il nous faudra attendre quelques jours chez des amis avant de prendre possession de notre superbe trois-pièces. Ayant décidé une fois pour toutes que ma patience n'aurait pas de limites, je souris béatement, et quelques heures plus tard nous arrivons en vue de la capitale.

Tu m'as expliqué pendant la route chez qui nous allions vivre. Ton copain T. a fait le mariage du siècle. Il a épousé la fille d'un des hommes politiques les plus en vue. Elle est d'ailleurs charmante, et ton copain en est réellement amoureux. Le couple est assez curieux : lui intellectuel juif aux yeux myopes et tendres; elle grande Biélorussienne gâtée mais talentueuse, qui non sans mal a fait admettre son amour par le milieu. Ils ont naturellement un magnifique et immense appartement en plein centre et nous prêtent une pièce entière avec salle d'eau et tout le confort. Nous installons notre matelas par terre, car eux aussi viennent d'emménager et il n'y a presque pas de meubles. Notre nouvelle vie s'organise. Tout est si simple dans ce microcosme, pas de queue à faire, tout est apporté chaque jour par une grosse bonne femme de blanc vêtue, genre nounou anglaise mais avec 70 kg de plus : elle en a besoin car elle transporte des paniers de victuailles qui pèsent au bas mot 30 kg. Il y a de tout, même des denrées que je n'ai vues qu'en Occident.

Nous goûtons aux délices de la vie de la caste dirigeante pendant quelques semaines car, évidemment, nos travaux n'avancent pas. Chez nos amis au contraire, tout est vite prêt, meubles modernes importés spécialement de Finlande, tapis magnifiques, cadeaux de noce du père, livres rares, cadeaux de la famille du mari. Et comme la jeune mariée est dessinatrice de mode, elle a tout arrangé avec un goût certain. Si l'on ne voyait les coupoles d'une vieille église par la fenêtre, on pourrait se croire dans n'importe quelle ville de l'Ouest. Comme je me sens très gênée de vivre aux frais du pouvoir soviétique (les denrées apportées chaque jour sont non seulement précieuses par leur qualité, mais coûtent une infime partie du prix réel car, pour ces gens-là, les magasins où ils se servent sont, en quelque sorte, subventionnés par l'Etat), j'ai décidé de faire mes courses moi-même.

Le premier jour, je suis sidérée par le choix et la qualité des produits du magasin tout proche. Je pense même qu'il y a eu un arrivage providentiel, ou que le directeur a organisé une mise en scène pour un contrôleur. Et puis, au fil des jours, je me rends compte que tout cela est bien réel; chaque jour je trouve des œufs frais, du saucisson, de la viande acceptable pour faire des boulettes, du poisson fumé, même du crabe dont l'U.R.S.S. est le plus grand producteur mais dont on ne voit jamais la moindre boîte dans les magasins, tout étant exporté. Tu me donnes en riant l'explication :

– Tout simplement, ce magasin se trouve sur le boulevard qu'emprunte quotidiennement Brejnev, et il doit être approvisionné en conséquence si par hasard le premier secrétaire voulait faire des courses !

Je n'en crois pas mes oreilles :

– Les gens doivent le savoir et dévaliser les rayons en cinq minutes ?

– Non, ce magasin n'est fréquenté que par des gens comme nous, qui vivent dans ces immeubles, ont déjà d'énormes privilèges et n'ont donc pas besoin d'accumuler des provisions.

Je reste sceptique mais, effectivement, quelques mois plus tard, passant par là, je m'arrêterai pour t'acheter quelques friandises, et ce n'est qu'après m'avoir reconnue que la vendeuse me sortira les boîtes de crabe convoitées en me disant : « Pour les amis de Mlle X. c'est autre chose. » Mlle X., c'est bien sûr la fille du ministre mariée à ton copain. J'ai d'ailleurs compris qu'elle était vraiment différente quand elle ne remarquait même pas que je faisais le ménage à fond après nos repas ou nos fêtes. Pour elle c'était habituel, quelqu'un le faisait toujours à sa place (mes autres amies soviétiques, n'ayant jamais eu de bonne, étaient toujours ravies d'être soulagées de cette corvée). L'argent aussi leur était facile car, en échange d'un appareil photographique étranger acheté quelques centaines de roubles dans le magasin réservé, ils pouvaient recevoir, d'un riche Géorgien de passage, quelques milliers des mêmes roubles.

Puis nous nous sommes quittés, notre appartement étant enfin prêt. Le dernier déjeuner, servi dans une admirable porcelaine Catherine II, était d'une délicatesse ancestrale, pigeons à la crème suivant le caviar et les *zakouskis* les plus fins. Nous étions tous tristes, d'abord de nous séparer, mais surtout parce que le matin même notre amie nous avait annoncé, le visage défait : « Mon père a été destitué de son poste de ministre et du Politburo. Nous repartons en province... »

Nous savions tous que, pour eux, l'âge d'or était terminé.

De tous les projets non aboutis, notre disque commun est sans doute celui qui t'a fait le plus enrager. Après des mois de discussions, la firme Melodia accepte enfin les textes et la musique des douze chansons qui composeront l'album. Les thèmes en sont lyriques, certains même franchement patriotiques. Pour moi, cela se présente comme suit : un tango racontant l'histoire d'une femme qui attend en vain un homme dans un restaurant, un thème un peu swingué qui parle de la course de deux belles voitures sur une autoroute, quatre chansons typiquement russes sur l'attente des femmes pendant la guerre, sur l'amour déçu, sur le fleuve Volga. Tout cela, très gentil, très joli, orchestré à la soviétique, et sans aucun caractère provocateur.

Nous enregistrons dans le grand auditorium avec l'orchestre. Contrairement au cinéma, ici on ne perd pas de temps. En trois séances, c'est dans la boîte. On ne trafique pas les voix, pas de montage. Tout se fait en direct et sans s'arrêter. C'est très dur, et tu m'engueules quand je me trompe. Pour moi, ce n'est pas commode, premièrement de chanter en russe, deuxièmement en direct, et puis je suis très émue d'interpréter tes chansons devant toi, je sais à quel point ce disque est important pour toi. Nous sommes conscients que, s'il sort, ce sera en quelque sorte une reconnaissance officielle de ton statut d'auteur-compositeur. Et puis, cela représente beaucoup d'argent. Nous vivons modestement sur ton salaire d'acteur, et les royalties d'un disque pareil seraient les bienvenues. Mais surtout, pour nous, le plus important c'est que pour la première fois nous travaillons ensemble. Et tous les rêves que nous faisons à partir de cette expérience sont réalisables si ce disque est un succès. Tournées. Galas. Spectacles. Films : tout enfin! Presque aphone, épuisée, à bout de nerfs, je réussis quand même à tout chanter pendant les séances prévues. Je ne suis pas peu fière, d'autant que les musiciens de l'orchestre, à la fin du dernier morceau, m'ont applaudie en tapant de l'archet sur le violon, comme c'est l'usage au cours des concerts classiques. Tu es heureux aussi et tu attaques plein de force et de bonne humeur. Notre disque est enfin prêt, les mixages ont été faits dans la foulée, on nous a photographiés sous toutes les coutures pour la pochette. La bande originale, malgré toutes les précautions prises, est aussitôt copiée clandestinement et instantanément passée de main en main. Ce qui fait que, bien avant la sortie prévue, nous savons que cela plaît follement. Le temps passe, plusieurs semaines, nous nous inquiétons et, lassés des réponses évasives des responsables de Melodia, nous demandons un rendez-vous au ministre de la Culture, Diomitchev. Grand prince, il nous reçoit très rapidement, le sourire aux lèvres. Il nous fait signe de nous asseoir en face de son immense bureau et, croisant ses mains potelées, nous demande la raison de notre visite. Il écoute nos doléances, prend son téléphone et tout en nous regardant droit dans les yeux, dit d'un ton cassant : « Passez-moi le directeur de Melodia », puis, après un temps : « Ivan Ivanovitch, pourquoi n'as-tu pas sorti le disque de Vlady et de Vissotsky? », un temps encore : « Fais-le immédiatement », puis il raccroche.

Nous sortons ravis, et lorsque au bout de deux mois rien n'a été fait, nous nous démenons pour obtenir un nouveau rendez-vous. Car, pensons-nous naïvement, les ordres n'ont pas été entendus. Ils ne le seront jamais. Nous avons vu Diomitchev plusieurs fois, la comédie était toujours la même. Coups de fil plus ou moins péremptoires, ordres indiscutables, humour de bon aloi sur le ministre le moins écouté de Russie et autres plaisanteries...

Un matin, tu me glisses l'air désinvolte :
– Andréï voudrait te parler, seul à seul.
Je suis un peu surprise, d'autant que notre ami Tarkovski, puisqu'il s'agit de lui, est un habitué de nos soirées.

Ami d'adolescence, c'est un de tes plus chaleureux admirateurs, et je le connais depuis plusieurs années. Ce petit homme, nerveux et vif, est un merveilleux convive. Caucasien par son père, il a le don du récit, lorsque la fête bat son plein, il étonne tout le monde par ses capacités de dégustation. L'alcool le rend joyeux et, à la fin, il se met toujours à chanter la même chanson pour notre joie à tous. Et nous savons que nous côtoyons l'un des grands cinéastes de notre époque. Destinée difficile que la sienne. Il met quelquefois plusieurs années à faire accepter un scénario et nous rageons tous de le voir piétiner et produire si peu de films alors que son génie a ébloui le monde entier. Je comprends qu'il s'agit de quelque chose de très important parce que tu hésites à me le raconter. Finalement tu te décides :
– Andréï prépare un film, il voudrait te parler, il a besoin de faire des essais.

D'emblée je me rebiffe. Je n'ai plus à faire mes preuves, je n'ai jamais fait d'essais pour un rôle, depuis le premier et le seul que j'ai passé pour Orson Welles, à treize ans. Mais tu me calmes et tu me dis qu'à ton avis il faut accepter. Je me laisse convaincre. Je vois donc Andréï dès le lendemain.

Il m'explique que ce film, *Le Miroir*, est autobiographique, qu'il pense à moi pour le rôle de sa mère. La moustache plus ébouriffée que jamais, il raconte en bégayant le sujet de son scénario.

Nous partons quelques jours plus tard à la campagne avec une petite équipe. Nous tournons plusieurs plans, il me dirige, me fait jouer sur le pas d'une isba une scène d'attente que je dois terminer les larmes aux yeux. J'ai été maquillée et coiffée à la russe, on a même collé une petite gaze invisible sur mon nez pour le rendre plus rond. Je suis enveloppée dans un châle, et à la fin je repars de dos, voûtée, déçue, l'homme que j'attendais n'est pas venu. Andréï me fait des compliments, je suis contente de moi. Je rentre et te raconte la journée. Nous nous mettons à rêver. Si je fais ce film, bon nombre de problèmes seront résolus, j'aurai une activité professionnelle en U.R.S.S., je pourrai vivre plus longuement près de toi, et puis, tourner avec Tarkovski, quel bonheur!

Après quelques jours d'attente fiévreuse, je te demande de téléphoner, mais nous n'arrivons pas à joindre Andréï directement. Sa femme répond qu'il n'est pas là et nous demande de patienter. Par expérience, je sais que la réponse sera négative. Mais tu veux y croire, et lorsque, plusieurs semaines plus tard, une secrétaire nous annonce que le rôle a été distribué et que l'on me remercie, tu piques une énorme colère. Tu es si vexé de m'avoir conseillé de faire ces essais, et surtout que la réponse tant attendue soit annoncée si tard et par une tierce personne, que je prends moi-même la défense d'Andréï. Trop de travail, trop de soucis, et puis je sais que les hommes de ce métier manquent souvent de courage pour annoncer les mauvaises nouvelles. Rien n'y fait, tu attendais de lui, ton ami de jeunesse, une autre attitude. Et pendant deux longues années, tu refuseras de le voir, nos amis communs tenteront de vous réconcilier, en vain.

Un jour, sortant d'un avion à Roissy, nous croisons Andréï qui repart pour Moscou. Ce terrain neutre, impersonnel et imprévu, vous permet une réconciliation longtemps attendue. Nous nous séparons émus. L'explication simple et évidente de sa décision de prendre une actrice inconnue pour jouer la mère, par crainte que le public ne décroche en voyant mon visage trop lié aux succès passés, nous paraît si claire que je regrette à haute voix qu'il ne nous l'ait pas donnée plus tôt.

Dès notre retour à Moscou, nous revoyons Andréï. De nouveau nous festoyons, et à la fin de la soirée il nous chante à pleine voix sa chanson préférée. Quelques jours plus tard, il m'appelle pour l'aider à convaincre Marcello Mastroianni d'accepter un rôle dans le film dont il vient de terminer l'écriture. Je passe la soirée à traduire le scénario, du russe à l'italien. Marcello, mon vieux complice (nous avons tourné deux films ensemble à nos débuts) est enthousiaste. Je quitte la maison titubante de fatigue, gavée de bons plats, de vin, de mélange de langages, mais surtout d'amitié et de talent.

Hélas! le film ne se fera jamais. Encore un scénario magnifique jeté au panier pour cause de censure! Depuis je suis l'existence cahotante et tragique de Tarkovski, je vois ses films avec ferveur et tendresse.

23 décembre 1985 : sur notre répondeur téléphonique un message bref et dramatique. Tarkovski est gravement atteint, les médecins suédois ne lui donnent que trois semaines à vivre. Le

2 janvier 1986, dès son arrivée en France, de tous côtés l'aide est grande, généreuse. Le président de la République, l'ambassadeur d'U.R.S.S., le ministre de la Culture, des médecins, des compatriotes apportent des solutions aux problèmes urgents. Son fils et sa belle-mère sont autorisés à venir le rejoindre après quatre ans de séparation. Le 11 juillet, Tarkovski quitte l'hôpital, son état s'étant nettement amélioré. J'ai le bonheur d'accueillir toute la famille dans ma grande maison. Les retrouvailles sont émouvantes. Andréï peut finir le montage de son film *Le Sacrifice* et parle déjà de l'idée de son prochain scénario : « Les Saints sont les plus malheureux des Hommes ». Puis, conseillé par une amie stupide, il quitte Paris et va se faire « soigner » dans une clinique d'« anthroposophes », en Allemagne.

Andréï meurt le 29 décembre 1986.

Les funérailles sont grandioses. Tous les amis sont là. Mstislav Rostropovitch, assis en haut des marches de la cathédrale de la rue Daru, joue de toute son âme, exprimant par les sons déchirants du violoncelle notre chagrin.

Près du métro Aéroport, il y a une rue où vivent des écrivains, des scénaristes, des poètes. Etant leur voisine lorsque j'habitais l'hôtel Sovietskaia, j'ai visité toutes sortes d'appartements, admiré beaucoup de bibliothèques, de collections de peintures modernes ou d'icônes anciennes. Au cours de l'année 1969, dans notre recherche éperdue de coins où nous pourrions nous rencontrer en paix, nous atterrissons par hasard chez un petit vieux dont l'allure penchée de gnome triste est démentie par des yeux vifs, un rire constant et un charme qui lui vaut de très nombreuses amitiés féminines malgré son corps contrefait. Il est scénariste très officiel, vraisemblablement payé à l'année par Mosfilm, bénéficiant, vu son âge, d'un salaire à l'ancienneté assez confortable. Un petit fonctionnaire de la culture parmi des milliers d'autres. Mais il a une légèreté d'esprit dont il ne se sert plus guère que dans les conversations et qui ravit ses amis.

Il nous « prête » la chambre principale du deux-pièces-cuisine-salle de bain au quatrième étage d'un de ces immeubles situé juste au début de la fameuse rue. Ce n'est pas la partie noble, mais c'est tout de même bien placé. Lui se replie dans son bureau auquel il a droit en tant que « travailleur intellectuel ». Il est naturellement au syndicat des écrivains et jouit de ce fait de quelques avantages non négligeables comme : maison de repos et vacances gratuites dans divers endroits agréables, été comme hiver, places pour les spectacles et autres priorités sur le dernier arrivage de café soluble ou de saucisson pur viande, ce qui est rarissime et très « prisé ». D'ailleurs, sa minuscule cuisine regorge de produits exotiques et inattendus à Moscou.

Passée ma première timidité, et après qu'il nous a apporté du thé et des toasts grillés dès le réveil – qui d'ailleurs se situait en fin d'après-midi –, j'ai compris que je serais la bienvenue dans son petit laboratoire de célibataire, aussi, pour le premier coup, j'ai frappé fort. Ayant dépensé quelques centaines de francs à la *Beriozka*, j'ai concocté un repas à la française mâtiné d'italien et largement arrosé de champagne brut soviétique, qu'on ne se procure d'ailleurs qu'en devises. Je savais qu'il avait cette faiblesse, et je dois dire que j'ai apprécié également ce vin produit à Abraadourso, en Crimée, à partir de plants champenois, dans la plus pure tradition française du siècle passé. Comme toute soirée réussie, la nôtre se termine par des poésies. Tu restes coi. Dans sa grosse tête, notre petit homme a rangé par époque, ou par thème, ou pour le plaisir simplement, toute la poésie russe et soviétique, plus quelques poètes orientaux, et naturellement les grands classiques étrangers traduits. Mais quand, après une joute sur Pouchkine dont tu te targues de connaître l'œuvre complète quasiment par cœur et durant laquelle il t'a battu à plate couture, il te cite quelques-unes de tes chansons, récitées avec un art parfait, tu ne sais plus que dire et nous restons silencieux, assis sur le divan qui nous sert de couche. Le vieux monsieur fait une révérence puis s'éclipse, l'œil pétillant.

Le jour de notre mariage arrive un gros paquet,

épais et lourd, apporté par une jeune fille aux yeux pers et aux magnifiques mains fines et blanches : « C'est de la part de Vassili, il n'a pas pu se déplacer, voilà. » Dans le carton enveloppé de multiples *Pravda*, la plus belle icône de sa maison. Dès notre retour de Géorgie, nous lui téléphonons. Aucune réponse. Peu après on nous dit que le petit vieux, érudit et poète, est mort. Son icône, restée dans notre chambre à coucher durant nos multiples déménagements, est accrochée désormais face à mon lit. Près d'elle, une autre icône ornée d'un beau cheval blanc, représentant saint Michel : un de tes copains d'école me l'a apportée, offerte à bout de bras, le corps secoué de sanglots. Il n'a pas dit un mot, il a à peine relevé sa tête aux cheveux presque blancs. Les yeux baignés de larmes ont esquissé une sorte de sourire quand je la lui ai prise des mains.

J'ai reçu la permission de prendre ces icônes avec moi à Paris, après une expertise légale du musée Tretiakov et avec l'accord d'une commission douanière spécialisée. Elles n'ont pas grande valeur, elles ne sont pas très anciennes. Pour moi, ce sont les plus belles.

1975. En route pour l'Amérique du Sud. Première escale, Madrid. Franco est toujours au pouvoir, l'aéroport ressemble à tous ceux que nous fréquentons depuis quelques années et, sans la panne d'un moteur de l'avion, cela aurait été une escale comme une autre. Nous sommes en compagnie de Claudine, une amie comédienne, nous allons toutes deux tourner un film à Cosumel, au Mexique. Après six heures d'attente, Claudine refuse de monter à bord. Elle a peur et réussit à nous convaincre de passer la nuit à Madrid. Tous les passagers embarquent. Nous restons seuls, nos places sont réservées pour le lendemain après-midi. Il n'y a plus de police, plus de douaniers, il est très tard, le carabinier qui nous accompagne vers la sortie jette un coup d'œil distrait sur les trois passeports que nous lui tendons et nous dit : « A demain, buenas noches. »

Nous sommes très excités car tu n'as pas de visa pour l'Espagne. En quelque sorte, nous entrons en contrebande. On dirait des collégiens en goguette. Tout te ravit, la vieille ville où nous allons dîner, ces gens qui déambulent et profitent de la fraîcheur, la boîte de flamenco où nous finissons la nuit. Le son guttural de ce chant est très proche des complaintes tziganes. Nous avons du mal à aller dormir quelques heures avant la visite du Prado. Je te mène vers les salles Vélasquez, nous pouvons admirer les grands tableaux à loisir car nous sommes presque seuls. Hiëronymus Bosch te fascine et Goya surtout par la force dramatique des toiles de sa période noire. Nous avons alors le sentiment de voler ces moments intenses.

Dès notre retour à l'aéroport, nous nous dirigeons, un peu nerveux, vers le poste de police, nos passeports en main. Notre amie qui parle bien l'espagnol passe la première. Le policier ouvre des yeux ronds, aucun des passeports ne porte de tampon. Pour nous, Françaises, cela n'a pas grande importance, mais le tien, tout rouge, orné de la faucille et du marteau, lui brûle presque les mains. A son air affolé, nous comprenons qu'il va y avoir un scandale et, nous mettant tous à parler en même temps, essayons d'expliquer la panne, l'heure tardive, le vol pour Mexico que nous ne pouvons pas rater, tant et si bien, qu'après un coup d'œil circulaire, le flic nous pousse dans la zone de transit et, logique, nous glisse à mi-voix : « Pas de visa d'entrée, pas de visa de sortie. »

Dans l'île de Cosumel, notre chambre blanche ouvre sur la mer, les rochers et les couchers de soleil flamboyants. Tu écris toute la journée et, quand je reviens du travail, je te retrouve penché sur les feuilles volantes qui couvrent la table.

Le soir, nous dînons de poissons crus marinés, de langoustes grillées, de steaks de tortue, de fruits exotiques. Deux patriarches sont assis chacun à un bout de la longue table : John Huston, mon mari dans le film, l'œil aigu, le cigare aux lèvres malgré son emphysème, le verre de vodka à la main, t'écoute chanter, scandant le rythme de la tête. En face de lui, la barbe et les cheveux argentés ébouriffés encadrant un visage asiatique, Neptunio le bien nommé, car il règne sur les fonds sous-marins. Grâce à lui, les requins, un petit hameçon accroché à la lèvre inférieure, passent et repassent devant la caméra comme des acteurs dociles. Cette familiarité avec les monstres marins lui vaut une renommée flatteuse dans toutes les Caraïbes. Lorsqu'il t'écoute chanter, ses doux yeux se voilent de tristesse. Neptunio est un sentimental.

Un dimanche matin nous l'attendons pour faire notre première plongée. Toi, tu brûles de découvrir les profondeurs de la mer. Moi j'ai très peur, j'ai accepté après de longues discussions parce que je ne veux pas passer pour une couarde à tes yeux. Mais l'univers aquatique m'épouvante et je n'en mène pas large. Neptunio apparaît à nos pieds, traînant le matériel de plongée. Il faut y aller. Il nous explique rapidement le fonctionnement des bouteilles, nous harnache, nous sangle les poids autour de la taille, nous enfile les palmes aux pieds. Nous voilà prêts. Nous plongeons. J'ai le cœur qui galope : devant moi la chute verticale du rocher, le bleu qui passe du turquoise au noir glauque, les myriades de poissons multicolores. De longues algues gluantes caressent mon corps, je frissonne et, m'accrochant à notre guide, je me laisse couler. Tu es devant, hardi et déjà familiarisé avec le monde liquide, sous le masque qui déforme ton visage je te vois sourire. D'un large geste du bras tu me montres le fond, et me faisant signe de te suivre tu t'éloignes dans la profusion bariolée des coraux. Mais ton corps devient flou et pâle, bientôt tu disparais. Je suis prise de panique, le vertige m'envahit, l'air me manque, je presse le bras de Neptunio, il comprend et me pousse vers le haut. Avec soulagement je crève le miroir de la surface, j'arrache l'embout qui m'emplissait la bouche et je prends une énorme goulée d'air avant de nager, penaude, vers le rivage.

Les quelques minutes passées sous l'eau me laissent un souvenir cauchemardesque. Toi, tu as élargi ta perception du monde, désormais tu plonges chaque jour et le soir, Neptunio te regarde avec fierté et tendresse. Tu es l'ami russe dont la voix le fait pleurer, mais tu es surtout devenu son complice, ébloui à tout jamais par la splendeur sous-marine.

De retour sur le continent, nous louons une voiture et commençons le périple qui va nous mener à Mexico. Aussitôt, nous sommes pris par la magie des paysages : une montée en lacet très longue, une couche de nuages épais comme de la ouate, et, sur un immense plateau, des cactus géants qui montent la garde.

Allongée au milieu de la route, une panthère noire lève paresseusement ses yeux verts; s'étirant comme un gros chat, sa queue touffue battant furieusement l'air, elle s'éloigne lentement, royale. Sautant hors de la voiture, tu te mets à courir, en vain. Nous parvenons à un petit village : des toits de palme, un sol en terre battue, un hamac, quelques poules, des chiens galeux et, insolite, trônant au centre de la place, reliée par un fil électrique à un générateur pétaradant, une armoire frigorifique rouge vif, et en grosses lettres blanches *Coca-Cola*. Les Indiens nous observent, le visage fermé. A peine avons-nous réussi à expliquer que nous ne sommes pas américains mais français, de Paris, de l'autre côté de l'Océan, le sourire revient. Alors, on nous propose des *taccos*, galettes fourrées, succulentes et diablement pimentées, des fruits et naturellement du Coca-Cola glacé.

Tout au long du voyage, nous retrouverons cette

omniprésence de la technique américaine, mais aussi l'hostilité envers ceux qu'ils appellent les *gringos*. Et chaque fois, découvrant que nous sommes français, le sourire reviendra. Nous essayons à plusieurs reprises d'expliquer que tu es russe de Moscou, mais ils ne connaissent visiblement pas. Notre espagnol est d'ailleurs assez limité, comme le leur (nous sommes au fin fond du Yucatan), et ils ne parlent que leur langue ancestrale.

Des gosses magnifiques et fiers, debout le long de la route, tenant à bout de bras dans leur paume ouverte un petit fragment de terre cuite, ne mendiant jamais, essaient de troquer contre quelques *cents* ces petites parcelles de sculpture ou poterie maya. A Chichen Itza, nous arrivons trop tard, une grosse chaîne barre l'entrée. Mais le gardien, bon enfant, nous mène vers un lieu de fouilles ouvert récemment. Nous nous promenons sous l'éclairage rouge sang du soleil couchant, parmi les temples enfouis sous la végétation tropicale. Seul, un immense escalier vertical est dégagé. Tu le montes d'une traite et, comme un acrobate, redescends, faisant des claquettes sur les marches usées.

Le lendemain, Palenque : de hautes collines encerclent une plate-forme, immense montagne au sommet tronqué par la main humaine, avec des monuments aux quatre coins. Sur les bas-reliefs qui représentent, dit-on, les maladies mentales, un profil nous frappe particulièrement. Je te photographie, de profil toi aussi : la ressemblance est frappante. Comment peut-on retrouver son propre visage dans une pierre sculptée il y a quelques centaines d'années? Tu te mets à parler de tes pulsions négatives, de ta tendance à l'autodestruction. Jamais tu n'as analysé tes angoisses aussi ouvertement. Le lieu s'y prête, nous sommes seuls, et ces corps torturés représentés par un sculpteur de génie nous troublent, éveillent en nous des souvenirs précis : tes propres crises, après des jours et des jours d'excès d'alcool, tes souffrances physiques et psychiques, les voilà devant nous comme décrites par un homme de l'art.

Nous sommes tirés de notre sombre contemplation par une voix, puis une autre, puis des dizaines, qui se mêlent, se répondent, se croisent dans le ciel.

— Ce sont les Mayas qui nous parlent, dis-tu.

Je souris, heureuse que tu aies retrouvé ta fantaisie. Au-dessus de nos têtes des centaines d'oiseaux-lyres, leur longue double queue épanouie, virevoltent en chantant d'une voix gutturale, presque humaine. Tu les écoutes songeur, puis tu ajoutes :

— Quelle belle langue ils parlent, ces Mayas !

A Mérida, ville créée par Cortez avec les pierres des temples détruits, au milieu de laquelle la cathédrale se dresse comme un vaisseau minéral, un petit bossu t'attrape par la manche, t'assoit presque de force, se met à cirer tes bottes avec frénésie. Après lui avoir donné un bon pourboire, tu marches en regardant tes pieds :

— C'est fou ce qu'elles brillent, on dirait qu'elles sont neuves.

Dans un marché, une jeune fille fait cuire devant nous, sur un galet chauffé à blanc, des galettes qu'elle remplit de cochonnaille hachée. Une moto nous frôle, tu fais un bond de côté, la galette tombe, tu te mets à jurer : tes belles bottes sont constellées de taches de graisse.

Dès notre arrivée dans la banlieue de Mexico, nous sommes pris par l'angoisse. Comment dans cette ville immense retrouver l'amie qui nous attend, Makka, ancienne danseuse d'origine russe et amie de John Huston. Nous téléphonons et, miracle, la maison est à deux pas. Makka a invité de nombreux amis, parmi lesquels un homme barbu et chaleureux se présente : « On m'appelle Vlady... Je suis peintre. Mon père s'appelait Victor Serge. »

Le fils de Makka, qui travaille à la télévision, a obtenu la permission de faire une grande émission avec toi. Tu es fou de joie et fébrilement nous préparons un programme. Il faut choisir et traduire les textes en espagnol, écrire une biographie, même succincte, car ici, on ne te connaît pas, décider du décor et choisir l'accompagnement. Après de longues discussions, nous optons pour le récital en solitaire. C'est ce que tu préfères, et les récents enregistrements faits aux U.S.A. pour C.B.S. sont la preuve que c'est aussi la meilleure formule pour le public.

Voici le texte que tu écris pour te présenter. Il sera lu par le présentateur qui ensuite te posera quelques questions :

« Vladimir Vissotsky est acteur, il travaille à Moscou, au théâtre de la Taganka, l'un des plus intéressants d'U.R.S.S., sous la direction de Youri Lioubimov.

En 1961, Vladimir Vissotsky a été diplômé du Conservatoire d'art dramatique de Moscou.

Vladimir Vissotsky a joué au cinéma plus de vingt rôles, dont Ibrahim Hannibal dans *Le Nègre de Pierre le Grand*, de Pouchkine, et Von Koren dans *Le Duel* de Tchekhov. Au théâtre, il a joué Galilée, dans *La Vie de Galilée*, de Brecht, Lopakine dans *La Cerisaie* de Tchekhov, et le rôle d'Hamlet dans la pièce de Shakespeare.

En 1976, la troupe a reçu le premier prix pour sa représentation d'*Hamlet* au festival Bitef, en Yougoslavie.

Vissotsky écrit les textes et la musique des chansons qu'il interprète lui-même en s'accompagnant à la guitare. Ses chansons ou ballades sont très diverses, lyriques, engagées, burlesques. Il y en a plus de six cents. Vissotsky a enregistré cinq 45 tours en U.R.S.S., deux 33 tours à Paris.

Les thèmes des ballades sont variés : la guerre, le sport, des contes, etc. On peut y voir des chansons de protestation, mais l'auteur lui-même dit qu'il essaie de traiter les problèmes de toute l'humanité. Dans ses textes, il réfléchit à la vie, à la mort, au destin, à la haine, à l'amour, à l'injustice, à l'héroïsme, à la souffrance, à la liberté, à l'amitié.

Vissotsky n'est pas un poète officiel, c'est-à-dire que ses textes ne sont pas publiés. Mais ses vers, ses ballades passent au cinéma. Il chante devant les étudiants, les ouvriers, dans les usines, les universités, dans diverses organisations. Il chante aussi sur scène et à l'écran : '' Je n'écris pas pour une catégorie particulière de spectateurs, dit-il, j'essaie de toucher l'âme des gens indépendamment de leur âge, de leur profession, de leur nationalité. Je n'admire pas la chanson de variété, et je n'aime pas que dans mes concerts les gens se reposent. Je veux que mon public aussi travaille avec moi, qu'il puisse être à cran. C'est sans doute ainsi que s'est développée ma manière. Ma chanson est presque un cri. ''

Les ballades de Vissotsky sont des monologues de gens différents. Mais il chante toujours à la première personne et devient ainsi un participant actif de tout ce qu'il chante. Il tente de se mettre dans la peau de ses héros, de vivre et de mourir avec eux :

'' J'estime, dit-il encore, que la poésie ignore les frontières, que les problèmes qui me préoccupent angoissent de la même manière tous les autres hommes. Je voudrais faire connaître au public encore une facette de la création dans mon pays : la chanson d'auteur. Je veux aussi espérer que la barrière de la langue n'est pas un trop grand obstacle pour la compréhension. Plus que tout, j'aime chanter pour mes amis, auxquels je soumets d'abord chaque nouvelle chanson. J'espère en trouver ici également. Tout artiste a besoin de montrer son travail, de se pénétrer et de se nourrir de ce qu'il ne connaît pas, de ce qui est nouveau, partout dans le monde. Mon théâtre sera à Paris en novembre; j'espère qu'un jour nous viendrons à Mexico." ».

Ce texte est si révélateur que l'émission se passe sans interview. Tu chantes de toutes tes forces, et le standard de la télévision est saturé bien avant la fin du show. En une heure tu as conquis le public de Mexico.

Qui ressemble plus à un Américain qu'un Soviétique ? Quels sont les groupes de gens de la classe moyenne qui pourraient sans aucun problème se retrouver, l'un au bord de la rivière à pêcher en buvant des bières et en discutant de l'avenir des enfants, l'autre au bord de la rivière en buvant une autre bière, pêchant et parlant des mêmes problèmes que posent les enfants, à quelques milliers de kilomètres les uns des autres, et qui, si l'on inversait la position géographique (les environs de Moscou, la grande banlieue de New York) n'auraient rien à changer à leurs aspirations profondes ? Les Russes et les Américains, pardi ! Cela, nous l'avons bien compris à Disneyland. Car si quelque chose peut choquer l'Européen aux U.S.A., c'est la naïveté, le mauvais goût, le côté « nouveau riche », tout ce qui, justement, ravit le Soviétique qui débarque et, une fois passée la stupéfaction devant les richesses apparentes, retrouve le bon vieux mauvais goût, la bonne vieille naïveté, le désir enfantin d'épater le copain. « Oh! comme ces gens devraient se comprendre! » dis-tu, à peine arrivé.

C'est à Disneyland que je te sens le plus troublé. Tu m'en parles depuis Moscou. As-tu vu des émissions de télé, as-tu lu un récit de voyage, as-tu simplement entendu parler de ce lieu « magique »? Ce que je sais, c'est qu'aller à Disneyland est une priorité absolue. Cette inimaginable superposition de faux châteaux, de fausses rivières, de faux bateaux de pirates, de fausses cascades traversées par un petit train, où la foule se bouscule en se gavant de glaces, hamburgers et autres hot dogs, te séduit au plus haut point. Arrivés tôt le matin, nous faisons toutes les attractions, nous passons par les maisons hantées, l'univers de l'infiniment petit te subjugue, puis tu éclates de rire en voyant les sept petits nains grandeur nature (si je puis dire) qui semblent aller au boulot au fond du décor. Je t'observe car tout ici est truqué et, pour une personne avertie qui fait du cinéma et du théâtre, les ficelles sont un peu grosses. Mais non, tes yeux écarquillés qui passent d'une chose à l'autre, ta mine réjouie prouvent que tu marches à fond.

Peut-être gagnée par ton enthousiasme, je me mets à battre des mains dans la galerie des hologrammes. Là, c'est vraiment superbe. Une salle de fête comme abandonnée et poussiéreuse, où les immenses toiles d'araignée forment une jungle de fils d'argent, se met soudain en mouvement et se peuple d'êtres immatériels, marquises et petits marquis, orchestres et serviteurs. La musique de Mozart les invite à la danse, et ils se mettent à tournoyer en une sorte de ralenti intemporel. Nous sommes très émus car l'effet est surprenant. On croit voir des fantômes exquis du passé. Mais, très vite, l'illusion disparaît, et nous nous retrouvons dans la cohue où tu découvres aussi avec une joie mauvaise que les gros culs ne sont pas l'apanage de la Russie. Il faut dire que rarement j'ai vu autant de gens obèses, vêtus sans aucun complexe de bermudas à raies ou à carreaux, ce qui n'amincit pas, et portant à leur bouche d'énormes glaces surmontées de crème chantilly. Quand nous-mêmes, gavés à notre tour des nourritures les plus stupéfiantes, l'estomac ballonné par des dizaines de Cocas glacés – il fait une chaleur torride –, les jambes enflées d'avoir tant marché, escaladé, piétiné, nous nous retrouvons assis sur le trottoir attendant notre voiture, je me sens épuisée, au bord de la nausée, toi tu es hilare, conquis par cette Amérique bon enfant et qui effectivement a l'air si proche de la foule que l'on peut voir, les après-midi de canicule, sur le bord de la Moskva Rika, les hommes en tricot de corps, les femmes débordant de leur soutien-gorge de grosse cotonnade, un mouchoir mouillé noué aux quatre coins enfoncé sur la tête, les gosses en long caleçon noir style footballeur des années 20 qui jouent, comme tous les gosses du monde, à la guerre... Cette guerre que tous ces gens depuis Disneyland jusqu'aux plages des rivières russes, craignent plus que tout, et que pourtant ils n'arrivent pas à conjurer en se mettant d'accord sur le désarmement.

Nous philosophons sur ce thème tout au long du retour vers notre hôtel superchic, climatisé et insonorisé, dans lequel, après une douche glacée, nous nous effondrons sur l'immense lit pour une nuit de sommeil sans rêve.

Cette même année, à Nice, nous frôlons la mort par un après-midi de printemps. J'ai acheté à un garagiste, qui sert les stars et collectionne un peu les pièces rares, la voiture d'un acteur américain connu pour son interprétation à la télé du rôle de Mannix. J'ai oublié le nom de l'acteur, mais pas la marque de la voiture, Cadillac Continentale! Une merveille, bleu marine, longue, souple, électronique, toute doublée de cuir, glaces fumées, bien entendu reprises stupéfiantes grâce à une survitesse s'enclenchant à l'accélération à fond, stéréo, petit bar avec frigidaire. Pas très chère certes, mais elle consomme quelque 28 l aux 100, avec ses 30 chevaux l'assurance est maximale; de plus, ses freins sont quasiment inexistants, ce que j'ignore encore. Tu jubiles, tu touches tous les boutons, tu fais basculer nos sièges, car les sièges-baquets se mettent à l'horizontale et forment comme un berceau, les vitres montent et descendent, la musique passe de l'avant à l'arrière, de gauche à droite. A chaque nouvelle découverte, tu me regardes les yeux écarquillés, incrédule, tu recommences, ça marche, tu éclates de rire.

Nous roulons vers la côte depuis plusieurs heures, jamais une voiture ne m'a paru aussi silencieuse, elle semble glisser comme une barque alors que nous roulons à 180 sur l'autoroute. Je décide de te faire découvrir Nice et la mer par la grande corniche. Nous montons, nous nous arrêtons pour jouir du paysage, du coucher de soleil, avec ses nuages rose et gris. Nous repartons, car nous dînons à Saint-Paul, à la Colombe d'Or, je veux te faire connaître la famille Roux, leur bonne et belle maison, et Titine, la grand-mère, terrifiante, mais chaleureuse avec les gens qu'elle aime et qui a un faible pour mon petit dernier, Vladimir.

Nous filons dans la descente, je te parle, te montre de la main les vieux quartiers de Nice. Soudain, il me semble que le frein ne répond plus aussi bien. Devant moi la dernière ligne droite, très pentue, je freine à fond, la voiture ralentit à peine, j'enclenche le *low* doucement, tout en tirant sur le frein à main. Tu ne remarques rien, c'est si beau la côte, j'envisage comme au cinéma de frotter la voiture contre les rochers à ma droite. Notre chance à nous, acteurs, ou peut-être notre malheur, c'est de garder toujours le contrôle de nos émotions comme si nous jouions sur une scène. Par bonheur, il n'y a personne devant nous, et c'est à très vive allure que nous pénétrons sur une vieille place carrée où aucune voiture ne nous coupe la route. A peine sur le plat, les freins se remettent à freiner, et nous nous arrêtons dans une vague odeur de caoutchouc brûlé. Je suis en nage, j'ai l'impression que j'ai failli te tuer. Je t'emmène boire un verre d'eau glacée, prétextant une soif subite. Cela me donne le temps de me reprendre. Puis nous repartons. Tu admires les immeubles rococo de la promenade des Anglais. Dans la lumière de la fin d'après-midi, un homme tond paisiblement une pelouse. A peine l'avons-nous dépassé, un choc ébranle la voiture, le bruit a été celui d'un coup de feu. Nous sautons tous les deux de notre belle Cadillac. Sur le portant qui sépare les deux vitres de droite, à hauteur de la tête, un trou de 10 cm de diamètre et, incrustée au fond, une pierre projetée par la tondeuse à gazon qui, à un centième de seconde près, te faisait éclater la tête.

Je pense « Jamais deux sans trois » et, trop tendue par cette succession de signes, je te raconte l'histoire des freins. Tu te mets à rire, d'abord doucement puis à pleine gorge :

– Mourir comme ça, dans cette voiture avec toi, ici, frappé par cette pierre, quelle merveille ! Mais non, rassure-toi, on ne m'aura pas encore, ce n'est pas le moment.

Jusqu'à la nuit, et bien au-delà, l'inquiétude persiste dans mon cœur. Ce n'est qu'au petit matin que je m'endors à mon tour. Il n'y a pas eu de troisième rendez-vous.

Dans les petites ruelles qui convergent vers la place d'Espagne, à Rome, se trouve le restaurant Da Otello. C'est ma cantine, comme on dit, j'y viens chaque soir après le travail depuis plus de trente ans. Les trois filles d'Otello tiennent l'établissement. Ce sont des amies et l'un des maris, Dario, est devenu ton chaperon durant nos séjours à Rome. Lui-même musicien et aussi fabricant d'instruments de musique, il s'est pris de passion pour toi. Tout a commencé lors d'un dîner devenu historique.

Je tournais *Le Malade imaginaire* avec Alberto Sordi. Tu m'avais accompagnée en Italie, devenue pour moi un peu une seconde patrie car j'y ai passé plusieurs années de mon adolescence.

J'aime Rome, et surtout ce quartier que je te fais découvrir dès notre arrivée. J'ai choisi un petit hôtel, via Mario dei Fiori, à deux pas du fameux escalier de la place d'Espagne, et aussi de notre restaurant ami, dont une tonnelle rafraîchit la cour intérieure. Les garçons sont virevoltants et familiers comme dans les comédies italiennes. Le vin est léger, les pâtes succulentes. Autour de la table familiale où sont réunis les filles, les enfants et les amis de passage, s'est agglutiné tout le restaurant. Touristes américains, japonais, vieux Romains qui prennent le frais en ces soirées torrides du mois de juillet, commerçants du coin, médecins et infirmiers de l'hôpital tout proche, bref un public de près de deux cent cinquante personnes qui, depuis plus de deux heures, debout, collées les unes contre les autres, écoutent chanter « le Russe ». Le vieil Otello étant communiste, la majorité des gens ici, à part les touristes étrangers, semble plutôt bien intentionnée à ton égard, d'autant plus que l'on t'a présenté comme « contestataire » et que les communistes italiens sont les plus démarqués par rapport à la ligne de Moscou. Et il y a beaucoup de gens du cinéma qui savent un peu qui tu es, quel est ton théâtre, qui est Lioubimov. J'explique tant bien que mal la signification des paroles de tes chansons. Par moments le silence est total, puis, après une interprétation, les rires fusent. Entraînées par le rythme, les mains se mettent à claquer, les garçons servent le vin à même le verre que chacun a pris avec soi. C'est alors la fête, généreuse et spontanée.

A partir de ce fameux soir, Dario sera ton ami fidèle et discret. Je sais qu'il t'a aimé, qu'il t'a enregistré, qu'il a composé une des émissions de télévision les plus troublantes te concernant, en 1981. Maintenant, quand je reviens à Rome, que j'arrive dans la via Della Croce et pénètre sous la voûte qui mène à la cour intérieure, je sais que nos amis m'embrasseront, puis évoqueront cette soirée de 1975. Après le dîner, je sais aussi que Dario me proposera de regarder ou d'écouter un nouveau document te concernant; et que, tard dans la nuit, le restaurant enfin désert ne résonnera plus que des voix de Franca, Gabriella, Maria Pia, égrenant des souvenirs entrecoupés par les chiffres dits à voix haute par l'une des sœurs pour clore les comptes de la journée, le restaurant étant géré en coopérative, et les garçons recevant chaque soir leur part des bénéfices.

Par un beau matin d'été, nous quittons Rome en voiture, nous allons à une noce campagnarde sur des collines dominant Spoleto. Cette petite ville, dont la place est devenue depuis des années le plus beau théâtre à ciel ouvert du monde, nous la découvrons à nos pieds, étalée sous le soleil. Le pré devant la ferme descend en pente douce. Les copains sont là depuis la veille. Dario, Franca ont préparé le repas, des tables sur tréteaux sont chargées de victuailles, un tonneau de vin des collines romaines est déjà entamé, nous nous jetons sur les pâtes assaisonnées d'ail, de tomate fraîche, de basilic et d'huile d'olive verte et odorante, des gosses courent ou tressent des couronnes de fleurs des champs, un groupe fait de la musique, nous ressemblons tous aux personnages de Botticelli, les jeunes mariés surtout, adolescents si semblables avec leurs cheveux bouclés, leur silhouette gracile, leur sourire ambigu, leur amour tout neuf.

Tu es assis contre moi, tu les regardes, le trouble est communicatif, et l'air si doux, Ovide doit être parmi nous, tout le monde est amoureux, même les plus anciens se tiennent par l'épaule, attendris et caressants, déjà quelques couples se sont éloignés vers les bosquets. Tu m'entraînes à la limite du champ, des moutons dérangés se regroupent doucement autour de nous, les bruits de la campagne accompagnent tes mots d'amour, de la terre monte l'odeur chaude de la mi-journée, nous sommes ivres de soleil, de paix, ivres l'un de l'autre. Tu murmures : « Comme tout est simple et beau », nous restons allongés les yeux grands ouverts, jouissant de ces instants de pur bonheur. Puis le soir tombe, nous nous regroupons autour de la maison, nous nous mettons à chanter chacun sa complainte ou bien tous en chœur. Retrouvant les mélodies de notre enfance, je chante des berceuses russes, tu prends la guitare qui ne te quitte jamais, tu m'accompagnes, puis à ton tour tu reprends de vieilles romances, pour une fois tu ne chantes pas tes propres chansons.

Nous sommes tous nostalgiques, peut-être ne

voulons-nous pas quitter cet état d'apesanteur pour profiter jusqu'à la dernière minute de la sérénité de ce lieu.

Dans la nuit, nous repartons engourdis et repus. Sur l'autoroute, nous nous arrêtons pour prendre de l'essence. Devant nous, un autocar se vide, les passagers harassés se précipitent aux toilettes, à leur allure nous reconnaissons immédiatement des Soviétiques. Ceux qui sont venus près des machines à distribuer les boissons fraîches où nous nous servons, n'en croient pas leurs yeux : « C'est Vissotsky, avec Vlady. » Timidement ils s'approchent, te parlent, bientôt la station-service se remplit de gens éberlués par cette rencontre. Retrouver des compatriotes au beau milieu de la campagne romaine, parler russe, même donner des autographes ne te déplaît pas. Nos amis italiens, les pompistes, ne comprennent pas très bien toute cette agitation provoquée par un petit homme inconnu, ou dont ils ignorent la renommée inouïe dans son pays. Toi qui es sevré depuis quelques semaines de tes admirateurs quotidiens, tu es content.

Les passagers du bus nous faisant une haie d'honneur, nous les quittons les bras chargés de menus souvenirs. La journée a été réussie de bout en bout, et tandis que nous roulons vers Rome, dans la nuit chaude, tu t'endors heureux sur mon épaule.

Lors d'un séjour en Yougoslavie, en août 1976, où je t'ai accompagné pour les besoins d'un film que tu tournes sur une petite île nommée Sveti Stefano où nous passons des journées parfaites, on m'appelle de Paris : ma sœur, après m'avoir dit de m'asseoir, ce qui m'affole, m'apprend que ma maison a été cambriolée.

Tout ce que j'ai acquis en vingt ans de travail a disparu. Bijoux, argenterie, fourrures, caméras et appareils de toute sorte. Par une réaction qui semble très choquante à ma sœur, j'éclate de rire, puis, ayant repris mon souffle, je dis : « Ce n'est que ça. » Je craignais qu'un de mes fils n'ait eu un accident. De fait, la perte des choses n'est rien par rapport à la peur ressentie. Quand je t'annonce cette nouvelle, l'œil gai et presque comme une blague, tu es atterré. Pour toi, les objets, les vêtements, mais surtout le matériel d'enregistrement et de reproduction sont des trésors sans prix. C'est moi qui suis obligée de te consoler. Il est vrai que j'ai de la peine car, parmi les bijoux volés, il y avait ceux de ma mère, des petites bagues que je lui avais offertes au cours des ans et qu'elle portait sur son lit de mort. Je les avais laissées, de crainte de les perdre en me baignant. Pour le reste, je t'explique que tout peut se racheter, et qu'après tout je peux très bien me passer d'argenterie, de bijoux et du reste. « Mais les fourrures, dis-tu, tu en as besoin en hiver, à Moscou, et puis ne mens pas, tu aimes ça, c'est ta seule coquetterie. » Non, il y a les chaussures aussi, mais ça on n'y a pas touché. J'avoue que je regrette le grand manteau de vison sauvage qui me tenait si chaud et dans lequel j'avais l'allure d'une *barynia*. Mais il existe de merveilleuses doudounes en duvet, j'en ai souvent porté au cours de mes randonnées en haute montagne. Et puis tout cela n'est pas grave, les enfants vont bien, nous sommes heureux, nous travaillons, la vie est belle.

Fin septembre, je retourne à Moscou. A l'aéroport tu m'attends comme toujours, dans l'espace réservé aux voyageurs, les douaniers admirateurs t'ont laissé passer. Nous nous embrassons, tu prends ma valise, je passe la douane, tranquille, à part des médicaments pour les amis je n'ai rien à déclarer. Je te retrouve gai, chaleureux, très volubile. Tu me caches quelque chose, je le sens. Je ne devine pas. Tu ouvres la porte de l'appartement, capitonnée par un artisan, nos voisins se plaignant d'un excès de musique quotidien. J'entre dans le salon : les lumières sont allumées, tout est rangé, sur une table basse des fruits, dans les vases des fleurs, tu me regardes et je retrouve dans tes yeux la jubilation que j'ai ressentie les soirs de Noël quand mes enfants petits, à peine réveillés, se précipitaient vers les cadeaux. Sans un mot, tu me prends par l'épaule et d'un geste un peu théâtral, tu ouvres la porte de notre chambre à coucher. Sur la moquette bleue, sur l'estrade de bois où est posé le matelas que j'ai ramené sur le toit de ma voiture de Paris à Moscou, sur la chaise où nous déposons nos vêtements, sur la petite table où sont habituellement rangés mes objets de toilette, et même sur le rebord de la fenêtre, des dizaines de peaux argentées s'étalent, c'est un véritable tapis de poils, une symphonie de gris, une épaisse toison déposée sur toutes les surfaces planes. Tu me regardes et, comme je ne réagis pas, tu me dis :

– C'est la fourrure que tu aimes. Tous les chasseurs de Russie m'ont fait parvenir les plus belles peaux pour toi, c'est la zibeline Bargouzinskaïa, la plus rare, regarde, tu peux de faire faire le plus beau manteau du monde. Tu n'auras pas froid cet hiver, tout ça c'est pour toi.

Je n'ai jamais rien vu de pareil de ma vie. Ma mère me racontait que la houppelande de sa propre mère était composée de dizaines de peaux de zibeline retournées vers l'intérieur pour avoir plus chaud. Je regarde, je n'en crois pas mes yeux. Une seule chose me choque. Dans la chambre règne une odeur forte et sauvage, tu me dis que ce n'est rien, que les peaux sont à peine tannées, que les nombreux chasseurs t'ayant fait parvenir les zibelines l'ont fait à titre privé, et qu'elles ne sont donc pas passées par les tanneries officielles. Toutes ces peaux sont vraiment sauvages. Il y en a soixante, de quoi faire un manteau à traîne.

Dès le lendemain matin, je les range à la cave, dans une grande malle, en me promettant de les faire travailler, couper et coudre plus tard. Puis la vie reprend, les soucis, les difficultés, les empêchements divers. Quelque temps après, quand je repense aux zibelines, en ouvrant la malle je suis horrifiée par le spectacle. Les peaux non traitées ont pourri. Des milliers de vers grouillent sur les poils. Presque toutes les peaux sont gâchées. Sur la masse, seules trois sont en bon état. Elles sont encore chez moi : souvenir soyeux...

Un soir, nous arrivons devant un grand hôtel, à Munich. Nous venons y rejoindre un de tes amis, Roman. Il a émigré il y a quelques années et vend maintenant des voitures, une de tes grandes passions.

J'ai conduit toute la journée, je suis fatiguée, et quand tu me dis : « Regarde qui est là », je mets un certain temps à reconnaître l'homme qui, dans la pénombre, fume une cigarette. Sa silhouette se découpe à contre-jour, et quand il tire une longue bouffée, un instant je vois son visage marqué, ses yeux aux paupières lourdes. C'est Charles Bronson, dont les affiches du dernier film couvrent toute l'Europe, l'un de tes acteurs de cinéma préférés, et tu ajoutes : « Il faut que j'aille le voir, lui parler. » Je n'ai pas le temps de te retenir, déjà tu sautes de la voiture et vas vers lui. Je te vois lui dire quelque chose et lui, d'un geste large et calme, te repousser et te tourner le dos. Tu reviens et, très excité, tu me demandes d'aller lui expliquer, car tu n'as pas pu lui faire comprendre que tu es un acteur russe, que tu veux lui dire ton admiration, moi il m'écoutera. Je te réponds que je doute qu'il ait envie d'être dérangé. Je te rappelle ta lassitude quand, dans les restaurants, dans la rue, dans les magasins, les gens t'assaillent, te questionnent. Mais rien n'y fait, tu insistes. Je sors à mon tour de la voiture et m'approche de l'acteur, je n'ai pas le temps de dire la phrase que j'ai préparée. D'une voix traînante, mais excédée, il me coupe : « *Leave me alone, go away.* » Du même geste, il m'écarte et tournant les talons, entre dans l'hôtel.

De loin tu as suivi cette petite scène, tu es dépité, et j'ai toutes les peines du monde à te consoler. Pour quelques minutes, tu as oublié ta notoriété, ce que cela comporte de pressions quotidiennes, tu n'es plus qu'un admirateur comme tous les autres qui a tenté vainement d'approcher la star qui le fait rêver. Heureusement nos amis sont là, et nous commençons aussitôt à parler d'un rêve plus prosaïque : l'achat d'une Mercedes. J'ai ramené plusieurs voitures françaises à Moscou. Tu as appris à conduire, tu en as cassé quelques-unes, maintenant ce qu'il te faut c'est la voiture à la mode en Russie, parce qu'elle est solide, qu'on peut trouver des pièces de rechange grâce aux diplomates allemands, mais surtout parce que c'est une des voitures que Brejnev a reçues en cadeau et qu'il conduit lui-même de temps en temps. Or, comme toujours, la mode suit les goûts ou l'apparence des dirigeants suprêmes. Tu blagues toi-même sur la prolifération des grains de beauté apparus soudainement sur les visages des apparatchiks sous Khrouchtchev, des sourcils miraculeusement épaissis sous Brejnev, des accents que prennent même les speakers de télévision pour imiter celui du premier secrétaire. Mais, toi aussi, tu veux *sa* voiture et, malgré la difficulté (à mon avis encore plus grande que de se faire pousser des verrues ou des poils à la demande) d'importer un véhicule étranger en U.R.S.S., tu persistes.

Tu as d'ailleurs bien travaillé la question. Grâce à quelques concerts donnés chez les douaniers, tu as obtenu l'assurance que l'immatriculation sera possible. Toutes mes voitures jusqu'à présent devaient ressortir d'U.R.S.S. après un délai précis. Celle-ci pourra rester sur le territoire à tout jamais, après que tu auras payé, il est vrai, des taxes substantielles. Cela tu t'en arranges. Je t'ai vu faire cinq concerts par jour, concerts de deux heures chacun, devant des stades de dix mille places pleins à craquer, seul avec ta guitare, une mauvaise sono répercutant à l'infini ton cri rendu quasiment incompréhensible, mais dont le public qui connaît chaque mot jouit pleinement grâce à ta présence. Et cela, pendant dix jours consécutifs volés à tes vacances d'acteur qui te laissent épuisé, amaigri, au bord de l'évanouissement, mais avec quelques milliers de roubles, alors que les organisateurs, souvent la Philharmonie de la ville, s'en mettent en poche des centaines de milliers nécessaires à leurs plans de l'année. Cet argent gagné chaque fois grâce à l'impact de ton nom, dans toutes les régions de l'U.R.S.S., il ne t'en revient qu'une infime partie. Le salaire des artistes célèbres est minime. Mais à force de galas, malgré des contretemps dramatiques (le public, frustré par une annonce intempestive des autorités, exige ta présence, refuse de quitter les lieux et te fait, quand tu apparais, une ovation qui oblige presque toujours les censeurs à céder), tu réussis à accumuler les fonds nécessaires.

Pour le reste, tu comptes sur moi. Les devises, tu ne peux les toucher, et même lorsque bien plus tard tes prestations à l'étranger te rapporteront des cachets, tu ne pourras les percevoir qu'en roubles, l'Etat transférant les sommes gagnées au tarif du change officiel, comme pour tout citoyen soviétique travaillant à l'étranger. Tu as à ce sujet une idée très originale : chaque touriste soviétique, pour un séjour à l'Ouest, doit percevoir une somme en devises, même minime. Or, si on libère les voyages à l'étranger, si quelques millions de touristes, ce qui serait le cas, voulaient visiter pour quelques jours, ne serait-ce que l'Europe, cela obligerait l'Etat à débourser des millions de devises. Devises qui lui sont bien plus utiles pour des achats de matériel technique ou de blé qui font défaut. Ainsi, au-delà de la liberté de voir, de juger, de comparer, c'est un problème purement économique qui empêche la libre circulation des personnes. Il n'y a en U.R.S.S. que quelques milliers d'êtres humains qui souhaitent émigrer : une minorité d'intellectuels, de Juifs rêvant d'Israël, de croyants de tous bords, de personnes qui se sentent en marge, homosexuels, créateurs incompris, résistants au système, mystiques brimés, et ceux qui espèrent la fortune, le succès, la gloire en Occident. Mais tous les autres, c'est-à-dire deux cents et quelques millions de gens, veulent seulement passer leurs congés au bord de la Méditerranée plutôt qu'au bord de la mer Noire, dans un pays d'Europe occidentale plutôt que dans l'une des républiques d'U.R.S.S. Pour voir, pour goûter au plaisir de voyager, de se dépayser. Mais voilà, en dehors des questions d'ouverture d'esprit, il y a cet insurmontable problème des devises, et à cause de lui, penses-tu, la libre circulation des gens n'est pas pour demain.

Donc, nous sommes à Munich, tes amis et moi, pour trouver la meilleure solution. Il faut dire que tu as tenté d'acheter une Fiat construite en U.R.S.S., mais l'attente est indéterminée, et le prix dépasse de très loin les taxes à payer pour une voiture importée. De fait, ayant parcouru les immenses parkings de voitures d'occasion remises à neuf, tu tombes en arrêt devant ce qui sera Ta Première Voiture : une grosse berline gris acier, quatre portes, dont le prix défie toute concurrence.

Roman et moi-même achetons la Mercedes tant désirée.

Ta jubilation nous ravit. Tu es heureux, tu prends le volant, tu t'amuses. Je verrai pendant des années les flics de la circulation à Moscou, d'abord se méprendre sur l'identité du conducteur, puis très vite, sachant parfaitement à qui ils ont à faire, saluer militairement tes passages dans la ville. Cette voiture ainsi qu'une autre Mercedes de sport de couleur chocolat qui l'a suivie – elle nous a valu la plus belle cascade de ma vie –, ont été tes jouets préférés. La « Chocolat », sportive et impétueuse, à peine achetée, nous la conduisons d'Allemagne à Moscou. Nous sommes fin 1979, nous avons filé à plus de 200 sur les routes allemandes, passé la frontière polonaise sans problème, tu m'annonces fièrement l'autoroute Brest-Litovsk planifiée pour les Jeux olympiques : « C'est fini la route pleine de trous, de dos-d'âne, les élans se promenant au clair de lune, vas-y pleins gaz ! » Effectivement, nous roulons vite. Je m'inquiète bien du manque de signalisation, des machines excavatrices abandonnées ici et là, de l'absence d'autres voitures, mais tu expliques tout par le fait que c'est dimanche, qu'on ne travaille pas, tu es si sûr de toi que je continue.

Après 90 km sur une autoroute vide et lisse à souhait, j'entrevois, au loin, une percée dans la forêt, de part et d'autre des engins divers mais surtout la fin du revêtement de bitume. Je rétrograde, je revois un de mes cauchemars, une route qui soudain se termine, le saut dans le vide, et le néant... De la poussière plein la bouche, toussant, jurant et riant d'une manière hystérique, nous nous retrouvons dans le sable, après un vol plané de plusieurs mètres. La marche est de deux mètres, nous l'avons sautée à 100 à l'heure dans notre coupé chocolat. L'autoroute Brest-Litovsk n'était qu'en chantier. Sains et saufs, après deux heures d'errance dans les bois environnants, nous rejoignons la route nationale par des pistes défoncées. « Ce sera la plus belle des autoroutes quand elle sera achevée », dis-tu, toujours et malgré tout patriote.

Notre amie Iëlotchka nous téléphone un matin, bouleversée, pour nous annoncer que les meubles et effets de Koonen vont être vendus, qu'il faut faire quelque chose, intervenir! Sous cette avalanche de mots, je sens un trouble profond mais je ne puis comprendre. Je lui promets de t'en parler et dès ton retour le soir, je te pose la question :
– Qui est Koonen?
– Comment tu ne connais pas Tairov et Koonen?

A ma grande honte, j'avoue que le premier nom me dit quelque chose, timidement j'avance :
– Est-ce l'assistant ou l'élève de Stanislavski?
Tu éclates de rire.
– Tu es tombée presque juste, maligne. En fait, Alice Koonen a été l'élève de Stanislavski. Mais Tairov est un grand metteur en scène qui a créé le théâtre de Chambre. Elle était une de nos plus grandes tragédiennes. Elle est morte il y a peu de temps, à plus de quatre-vingts ans. Il faut aller voir. Et puis si Iëlotchka le demande...

Lorsque nous arrivons chez notre vieille amie, elle nous raconte les larmes aux yeux que l'appartement du célèbre couple dont elle était l'intime, ne sera pas transformé en musée, contrairement à ce que l'on espérait. Aussi, tout ce qu'il contient va être dispersé. Elle nous supplie de venir voir ce que nous pourrions sauver car, pour elle, ces objets, témoins de la vie de ces grands artistes du théâtre russe, ne doivent pas passer de main en main, et elle pense que le prolongement naturel de leur existence se trouve chez nous. Nous montons les quelques marches qui mènent à l'appartement. Les pièces sont très sombres, déjà on voit les marques plus claires laissées par les tableaux décrochés, çà et là des cartons bourrés de livres, des tapis roulés donnent une impression de déménagement hâtif qui serre le cœur. Nous nous tenons par la main, et sans un mot nous faisons le tour des pièces. Tous les meubles qui restent sont de très grande taille. Tu l'expliques par la petite dimension des appartements modernes. Devant ma perplexité, tu dis en riant :

– Ceux-là, ils n'ont pas pu les prendre chez eux, mais nous, nous avons la chance d'avoir un très grand appartement avec un hall, un couloir normal où tout peut passer, même un piano à queue si on voulait ! Regarde et choisis ce que tu veux, moi je m'installe là.

Et tu t'assois dans un très beau fauteuil Empire, de bois sombre, dans lequel tu as l'air tout menu. Le dossier, très haut, enveloppe la personne assise, un peu comme ces cabines en osier que l'on voit sur les plages du Nord de la France, et qui protègent du vent : je le retiens immédiatement. Puis je m'arrête devant un bureau massif et imposant, aux tiroirs nombreux, avec une sorte de rajout sur le dessus, qui permet de se sentir comme à l'intérieur d'une petite bibliothèque. Un secrétaire très féminin, dans lequel ont été oubliées quelques lettres et photos poussiéreuses, attire mon attention; une vitrine aussi, très sobre, dont l'intérieur en bois de merisier clair semble briller par rapport à l'acajou extérieur. Enfin, on me montre une immense penderie qui, quand on l'ouvre, sent la naphtaline et le maquillage de scène : là, sur des cintres en fil de fer, sont accrochées des robes ahurissantes, elles aussi à vendre. J'en choisis deux avec attendrissement, brodées de perles et de jais noirs, puis une sorte de cape en dentelle, noire également. Nous repartons un peu tristes, tu me dis dans l'escalier :

– Toute une existence d'amour, de chagrins, de succès, de difficultés, de création, de recherche, et il ne reste que ces quelques pièces dépareillées de l'ensemble qui faisait cette vie.

Nous philosophons longuement sur la brièveté de la vie, la vanité du succès, l'inutilité de l'accumulation des biens, l'ingratitude du gouvernement, la rapacité des héritiers...

Sur ce bureau, tu as écrit tes plus beaux poèmes. Dans ce fauteuil, j'ai passé des heures, lovée sous un plaid, à t'écouter me les lire. Dans les tiroirs du secrétaire sont rangées nos centaines de photos, articles, souvenirs. Les robes sont toujours accrochées dans la penderie de l'appartement de Moscou. J'ai emporté avec moi à Paris la cape de dentelle qui me rappelle l'élégance et la noblesse d'Alice Koonen. Lors du partage, en 1980, j'ai pris mes quelques affaires personnelles, laissé l'appartement et tout ce qui était dedans aux héritiers. J'espère que quelqu'un, un triste jour, ne s'y promènera pas en choisissant parmi les débris de notre vie passée.

DEHORS il gèle, nous venons d'emménager dans un appartement assez spacieux que nous louent des diplomates en poste en Afrique. Le quartier est entièrement en chantier, c'est une mini-ville nouvelle aux confins de la banlieue sud de Moscou. Pour une quinzaine d'immeubles en finition, il n'y a qu'un seul magasin d'alimentation qui se situe à quelques centaines de mètres de notre porte d'entrée. Généralement, je vais en voiture dans le centre de Moscou où j'achète en devises étrangères les produits indispensables. Mais tu as pris l'habitude, puisque nous sommes loin de tout, de prendre chaque matin la voiture que j'ai ramenée de Paris. Ton permis reçu par piston, mes leçons de conduite vite assimilées, tu t'es lancé comme un fou dans la circulation. Tu n'as peur de rien, mais, moi, je refuse de me laisser conduire. Donc ce matin encore, puisqu'il fait très froid, je me retrouve à pied.

Ayant lavé la vaisselle de la veille, fait le ménage, lessivé quelques bricoles, chemises, pulls, draps et autres nappes, je décide de préparer un bon dîner. Nous n'attendons que quatre amis très proches, tu ne joues pas et je sais que tu rentreras tôt.

L'envie me prend d'aller voir le fameux magasin. J'ai besoin de me promener, j'espère trouver au moins le minimum : pain, fromage, beurre, ou une heureuse surprise comme cela peut arriver, des oranges, du papier hygiénique, quelques volailles surgelées, voire un « bâton » de saucisson à l'ail que tu aimes tant et qui, parfois, est jeté sur le marché par la direction générale du Ravitaillement lorsque les ménagères n'ont plus rien, mais vraiment rien, à se mettre sous la dent.

Je mets mon manteau de vison doublé de ouatine, mes bottes, ma chapka, mes moufles et mes lunettes de soleil, j'ai l'air d'une vraie Martienne ! Je sors les bras chargés de sacs, en prévision de ma razzia. L'air est pur, sec, pas très loin la forêt vibre dans le gel, je regarde avec tristesse le vide terrain vague sur lequel sont bâtis nos immeubles. La forêt a été déracinée au bulldozer géant. Pas un arbre, pas un buisson n'ont été épargnés, ça va plus vite, ça coûte moins cher, et pendant quinze ans des gens vont vivre dans un désert de béton où quelques chétifs arbrisseaux saccagés par les gosses n'arriveront jamais à donner un peu d'ombre les jours de canicule.

D'un bon pas, je me dirige vers le magasin, la boue durcie m'oblige à faire du slalom, je saute d'une crête à l'autre, puis, prenant une piste en béton, j'arrive devant une foule de femmes emmitouflées qui attendent l'ouverture. J'avais pourtant calculé d'arriver bien après, car je sais qu'il y a chaque fois un rush dont je préfère me passer. La vendeuse doit être en retard, car toute la petite assemblée vrombit de mécontentement. Mon arrivée provoque un petit silence, mais la mauvaise humeur est plus forte que la curiosité, et le ton monte jusqu'au moment où la porte du sas d'entrée s'ouvre. Comme un poulailler pris de folie, le groupe se précipite en caquetant et en se bousculant.

Les portes ne laissent passer que deux personnes

à la fois, j'attends et, la dernière, j'entre dans la moiteur odorante. D'un coup d'œil, mes narines me le confirment, je me rends compte que je ne rapporterai que des laitages, du beurre et, s'il en reste, du fromage. C'est un self-service tout neuf dont les étagères s'écaillent déjà. Les paniers n'ont plus qu'une anse, et les rares produits sont vaguement emballés dans du papier gris épais, marqué d'un chiffre écrit à l'encre violette. C'est mon premier marché dans ce lieu. Je prends quelques denrées, je me mets dans la file pour payer. J'ai cinq paquets de différentes tailles, je paie et je m'apprête à sortir quand la contrôleuse, l'œil sévère, me fait ouvrir mon cabas, elle en sort mes achats et brandit quelque chose. Horreur, j'ai un paquet de fromage à 28 kopecks en plus, que la caissière n'a pas tapé. J'ai déjà très chaud, le magasin est surchauffé, en plus j'ai un peu honte car tout s'est arrêté, toutes me regardent. Je dis timidement que la caissière a oublié, que ce n'est pas grave :

– Comment, la caissière a oublié! On connaît ces chansons, c'est comme cela que l'on crée le déficit. Si chacune vole (elle utilise le mot voler) un bout de fromage, un bout de beurre, où va la nation?...

Je suis horrifiée car le ton monte, des femmes grognent, je sors mon argent soviétique et le jette sur le comptoir :

– Prenez, je n'en ai pas besoin.

Les femmes se mettent à crier :

– Nos billets on ne les jette pas comme ça, nous on a assez de mal à les gagner, c'est pas comme certaines...

Je suis au bord de l'apoplexie, je transpire, j'ai envie de pleurer. Je sors de mon sac des billets français et, bêtement, pensant prouver ma bonne foi, je propose de payer en devises. Là, le chœur unanime me chasse et je sors dans la boue sous les injures, mes emplettes serrées sur ma poitrine.

J'arrive devant notre entrée, semblable à cent autres. Tu es là, un grand sourire tendre sur la figure, tu as compris à mes yeux rougis, à ma chapka de travers et à mes bras serrés sur les petits paquets gris.

– Tu as été faire des courses, hein, mais pauvre chérie, tu dois les comprendre, ces femmes, elles vivent ça chaque jour de leur vie. Pour toi c'est anecdotique. Pardonne-leur, demain je te laisserai la voiture.

Après une terrible nuit d'excès en tous genres, beaucoup trop d'amis, de bouffe, de vodka, de bagarres et de réconciliations, tôt le matin nous devons nous rendre chez un écrivain avec lequel tu travailles sur un scénario, et dont la datcha assez lointaine est desservie par l'*elektritchka*. Un petit train de banlieue, souvent bondé de gens qui partent à la campagne en emportant tout ce qu'ils ne peuvent trouver sur place. Tout le monde est surchargé, les enfants pleurent, les chats et les chiens cherchent à se libérer des laisses et des paniers, il fait très chaud.

Je me sens tellement mal que tu as pitié de moi et, l'œil malicieux, tu me pousses vers la buvette de la petite gare. Là, les ivrognes de service font la queue. On vend de la bière, de la vodka, la moins chère, et quelque chose qui ressemble de loin à du cognac. Les hommes montrent discrètement trois doigts et trouvent immédiatement deux larrons qui rajoutent la somme nécessaire pour payer une bouteille de 500 g, puis ils vont vers un coin retiré. Partageant à une goutte près, à l'oreille, le « glou-glou » servant de mesure, ils boivent leur demi arrosé des quelque 170 g de vodka, et après ils sont bien. L'odeur de la bière, mêlée de sueur, du tabac des *papiroski*, les cigarettes russes qui sentent encore plus fort que les Boyard maïs, et la chaleur par-dessus, font que je me jette comme une folle vers une porte où j'ai remarqué la lettre « F » pour femmes. Dans mon corps, la débâcle est totale, mais dès que j'ai passé la porte, tout mon être se ressaisit pour un instant, car, devant moi, sur une dizaine de « trônes », des femmes de tous âges se soulagent tranquillement en commun. Elles ont toutes levé les yeux vers moi, je suis pétrifiée. Mais par un geste de délicatesse spontanée, toutes se retournent de dos à la seule cuvette libre. Des larmes de reconnaissance aux yeux, je sors titubante de ces toilettes que je n'oublierai jamais.

Tu tiens deux verres, tu m'ordonnes de boire. Je frémis mais tu insistes :

– Il le faut, c'est le seul moyen; comme le dit le diable dans *Le Maître et Marguerite* de Boulgakov, il faut soigner le mal par ce qui l'a provoqué.

Tu éclates de rire car j'ai bu en grimaçant, j'ai fait passer les 50 g de vodka, qui font ce qu'on appelle en France « la soudure », par un verre d'eau glacée et, sur-le-champ, tout s'est remis à sa place, je suis redevenue un être humain. Tes yeux durs et aigus pour une seconde se voilent de gaieté moqueuse :

– C'est comme cela que l'on devient alcoolique, attention, madame!

Je ris à mon tour, tout me semble léger, amical et tendre dans cette drôle de petite gare.

Le nouvel an approche. Dans notre immeuble tout neuf, les radiateurs à peine tièdes n'arrivent pas à réchauffer les grandes pièces, et à part la cuisine où je laisse le four allumé toute la journée, on pèle de froid dans l'appartement. L'hiver est particulièrement rude, le thermomètre est descendu à − 50°. Nous sommes tous en veste molletonnée, bonnet sur la tête et bottes de fourrure. Les vitres sont obstruées de cristaux aux motifs géométriques étranges. Nous ne sortons pas.

Pourtant, un soir, nous entendons une rumeur et bientôt de hautes flammes font danser des ombres sur les carreaux. Tu sors sur le palier, au bout d'un moment tu reviens très excité, tu me dis que quelque chose de jamais vu se passe dans le terrain vague. Nous nous précipitons dehors, de tous les immeubles des gens emmitouflés jusqu'aux yeux sont sortis. Tout le monde crie, les femmes surtout, dont les voix fortes et claires surmontent le brouhaha. Nous comprenons des bribes de phrases, « Plus possible, c'est de l'assassinat, une honte, on va tout brûler » et, de fait, déjà hautes, les flammes sont alimentées au centre du terrain vague par des planches que les hommes arrachent furieusement aux barrières du chantier. C'est la première fois, ce sera la seule, où je vois la foule moscovite manifester avec rage son mécontentement. Plusieurs immeubles ne sont plus chauffés, les chaudières étant tombées en panne. Des vieux et des enfants en bas âge ont attrapé des pneumonies. La situation est dramatique car il n'y a dans ces maisons modernes ni cheminées ni chauffage d'appoint, et depuis longtemps toutes les chaufferettes électriques ont disparu des magasins. Certains ont envoyé leurs enfants chez leurs parents à la campagne, où l'on peut, dans les isbas, supporter n'importe quelle froidure. Mais tous n'ont pas cette chance, et la colère monte.

Maintenant, il n'y a plus de planches à brûler, certains menacent de s'attaquer aux portes en bois, d'autres tentent d'arracher les pneus des engins du chantier, cela tourne à l'émeute. Mais soudain la milice arrive. La foule s'éparpille, bientôt nous nous retrouvons presque seuls, la figure glacée, les narines collées, du givre sur nos sourcils, et nous rentrons chez nous, vigoureusement priés par les miliciens de débarrasser le plancher.

Cela n'a duré que quelques instants, mais il y a eu un résultat. Des équipes sont envoyées dans la nuit pour remettre les chaudières en route, et le lendemain tout le monde se félicite d'avoir allumé ce feu provocateur sans lequel, dit-on, rien n'aurait été fait.

Le soir même, nous partons à la campagne fêter le nouvel an. Les amis qui nous accueillent vivent toute l'année dans une belle isba, entourée de bouleaux. L'endroit est digne d'un conte de fées. On s'attend à voir Sniegourotchka, la petite fille des neiges, se promener dans le jardin. Le gel a pétrifié tout alentour, la neige craque sous nos pas, le ciel est bleu profond, rien ne bouge, pas un bruit, pas un frémissement. Seul le chien de la maison, Isium, sort quelquefois pour très vite rentrer se pelotonner près de la cheminée. C'est le seul chien de ma connaissance à s'être détourné, avec une grimace de dégoût et faisant presque de la patte un geste de refus, alors qu'on lui proposait un os, tant il avait mangé pendant le réveillon. Car nous faisons ripaille. Jamais je n'ai vu autant de viandes, gibiers, poissons, pâtés et autres friandises servis sans discontinuer pendant trois jours.

Mon fils Vladimir dort repu, le chien dans ses bras, sur le tapis devant le feu de bois. Nous sortons toutes les demi-heures faire tourner les moteurs des voitures et ramener des bûches. Tu ne peux t'empêcher de penser aux hommes et aux femmes déportés en Sibérie qui, mal vêtus, mal nourris, passaient de longs mois à essayer de survivre dans ce froid terrible. Et le contraste est grand entre tes récits et notre chaude et joyeuse maisonnée.

Je t'ai toujours entendu reprendre ces histoires du lointain passé aux moments les plus heureux de ta vie. Je revois notre arrivée à Berlin-Ouest, en 1973, première ville d'Occident où tu aies mis les pieds. Déjà, la traversée de la Pologne, puis de l'Allemagne de l'Est, t'avait laissé sombre et tendu. Mais à peine sorti de la voiture, près de l'hôtel où nous devons passer la nuit, tu veux regarder les rues, les gens, les magasins. Je te suis, j'ai mal pour toi. Tu marches lentement, les yeux écarquillés, tu passes devant cet étalage de richesses jamais vues, vêtements, chaussures, voitures, disques, tu murmures :

– Et l'on peut tout acheter, seulement en entrant dans les magasins...

Je réponds :

– Oui, simplement il faut de l'argent.

Tu continues et, un peu plus loin dans la rue, tu t'arrêtes devant la devanture d'un magasin d'alimentation : l'étalage croule sous les viandes, charcuteries, fruits, conserves. Tu es blanc et, soudain, tu te plies en deux et te mets à vomir sur le trottoir. Plus tard, rentré à l'hôtel, tu pleures presque.

– Comment?... Ces gens qui ont perdu la guerre ont tous ces biens, et notre peuple qui a tant souffert n'a rien de tout cela! Il y a presque trente ans que la guerre est finie, c'est nous qui l'avons gagnée, et nous sommes pauvres, nous n'avons rien à acheter. Dans certaines villes il n'y a pas de viande fraîche depuis des années, tout manque, partout, et toujours.

Ce premier contact tant espéré avec l'Occident provoque une réaction inattendue. Ce n'est pas le bonheur, c'est la rage, ce n'est pas l'étonnement c'est le dépit, ce n'est pas l'enrichissement de l'ouverture vers d'autres pays, c'est la découverte que le peuple russe est encore plus démuni que tu ne l'imaginais.

Cette nuit-là, tu ne fermes pas l'œil, tu racontes comme dans un délire, phrases hachées, entrecoupées de longs silences, la Guerre : les enfants perdus, orphelins, regroupés en bandes comme des jeunes loups, affamés et terribles, nomades déguenillés sillonnant le pays exsangue. La Guerre : les femmes sur qui tout le poids du travail habituel des hommes est retombé, les écrasant doublement. La Guerre : le blocus de Leningrad, ces mois d'horreur et de courage désespéré pendant lesquels la vie a continué coûte que coûte, les orchestres composés de vieux musiciens crevant de faim et transis, donnant des concerts quasiment inaudibles tant était grande leur faiblesse. La Guerre, qui a laissé quelques millions de gens estropiés à vie dans leur chair et dans leur âme.

Ta voix devient monocorde, éteinte : l'homme a trente-cinq ans, il a perdu ses deux bras et ses deux jambes, il est ce qu'on appelle un « samovar ». On le prend, on le pose, on le reprend, on le lave, on le repose, on le nourrit. On le couche dans une sorte de boîte, il ne dort pas. Le matin on le remet dans une chaise spéciale, haute sur pattes, une chaise de bébé en somme. Sa femme, à qui on a ramené ce paquet de souffrance, l'a soigné, l'a guéri. On lui a annoncé une longue vie pour ce mari-enfant. Il est sain. Le cœur, soulagé du travail à faire pour irriguer quatre membres, va battre de longues années. Elle l'aime, elle veut qu'il vive, même à ce prix. Lui, d'abord muet, se met un jour à poser des questions, sur la maison, la vie du quartier, les nouvelles. La femme, heureuse de le voir s'intéresser à quelque chose, lui raconte, invente même, des événements joyeux. La vie reprend, le quartier se reconstruit, les gens se marient. L'homme dit qu'il veut participer, voir, mais comment faire ? De sa boîte, de sa chaise, il ne voit rien. La femme le rapproche de la fenêtre, ainsi il pourra regarder le soleil, les arbres en fleurs. C'est le printemps. L'homme commente, attentif, les bourgeons qui apparaissent, les fenêtres que l'on débarrasse des papiers collés pour l'hiver, les enfants que l'on dépiaute comme des oignons des lourds vêtements d'hiver qui les engoncent, et qui jouent, libres et heureux, dans la cour en bas. Les voisins s'habituent à voir derrière la fenêtre le visage de l'homme collé au carreau. Maintenant il fait doux, on peut ouvrir les fenêtres. La femme solide et tendre dépose l'homme-enfant dans sa chaise haute, près de la croisée. Elle part au travail, la porte se referme. L'homme penche sa tête, attrape à pleines dents le rideau à carreaux rouges et verts. Dans un effort suprême il s'expulse de la chaise puis, augmentant le mouvement de balance, réussit à franchir le bord de la fenêtre et, lâchant prise, se libère enfin de son calvaire.

Qui a dit : tout a flambé à jamais ?
Le temps des semailles ne reviendra plus.
Qui a dit : la terre est assassinée ?
Elle retient seulement son souffle.

Terre, mère infiniment féconde,
plus inépuisable que l'eau de l'océan.
Qui a dit : la terre est incendiée ?
Elle n'est que noire de chagrin.

Les tranchées ont tailladé sa chair
et les obus troué sa peau de mille plaies.
Les nerfs dénudés de la terre
geignent de douleurs sans pareilles.

Longue est sa souffrance, longue sa patience.
Rayez la terre du cadastre des invalides !
Qui a dit : la terre a perdu sa voix ?
Qui a dit : la terre n'est plus que silence ?

Ses gémissements étouffés claironnent
de toutes ses plaies, de tous ses soupirs,
la terre est l'âme des hommes,
elle ne périra pas sous le talon des brutes.

Qui a dit : la terre est assassinée ?
Elle retient seulement son souffle.

Lors des commémorations de la victoire, nous regardons des actualités de l'époque. Les prisonniers allemands défilent dans les rues de Moscou. La longue colonne avance lentement, les hommes sont déguenillés, souvent blessés, quelques-uns très jeunes, presque des enfants, beaucoup de vieux aussi, tous la tête baissée, les yeux fixés au sol. Derrière eux, à quelques mètres, des voitures équipées de jets d'eau lavent l'asphalte. L'image est insoutenable, des visages dans la foule expriment tous les sentiments du peuple vainqueur après tant d'années de souffrance, mépris, haine, joie mauvaise. Quelques-uns pleurent, se souvenant sans doute de tous les sacrifices endurés. Un grand silence règne pourtant. Pas de cris, d'injures, juste ces regards et le bruit de l'eau qui lave la souillure.

Soudain, une femme se détache de la foule, s'approche d'un prisonnier adolescent. On peut croire qu'elle va frapper, mais non, elle sort de sous sa méchante veste d'homme trop grande un bout de pain et le tend à l'enfant prisonnier. Jamais je n'oublierai l'expression de ces hommes, passant de la honte à l'incrédulité puis à la gratitude, et tous tournant la tête pour suivre des yeux aussi longtemps qu'ils le peuvent la femme qui leur a pardonné.

Un soir, tu reviens guilleret et, te laissant tomber sur le divan, tu m'annonces :
– J'arrive de chez Khrouchtchev.

Devant ma mine étonnée, tu m'expliques que M. Khrouchtchev, depuis qu'il a perdu le pouvoir, vit près de Moscou, qu'il t'a invité à la bonne franquette et que tu as été curieux de rencontrer cet homme qui a dirigé l'Union soviétique, a permis une certaine libéralisation dans les arts, et, surtout, a prononcé le rapport sur les agissements criminels de Staline. Tu as pris ta guitare et tu es arrivé chez lui à l'heure du goûter. Sur la table il y a des gâteaux, et bien sûr de la vodka glacée. Le vieux Nikita aime bien boire un petit coup, il te pose d'emblée des tas de questions. Ce qui l'intéresse, c'est de savoir comment tu as écrit les chansons sur la guerre. Il pense que d'anciens soldats t'en ont beaucoup parlé. Quand tu lui expliques que tout ce qui te vient sous la plume surgit sans effort conscient ou presque, et qu'il te suffit quelquefois de te mettre dans la peau des personnages, comme un acteur, pour relater des faits auxquels naturellement tu n'as pas participé, Khrouchtchev en est tout étonné.

A ton tour, tu lui poses quelques questions, la vodka a délié les langues, le soir tombe sur cette chaude journée d'été, tu as beaucoup chanté, surtout les chansons les plus récentes. Dans la pénombre, tu observes le visage rond et rougeaud de l'ex-premier secrétaire. A une question précise concernant les peintres abstraits dont il a fait démolir l'exposition à coups de bulldozer, le tempérament colérique de Nikita réapparaît. Son visage rougit encore un peu plus et, tapant des deux mains sur ses cuisses, il éclate :

— On m'a trompé, on ne m'a pas expliqué, moi je n'y connaissais rien à la peinture, moi je suis un paysan, (puis, en conclusion :) on m'a dit qu'ils étaient tous *pédérasses*.

En terminant le récit de cette rencontre, tes yeux sont un peu tristes :

— Qui sait, si on avait pu lui parler comme je l'ai fait, peut-être aurait-il laissé s'épanouir l'art russe des années 60 ?

Puis, balayant de la main ces pensées optimistes, tu ajoutes :

— Quand ils sont là-haut, on ne peut même pas les apercevoir, alors, leur parler...

Ce que tout le monde appelle le « cycle chinois », ce sont en fait quelques chansons, écrites dans les années 60, qui ont provoqué l'ire du gouvernement chinois, à tel point que tu as été interdit de séjour en Chine « jusqu'à la fin des temps ». Il faut dire que tu n'y as pas été avec le dos de la cuiller. En plein culte de la personnalité, écrire :

Mao Tse-toung
est un vrai polisson,
il aime à farfouiller le jupon,
mais il se sent sur la pente,
il change sa légitime
et dégringole jusque dans les bras
d'une actrice de cinéma...

Qui ne croit pas en nous
N'est qu'un vaurien, un voyou.
Qui ne croit pas en nous
N'est que pleurnichard et larbin.
Le marxisme n'est pour nous qu'un abc,
Marx n'a pas traversé le Yangtsé,
Mao le Chinois a dégommé le Juif Karl.
Il en a perdu son ventre!
Elle a du tempérament,
sa chérie, en excédent!

*Une nana ? non, un volcan !
la cult-maîtresse de la révolution.*

Au cours d'un voyage de retour Paris-Moscou en voiture, nous passons en revue les événements, en reprenant mot à mot tous tes textes. C'est hallucinant ! On croirait une sorte de chronique malicieuse et provocatrice des bouleversements qui secouent la grande Chine. Mais tout cela écrit avec une sagacité, une clairvoyance qui touche à la divination, car les textes datent de plusieurs années. Plus nous avançons sur le chemin du retour, plus tu te surprends toi-même ! Arrivé à Moscou, tu appelles les copains et, très fier, tu leur fais part de l'extraordinaire découverte :

– Je suis un extralucide !

Et de reprendre les chansons du cycle chinois pour la plus grande joie de tous :

*De Liu Shao-chi sa reine
a brisé les jambes de chienne.
Qui les Citations ne lit
est un renégat et un goujat.
Sur les fesses on lui colle
un énorme dazibao.
Qui discute les édits de Mao
prend sa femme sur le dos
et son copain Lin Biao.*

Parmi les personnages que tu aimes, il en est un pour qui ta tendresse n'a pas de limite. Il s'appelle Inguibarov, il est jeune, il est beau, dedans comme dehors. C'est un poète à sa façon, il fait rire et pleurer son public composé de gens de quatre à quatre-vingt-dix ans. C'est le clown magique qui, depuis peu, grâce à son originalité, a volé la vedette au vieux Popov et autres clowns traditionnels. Tout son travail se fait sur le ton mineur, pas de tarte à la crème, de nez rouge, de chien dressé. En cassant des assiettes, il réussit à faire passer le public du fou rire au silence, puis on se surprend à avoir la gorge serrée, et bientôt on sort son mouchoir. Cet athlète magnifique fait des prodiges au sol, et notamment le crocodile sur un bras, ce qui te rend fou de jalousie. Tu passes des heures à essayer, tu y arrives dans un rugissement, mais cela ne dure que quelques dixièmes de seconde. Lui en fait un numéro qui s'étale sur une longue minute. Nous nous voyons souvent, au cirque, en compagnie du bon Nicouline, le doyen des clowns, qui aime tant les enfants qu'il en promène plusieurs dizaines par jour depuis qu'il a une voiture, ce qui est à Moscou un grand bonheur. On sent votre admiration réciproque. Un après-midi, on te téléphone, je vois ton visage devenir gris, tu raccroches et tu te mets à pleurer comme un gosse, à gros sanglots. Je te prends dans mes bras, tu cries :

– Inguibarov est mort. Ce matin rue Gorki, il a eu une crise cardiaque, personne ne l'a aidé, les gens croyaient qu'il était ivre.

Tes sanglots redoublent.

– Il est mort comme un chien, tout seul sur le trottoir.

Tu as toujours eu près de toi un ami de cœur. En douze ans de vie commune je t'en ai connu sept. Trois se prénommaient Valera. En russe cela n'est pas équivoque. C'est un prénom masculin. Et vos relations de camaraderie n'ont jamais eu de nuance homosexuelle. Pourtant, cela me troublait tant était fort le besoin de présence, de secrets communs, l'emprise dont tu jouissais sur ces compagnons choisis. Les autres, Ivan, acteur de ton théâtre, talentueux mais totalement déchu, Volodarski, ami d'enfance et de cuite dont le dernier acte a été de trahison, Dima qui, grâce à ses connaissances en électronique, t'a pendant des années servi d'ingénieur du son, puis, il faut bien le dire, dans ce monde prétendument sans profit, d'exploiteur (car, possédant le premier tes bandes enregistrées, il en faisait commerce), n'ont été que des laquais que tu as du jour au lendemain congédiés sans l'ombre d'un regret.

Celui qui est resté à tout jamais l'ami, c'est *V*. Quand tu me présentes cet homme, je sais qu'il revient de loin. Il a été condamné à une peine absurde de cent soixante-dix ans, amnistiée grâce au 20ᵉ Congrès, mais après seize ans de camp. Cent soixante-dix ans, c'est un chiffre administratif sur le papier. La monstruosité, ce sont les seize années de bagne subies à cause d'une lettre anodine citant un poète en disgrâce, et qui ont fait d'un marin amoureux de la langue russe un survivant de l'enfer. Il a bien survécu, le bougre. Quand il me salue lors de notre première rencontre, je dois utiliser mes deux mains pour saisir la masse osseuse mais chaude qu'il me tend sans pudeur aucune, sa main dont je vais savoir le soir même par ton récit qu'il l'a mise dans le brasier servant à chauffer les instruments de torture, disant crânement aux bourreaux : « Voyez, je n'ai pas peur, cela ne sert à rien de me questionner », ce qui a provoqué leur veule admiration. Cette même main, dans un autre camp, après une fuite désespérée, a, au cours d'un interrogatoire, brisé la fonte d'un poêle d'un coup terrible, fracassant les os, et les chairs grésillantes ont dégoûté même les geôliers.

Cet homme, plus large que haut, n'a qu'une faiblesse : une mèche plaquée sur le crâne, patiemment peignée et collée chaque matin pour donner l'illusion d'une chevelure. Par grand vent, elle se décolle et se relève comme un drapeau. Nous nous moquons gentiment de cette coquetterie. *V* est maintenant géologue, il dirige une brigade composée d'anciens détenus politiques, pour qui la vie en ville est devenue insupportable. Ils ont besoin de place, d'air, de liberté. Ils vivent la plupart du temps dans l'immense taïga sibérienne; un hélicoptère les y dépose avec du matériel là où l'on peut trouver du minerai. Ils construisent des cabanes, organisent leur vie rude et presque monacale, pas de femmes, pas d'alcool, un travail épuisant mais très bien payé. Quand ils reviennent à Moscou, ils font la fête, mais leur regard est toujours grave. Je les observe un jour qu'ils sont à la maison venus te rendre visite et surtout s'approvisionner en nouvelles chansons. Les yeux embués de larmes, ils écoutent les complaintes écrites d'après leurs récits, hochent la tête et, sans un mot, viennent te serrer dans leurs bras. Leurs relations sont les plus belles que j'ai vues s'établir entre hommes. Ils se comprennent à demi-mot. L'un d'eux, qui a maladroitement arraché un bouton de sa veste, demande à *V* de le lui recoudre. Avant que j'aie eu le temps de réagir, celui-ci prend une aiguille et du fil, et se met à coudre tout en continuant la conversation. Il n'y a pas de hiérarchie entre eux. Les années tragiques passées ensemble ont épuré leur caractère. Il n'y a plus de vanité, plus de jalousie, plus d'envie de paraître. Ils sont foncièrement simples et bons.

Devant moi, ils ne parlent pas du passé, par pudeur, mais je connais leur histoire par tes chansons. Dans l'une d'elles, tu racontes une des nombreuses tentatives d'évasion de *V* qui lui ont valu cette accumulation d'années de peine pour lesquelles une vie d'homme ne suffit pas : un groupe d'une cinquantaine de prisonniers partis faire de l'abattage assez loin du camp n'étant surveillé que par trois gardes armés qui tiennent en laisse des chiens-loups, *V* décide de tenter sa chance. De toute façon, dans la taïga infinie aux milliers de kilomètres de plaine glacée, les miliciens savent que survivre est presque impossible, aussi ne sont-ils pas très attentifs. Il suffit de se cacher dans la neige et d'attendre le moment propice.

De sa planque, *V* voit ramper un camarade qui a également décidé de fuir, mais l'homme est repéré, les gardes crient, lâchent les chiens. L'homme se redresse, fait quelques bonds, une balle siffle, il s'affale à quelques centimètres du trou, la tête fracassée. Les chiens se jettent sur le cadavre, se mettent à lécher la cervelle et sont si excités par le sang qu'ils ne sentent pas la présence de *V*. Les gardes traînent le corps par les pieds, laissant une trace sanglante sur la neige que les chiens suivent, le museau collé dessus. *V* survit quelques jours dans ce désert glacé, mais se fait reprendre, à moitié mort de froid.

Une autre tentative, tu me la racontes en frissonnant, ressemble à une fable macabre. Trois hommes réussissent à tromper la surveillance des gardes. Ils se sont bien préparés, ils ont des couteaux, de la nourriture, des vêtements chauds. Le plus âgé a retrouvé dans le camp son fils qu'il n'avait pas vu depuis de longues années. L'ironie du sort fait que ce fils, il l'avait maudit, ayant appris par de nouveaux arrivants au camp qu'il travaillait dans la police. Pourtant, les voici réunis, prisonniers tous les deux. C'est arrivé souvent en ces temps cruels et troublés du stalinisme : le bourreau rejoignait la victime et, l'horreur du quotidien effaçant le passé, ils devenaient plus proches, l'un parce qu'il voyait l'étendue de sa méprise et la honte de la destinée qu'il avait infligée à ses victimes, l'autre parce que, passé la joie mauvaise de retrouver son tortionnaire à son tour humilié, battu et réduit à l'état d'animal, il le prenait en pitié. Et puis, ce lien bourreau-victime donnait à ces hommes sans avenir, au moins un passé commun.

Le père et le fils réconciliés marchent l'un devant l'autre, le troisième fuyard est plus jeune, trois générations s'enlisent dans l'étendue sans fin. Ayant épuisé la nourriture, ils tentent de chasser, mais le gibier est rare et les couteaux sont des armes bien précaires. La neige profonde empêche de courir, et les trois hommes affaiblis n'essaient même plus d'attraper les rares bestioles qu'ils débusquent dans les buissons de la taïga. Le père, sentant sa fin proche, fait jurer aux deux jeunes hommes d'utiliser sa chair comme nourriture pour, dit-il, survivre et témoigner. Le vieil homme s'éteint dans les bras de son fils, apaisé par le serment solennel. Ils ont survécu, mais ils n'ont pas pu témoigner. Leurs nuits sont hantées par le cauchemar lancinant, leurs jours remplis à tout jamais par la haine de ce système aveugle qui les a réduits à l'état de cannibales.

Extrait de
LA FUITE À L'ARRACHÉ

J'interpelle le fêlé, arrêté immobile,
couché sur le flanc, la cervelle en miettes.
Je frémis, mon maillot séché sur le dos,
et j'écoute le feu des fusils en folie.

Je m'accroche aux rocs comme à des seins,
ne cours pas quand approchent les chiens.
Les molosses mouillent le sol de leurs
                                        [crachats,
lèchent la cervelle et puis s'en vont.

Un soir à Paris, en 1978. Je regarde une émission sur la chasse aux loups en hélicoptère. La séquence, tournée en Sibérie, montre l'extermination d'une horde de loups. Les bêtes affolées tentent de s'enfouir dans la neige, lèvent leurs gueules grimaçantes de douleur vers les machines assourdissantes d'où pleut la mort. Bientôt la neige est tachée de larges traînées de sang. Presque tous les loups ont été massacrés dans ce carnage.

Au téléphone je te raconte la scène hallucinante. Dans la nuit, tu écris la chanson *Où êtes-vous les loups*, la suite et la conclusion en quelque sorte de *La Chasse aux loups*.

Même celui que la balle ne peut frapper,
Mou de terreur, se couche et tremble.
Sourions à l'ennemi de notre rictus de loup.
Les garrots des chiens ne sont pas encore lisses
Mais sur la neige tatouée de sang
Nous avouons : « Nous ne sommes plus des
[loups. »

Nous rampions, la queue serrée, comme des
                                      [chiens,
Nous levions vers les cieux notre gueule étonnée.
Le châtiment pleut sur nous du haut des astres,
Le monde s'achève ou la folie envahit nos cer-
                                      [veaux.

Sans fin les libellules d'acier nous mitraillent,
La pluie de plomb nous inonde de sang.
Nous sommes cernés, nous décidons de capituler.
Sous nos ventres brûlants la neige fond.
L'homme seul, sans Dieu, a fomenté ce carnage
De tout ce qui vole et qui fuit.

Vers la forêt, je dois en sauver un,
Vers la forêt, loups, les balles parfois ratent
Le fuyard. Que puis-je seul ? Je ne peux rien.
Mes yeux ne voient plus, mes narines ne palpitent
                                      [plus.
Où êtes-vous, loups, hier fauves de la forêt ?
Où es-tu, ma horde aux yeux dorés ?

Je suis vivant, mais les bêtes me cernent,
Les bêtes ignorantes de l'appel des loups,
Ces bêtes de notre lointain lignage, ces chiens
A qui jadis nous donnions la chasse.

De mon rictus de loup je souris à l'ennemi,
Je dénude longuement mes crocs pourris
Mais sur la neige tatouée de sang
Fond notre aveu : « Nous ne sommes plus des
                                      [loups. »

Ce texte bouleversant, tu me le dis le lendemain. Quelques jours plus tard, je suis invitée à une projection du film de Chris Marker, *Le fond de l'air est rouge.* Le plan final est une chasse aux loups en hélicoptère... La coïncidence est troublante. Je raconte à Chris l'histoire de la chanson. Il me demande le texte, je le lui dicte au téléphone. Il le traduit et le met en exergue de son beau témoignage filmé.

Hongrie, 1977. Le temps est gris, de gros nuages se traînent très bas au-dessus de l'aéroport. Je t'attends depuis deux heures, tu viens participer au film que je tourne à Budapest. L'avion a du retard et, comme toujours dans les pays de l'Est, on ne donne aucune explication. Soudain, on entend le sifflement des turbo-propulseurs. Dans la petite salle d'attente où se sont agglutinés les gens, tous lèvent les yeux au plafond et, ensemble, se précipitent dehors. L'air froid nous pique le visage, le brouillard est givrant, l'avion passe très bas, frôlant la tour de contrôle, un murmure parcourt la foule, je jure en français : « Merde, il est passé juste », l'avion reprend de l'altitude péniblement, les turbos hurlent. J'ai peur, tu es là, si près et en même temps si fragile.

Après trois passages acrobatiques, l'avion disparaît. On annonce en hongrois que le vol n° 602 ne se posera pas à Budapest, que les passagers seront acheminés par train le lendemain matin à 5 h 30. Cela, je l'apprends après une discussion surréaliste où à mon russe que l'on n'entend pas, on me répond en allemand que je comprends mal. Les Hongrois répugnent à parler le russe. Pas l'allemand...

Le lendemain soir, nous devons tourner la seule

scène que j'ai avec toi dans ce film. La réalisatrice Marta Meszaros te fait jouer un passant. Le gag nous ravit. Nous n'avons jamais joué ensemble. Mais cela devient moins drôle, car tu n'as que deux jours de libres, et le mauvais temps nous vole une nuit. Cela fait plusieurs semaines que nous ne nous sommes pas vus. Nous avons tant de choses à nous dire. Je file à l'hôtel dormir un peu. Je veux être belle pour cette double rencontre dans la vie et sur l'écran. A 5 h 30 précises le train entre en gare. Malgré la fourrure je suis glacée, à cause du manque de sommeil peut-être. Je te vois au bout du quai, pâle, chargé de deux énormes valises que je ne reconnais pas. Tu me souris et, navré, me montres de la tête une splendide négresse qui descend derrière toi. Elle fait partie d'un groupe de jazz qui vient jouer à Budapest, vous avez sympathisé au cours de ce voyage épique, et puis tu ne résistes pas au charme féminin. Je me force à sourire à mon tour et, sans t'embrasser, je t'accompagne, flanqué de la belle personne jusqu'à la sortie.

Ces retrouvailles ratées me donnent une angoisse que j'ai du mal à masquer. Comme durant toute notre vie commune, je ne sais jamais qui je vais retrouver après nos séparations. Le fait de vivre dans des pays si différents, la France, l'U.R.S.S., deux mondes si distincts, nous posera toujours un problème de réadaptation.

Il nous faut passer au studio, choisir un costume qui correspond au personnage du « passant », prendre le texte (nous jouons en russe), répéter un peu la scène. J'ai très mal à la tête et ton air absent me rend encore plus triste. Tu ne sens pas l'alcool, je m'en suis assurée discrètement, mais tu as l'air un peu sonné et je ne retrouve pas tes bons yeux tendres. Quand nous arrivons sur le lieu du tournage, une petite rue dans un village, tout est féerique. La neige qui tombe dru depuis le matin recouvre tout, le silence est total, et les projecteurs font de larges plages scintillantes. La scène est simple. Je joue une femme mariée qu'un copain de travail a invitée le samedi soir. Nous sortons d'un cinéma, nous bavardons, puis, après un regard, tu m'enlaces et me donnes un baiser. Je ris, tu te vexes, je te dis que c'est la première fois que j'embrasse un autre homme que mon mari et que ce n'est pas trop mal, puis je te plante là et la caméra reste sur ton visage dépité. Nous tournons plusieurs fois. A chaque prise le miracle a lieu, tes yeux vides se remplissent de malice, ma migraine disparaît, tes lèvres retrouvent les miennes, nous vivons pour la caméra ce que nous n'avons pas réussi à vivre dans la réalité. Plusieurs années ont passé. Je sais maintenant que mon angoisse était justifiée : pour la première fois je venais de rencontrer dans tes yeux cette panique froide que provoque le manque. Pourtant, sur l'écran, un homme désire une femme et la trouble.

Nous sommes tous deux enfants des villes, la rue a été notre premier terrain de jeux. Toi en plein centre de Moscou, moi à Clichy. Mais dès l'âge de sept ans tu as connu le dépaysement. Ton père, militaire de carrière, est envoyé dès la fin de la guerre en Allemagne occupée, dans un bourg entouré de bois et de champs. Tu y vis comme un petit prince, choyé par tante Génia, ta belle-mère. Tu découvres les joies de la nature, tu as un chien berger et de ce temps date ton goût pour la forêt.

Pour moi, ce n'est qu'à l'âge de quinze ans, quand j'emménage à Maisons-Laffitte, près de Paris, que j'apprends à aimer vraiment la campagne, les arbres, j'en plante d'ailleurs partout dans le jardin, je rapporte dans mes bras, de chacun de mes voyages, un petit spécimen entouré de chiffons mouillés. J'ai donc en tête, dès mon premier séjour, l'envie d'acheter une isba près de Moscou. J'en ai les moyens financiers : le cachet du film m'étant payé en roubles, je dois les dépenser sur place, puisque cette monnaie n'est pas convertible en devises. Mais très vite je me heurte aux problèmes liés à ma nationalité. Les étrangers ne peuvent se déplacer à plus de 40 km de Moscou sauf permis spécial, de plus les isbas sont hors de prix près de la ville, et il n'y en a pas de libres. J'abandonne donc cette idée. Dès le début de notre vie commune, nous nous mettons à rêver après chaque séjour chez des amis dans les datchas des environs de Moscou, nous nous promettons d'avoir un jour un coin bien à nous. Au cours des années, nous visitons de nombreuses maisons, nous allons voir des terrains, certaines fois nous sommes presque sur le point de conclure.

Une magnifique parcelle de 2 000 m² donnant sur la rivière, plantée de bouleaux et de sapins, nous séduit d'emblée. Nous commençons à tracer les contours d'une bicoque, nous passons des journées à observer la course du soleil, nous pique-niquons tout en supputant les aménagements possibles. Je veux une cheminée et une grande cuisine donnant dans la salle commune, tu veux un grenier pour y écrire, nous rêvons comme deux gosses aux soirées passées à faire de la musique sans voisins, aux baignades en été, aux promenades en hiver, nous longeons la rivière, nous découvrons toutes les merveilles de ce coin perdu et pourtant si proche de la grande ville. Hélas! très vite il nous faut déchanter : à 500 mètres, il y a une station de brouillage radio, nous nous sommes d'ailleurs demandé au cours de nos promenades ce que pouvait bien être cette forêt d'antennes métalliques entourées de grillage et d'arbustes. Interdite aux étrangers naturellement.

Une autre fois, nous visitons une petite isba du siècle passé, tout en bois peint bleu et blanc, avec un potager amoureusement entretenu par le grand-père de la famille qui vend. Nous revenons plusieurs fois, je suis amoureuse du lieu. Nous buvons du thé, accompagné de confitures exquises faites par la maîtresse de maison. A l'intérieur, un grand poêle en faïence chauffe doucement, une pièce sous les toits sera ton repaire, nous élaborons des plans pour abattre les cloisons et faire une pièce unique au rez-de-chaussée. Devant la porte principale se dresse un bouleau tricentenaire, nous nous voyons déjà dessous, assis au frais en plein été, dégustant les jus de framboise glacés dont l'aïeul m'a donné la recette. L'affaire est conclue. Un matin de printemps, nous arrivons avec l'argent serré dans une sacoche. Mais lorsque nous voyons le visage triste du grand-père, nous devinons un nouvel interdit. On nous explique que le village dont fait partie cette propriété est essentiellement habité par des militaires et que, de ce fait, notre présence à tous deux, une personnalité odieuse et une étrangère, n'est pas acceptée. Nous quittons le jardin, les larmes aux yeux; je garde une photo où le vieux, souriant, tend vers moi ses mains pleines de fleurs coupées.

Désespérant de trouver une solution, j'envisage au cours d'un voyage en Amérique d'acheter un camping-car. Nous en voyons quelques centaines dans une exposition-vente. L'un d'eux, « compact » très bien installé, autonome avec groupe électrogène, douche, cuisine, chauffage prévu pour grands froids, te fait très envie. Tu imagines des voyages à travers la Russie, puis tu as l'idée de le placer chez des amis, hors de Moscou, et d'y vivre complètement. Nous calculons tous les avantages, liberté de déplacement, facilité d'entretien, prix modique de l'essence en U.R.S.S. Tu es enthousiaste, tu trouves même un cargo soviétique dont le capitaine est un ami et qui pourrait l'embarquer jusqu'à Odessa. Mais cette fois, le prix exorbitant pour moi nous arrête. Cette petite maison sur roues coûte une fortune. En ces années de voyages, j'ai dépensé mes dernières économies. Et comme je travaille de moins en moins en raison de ces voyages, c'est tout simplement au-dessus de mes moyens.

Quelque chose, pourtant, nous reste de cette tentative, l'idée de prendre un coin du jardin d'un ami pour y bâtir une maisonnette. Nous nous y attaquons dès notre retour à Moscou. Le seul qui ait un très grand jardin est un écrivain, sa datcha est à 30 km de la ville. C'est un copain d'enfance, et dès que nous lui en parlons, il accepte volontiers de nous céder un petit bois au fond de sa grande parcelle. Je dessine les plans, pièce centrale avec cheminée et cuisine incorporée, deux chambres avec salle d'eau, le fameux grenier auquel on accède par un escalier en colimaçon et dans lequel tu pourras t'enfermer à loisir pour travailler. Le tout en bois, et de dimensions modestes. Une véranda entoure la partie sud de la façade, pour s'y tenir durant les chaudes soirées d'été.

Nous sommes au début de l'année 1978. Commence alors une épopée que nous ne pouvions imaginer. Dans ce pays, il est impossible de trouver le moindre clou, la moindre planche, le moindre parpaing par les voies officielles. Il te faut donc parcourir la ville et sa banlieue en tous sens pour chercher des matériaux de base, que tu n'obtiens qu'au prix fort, par piston, et en donnant de surcroît des récitals dans chaque usine, officine, dépôt où cela est fabriqué. Depuis les fondations coulées en béton par une équipe qui construisait des garages pour un sanatorium, que tu as soudoyée et qui a travaillé au noir pendant deux jours, jusqu'au toit posé par les machinos de ton théâtre; de la palissade dressée en solides planches, piquées, nous le supposons, sur un chantier de la ville, et que l'on nous revend à prix d'or, au compteur à gaz indépendant que nous n'obtenons qu'après que tu as donné un concert au club des gaziers de Moscou; des moquettes posées gratuitement grâce à un autre concert, aux sanitaires plus au moins dépareillés que nous allons un soir charger en douce sur une camionnette empruntée à l'hôpital, tout, absolument tout n'est obtenu que par *blat,* ce terme qui signifie piston, recommandation, faveur, passe-droit, priorité, système D en un mot, la clef de tout achat, de toute entreprise, de toute réussite.

En général, plus que d'argent, il s'agit d'un échange. Un concert pour dix mètres de tapis que l'on paie, naturellement, mais que l'on ne pourrait obtenir qu'après des mois d'attente, une inscription à l'Université contre une voiture étrangère immatriculée en U.R.S.S., quelques bouteilles de whisky contre la réparation d'un pare-brise, souvent aussi, la gentillesse spontanée d'une directrice d'agence d'Aeroflot pour des places dans les avions bondés, quelques billets pour le théâtre contre les légumes frais en hiver, ou bien une visite personnelle en grande pompe à un fonctionnaire admirateur pour obtenir une signature indispensable.

Durant tout l'été, je cuisine d'énormes potées de choux et de viande pour les gens qui travaillent pour nous. Ils campent sur le terrain et chaque matin j'amène une voiture pleine de victuailles. Tu nous rejoins le soir et, quelquefois après avoir débouché quelques bouteilles pour eux, tu chantes pour le plaisir de tous. Les travaux avancent doucement, il faut réussir à finir avant l'hiver mais, devant les difficultés diverses, nous décidons d'interrompre jusqu'au printemps. La maisonnette n'est qu'une carcasse, mais il y a déjà un toit et des fenêtres, nous clouons des planches en guise de porte en nous jurant qu'en 1979 nous pendrons la crémaillère. Je quitte Moscou avec une liste interminable de choses à rapporter à mon prochain séjour. Par chance, tu as une idée de dernière minute. Un de tes amis, Oleg, en poste à Londres, doit revenir au pays dans le courant de l'année, il a droit à plusieurs containers sur un cargo soviétique pour rapatrier ses meubles, et nous pouvons profiter de cette aubaine pour ramener ce dont nous avons besoin. Je pars donc à Londres où j'arrive au moment de soldes monstres dans un grand magasin; en trois jours de travaux forcés, dans une cohue indescriptible, j'achète de quoi meubler et décorer notre datcha. Un salon très *cosy*, des lampes, des lits, un réfrigérateur énorme qui fait des glaçons en permanence comme tu me l'as demandé, tout le linge de maison. J'achète aussi de la vaisselle, des ustensiles de cuisine. Bref, je me ruine, mais je suis ravie à l'idée de ta joie en voyant toutes ces merveilles.

A mon retour, nous allons sur le terrain, et tout recommence ! Nous découvrons que les radiateurs posés dans toute la maison n'ont pas été purgés : il faut les remplacer car ils ont éclaté. Une autre fois, ce sont les panneaux en préfabriqué, gorgés d'humidité, qui gondolent : on fait venir une machine à souffler de l'air chaud, empruntée à Mosfilm, qui fait sauter tous les fusibles du quartier. Les carreaux de faïence, d'une couleur indéterminée, qui devaient recouvrir la salle d'eau, se sont presque tous brisés durant le transport effectué par un chauffeur complètement ivre. Mais, peu à peu, cela commence à ressembler à une vraie maison. A la fin de l'année 1979, les meubles arrivent, je passe des journées seule à arranger tout au mieux, mais je suis appelée en France pour un film, et je dois quitter Moscou avant d'avoir pu organiser la pendaison de crémaillère.

Au printemps de l'année 1980, tout fonctionne, tout est prêt, mais à cause de ton état épouvantable, nous ne passons que deux nuits dans la datcha de nos rêves. Tous ces efforts, tout cet argent dépensé, tous ces objets accumulés ne serviront jamais à personne. Deux pauvres nuits, quelques heures de travail solitaire, beaucoup d'espoir et d'illusions, puis tout cela disparaît.

Fin 1980, les meubles ont été bradés, les affaires pillées. La maison elle-même, objet de la convoitise de tes anciens amis, qu'ils estiment leur appartenir puisqu'elle est construite sur leur terrain, finira rasée au bulldozer dans un geste de haine, et après des discussions de marchands de tapis entre ta famille, tes ex-amis et mes représentants. Je souhaitais la donner à tes enfants, mais les propriétaires avaient d'autres visées. Voyant qu'ils n'auraient pas gain de cause, ils ont détruit ce qu'ils ne pouvaient pas posséder.

Il ne reste que quelques photos, prises en septembre 1980. En les regardant, je ne peux m'empêcher de penser que notre vie aurait eu un autre cours si nous avions, dès le début, reçu la permission de vivre à la campagne. La paix, la solitude, le grand air, auraient tempéré tes folies.

La conquête de l'espace, comme des millions d'hommes, tu en rêves. Tu attends une réponse à la question que tous se posent : y a-t-il d'autres êtres, conscients de la brièveté de leur vie, dans les galaxies qui nous entourent ?

Tu es invité chez les cosmonautes, dans leur ville secrète, pour donner un concert. Assis sur la machine d'entraînement, tu subis le tourniquet multidimensionnel dont tu sors gaillard et riant sous les applaudissements et ce, malgré les libations dont, avec malice, ils espéraient qu'elles te réduiraient à l'état de gant que l'on retourne. Tu as chanté tard dans la nuit. Chacun a son magnétophone et rien de ce que tu dis, aucun accord de guitare n'est perdu. Le lendemain, tu montes derrière le pilote d'un avion de chasse qui décolle, propulsé par une rampe de lancement verticale enfouie sous la terre, expérience dont tu gardes un souvenir ébloui : un arrachement, une délivrance des profondeurs de la nuit vers la lumière. Et le soir tu chantes encore, reprenant, à la demande, les complaintes, le cycle sportif, les chansons de guerre, puis les nouveautés que même eux ne connaissent pas.

Quelques mois plus tard, tu rentres en coup de vent à la maison, couvert de neige, et sans enlever

ton manteau ni ta chapka, tu me tends les mains. Bien à plat sur tes moufles, une cassette. A ton air ravi, je comprends qu'elle n'est pas ordinaire. Je la prends, impatient tu me cries presque :
— Regarde, regarde bien !

Ton nom écrit en grosses lettres, à l'encre bleue, VISSOTSKY, par-dessus un tampon rond que j'ai du mal à déchiffrer. Maintenant tu hurles :
— C'est le tampon du vaisseau spatial. Ils me l'ont apporté après des jours et des jours passés en orbite. Tu te rends compte, ils ont écouté mes chansons là-haut, les étoiles m'ont entendu !

Jean-Claude Brouillet, mon deuxième mari, est devenu, dès votre rencontre, un inconditionnel. Cet homme, aventurier au cœur tendre, est tombé en amitié comme on tombe amoureux.

A première vue, vous aviez tout pour vous déplaire : épris d'une même femme, en des temps différents, hommes de très fort caractère, l'un viscéralement anticommuniste, l'autre venant de là-bas, l'un artiste et fou, l'autre capitaine d'industrie redoutable, l'un Français de Gascogne, l'autre Moscovite des rues, ni lui ni toi ne parlant une langue commune. Pourtant, peu d'êtres ont autant partagé. Pour toujours, une guitare cassée est accrochée au mur dans la maison de Jean-Claude. Grâce à lui nous avons passé des semaines inoubliables dans le Pacifique. La dernière rencontre, en 1978, est exemplaire.

Invités pour le quatrième mariage de Jean-Claude, nous devons nous retrouver à Tahiti. J'y pars de Paris, tu m'y rejoindras après un passage en Californie où tu donnes un concert. La fête bat son plein. De toutes les îles, des danseurs, des musiciens sont arrivés. Mes fils Igor et Vladimir t'attendent, aussi impatients que Jean-Claude.

Un télégramme nous attriste. Tu n'as pas obtenu le visa pour Tahiti. Tu nous attends à Los Angeles. Je suis très sceptique, car j'ai vérifié tous les papiers... Mais un mariage tahitien, c'est si beau. Et puis, je suis ivre jour et nuit, de musique, de danse, de la beauté de cet endroit miraculeux, du bonheur de mes enfants et de mes amis.

Après les deux semaines que durent les fêtes du mariage, nous repartons, les deux jeunes mariés et moi, pour les U.S.A. A l'aéroport, tu nous attends les bras chargés de cadeaux : bois sculptés, châles, tes derniers disques. Jean-Claude, ému, enlève sa montre précieuse et te la donne. Tu n'as jamais porté de montre, celle-ci restera à ton poignet jusqu'au dernier jour de ta vie.

Il nous reste deux semaines avant ton retour à Moscou. Nous les passons chez un copain, Mike Mish, compositeur de musique folk. Il a une très belle maison à Pacific Palissades. Son chien, Husky, nous tient compagnie. Et, surtout, Mike a un petit studio d'enregistrement dans lequel tu passes tes journées. Ton état physique est déroutant, tu ne manges pas, tu ne dors plus, tu parles sans arrêt. Malgré ces signes, je ne comprends rien ou, du moins, je n'accepte pas de comprendre.

Pourtant, ayant été confrontée au monde des drogués pendant de longues années, je ne devrais rien ignorer de tout cela. Et puis, nous avons à faire face à un autre problème. Malgré une longue séparation, nous ne nous sommes pas retrouvés en amants. Nous dormons tendrement enlacés, mais il n'y a plus de désir en toi, tu es incapable de me prouver ton amour, nous vivons comme frère et sœur. Je veux croire que c'est passager. Une sourde angoisse m'envahit, mais je joue la désinvolte, j'essaie de rire, je t'emmène dans des petits restaurants chinois, au cinéma. Nous voyons mon frère aîné Igor, qui est peintre, et dont la nombreuse famille nous accueille avec chaleur. Nous faisons de longues promenades sur la plage, et face au Pacifique, regardons les surfeurs voler sur la crête des vagues. Quelquefois tu tentes de m'expliquer ce qui se passe en toi mais tu t'embrouilles, tu sens l'inquiétude que je ne réussis pas à masquer, tu sais aussi que mon tempérament impulsif risque de me pousser à l'irréparable, tu as peur car souvent tu m'as entendue parler de ma répugnance pour la drogue. J'ai trop souffert pendant le martyre de mon fils et, inconsciemment, tout mon être refuse l'évidence. Je n'accepte pas le dialogue.

Tu es d'autant plus déçu que nous avons une vraie complicité à propos de l'alcool. Nous avons tout essayé, j'ai bu avec toi mais, très vite, cette double glissade nous a menés au bord de la folie, développant en nous des instincts destructeurs. La vodka ne nous a unis qu'au cours de brefs instants d'euphorie pour mieux nous nuire et nous entre-déchirer. Après, nous avons décidé de ne plus avoir d'alcool à la maison, mais les soirées devenaient lugubres. Nos amis, comme punis, prenaient des têtes de circonstance, nous nous sentions tous malades. Un jour, je te propose de me faire faire un implant d'*Esperal* avec toi, pour être entièrement solidaires. Nous ne pouvons plus boire ni l'un ni l'autre, mais pour moi, c'est un bien petit sacrifice, je ne bois que pour m'amuser, je n'en ai aucun besoin, et tu m'en veux presque de cette facilité. Quand les médecins te disent que les cigarettes sont un grand danger pour ton cœur déjà défaillant, j'arrête aussitôt de fumer, je pose sur la table le premier paquet entamé le matin, je sors de mon sac les deux autres prévus pour la soirée, et je te dis : « Je ne toucherai plus une cigarette. » Jusqu'à la fin, c'est le geste qui t'épate le plus, et tu rages de ne pas réussir à modérer ta consommation. Pour cela aussi tu m'en veux, mais je ne le comprends pas. Je suis bêtement fière de ma volonté. Je ne sais pas que tes démons sont autrement coriaces. Il est facile d'arrêter quand on est équilibré. Il est simple de choisir la vie quand la mort ne vous fascine pas. De se conduire en être humain banal, quand on n'est pas un génie frustré de la reconnaissance attendue.

Ton impuissance, je la crois passagère, parce que je la réduis à un phénomène de lassitude courant dans un couple qui a vécu plus de dix ans ensemble. Ce que j'ignore, c'est qu'elle est due en grande partie à l'usage de la drogue. Mais plus encore au désespoir de vivre, c'est le refus ultime d'un être qui s'apprête à quitter la vie. Je ne perçois pas tes tentatives d'explication. Je suis incapable de surmonter mes réactions viscérales. Je sais, parce que tout se sait, que tu multiplies les aventures. Malade de jalousie, je ne vois pas le plus important, ta tentative désespérée de te raccrocher à la vie, de te prouver à toi-même que tu existes encore. Je n'entends pas ce que tu essaies de me dire, notre dialogue est pour la première fois un dialogue de dupes. Tu cries l'essentiel, je ne comprends que le vulgaire. Tu hurles ton amour, je ne trouve que la trahison. Tu demandes de l'aide, je ne te donne que l'exemple ambigu de mes renoncements faciles.

C'est sans doute après un de ces dérapages que tu te fais, sur le conseil criminel d'un copain, ta première piqûre de morphine : la douleur physique n'est rien après une cuite monstre, comparée aux tourments psychiques. Le sentiment d'échec, les remords pour le gâchis provoqué en quelques jours, mes arrivées en catastrophe, quittant travail, famille pour te retrouver et te sortir de l'enchaînement chute-rechute, les jours que nous passons seuls, enfermés, à lutter ensemble pour que tu t'arrêtes, ta honte devant ton corps bouffi, contusionné, sale, ma douleur devant ce supplice, tout cela disparaît comme par enchantement, la morphine l'efface. Du moins, la première fois, le crois-tu. Tu me dis même, au téléphone, avec une sorte d'orgueil puéril :

— J'ai arrêté tout seul. Tu vois, je suis le plus fort.

Ce que je ne sais pas encore, c'est à quel prix; et ce leurre durera quelques mois. Tu passes même directement à la morphine pour ne pas céder à la tentation de l'alcool, tu imagines quelque temps que tu as trouvé la solution magique. Mais les doses augmentent, et insensiblement tu tombes d'un esclavage dans un autre. Moins spectaculaire, car tu continues à vivre à peu près normalement; plus insidieux, car tu ne perds pas conscience; abominable, car ta vie s'use, ampoule après ampoule, comme une machine emballée. Et surtout, je n'ai aucune prise sur ce nouvel ennemi, je ne soupçonne rien, aveuglement volontaire ou naïveté imbécile, je ne prends conscience de la terrible vérité que lorsqu'il est trop tard. Ton cœur, épuisé par tous ces excès, s'arrête de battre. Une première fois le 25 juillet 1979, en pleine représentation de *Hamlet*, dans la chaleur étouffante de Samarkand, tu t'écroules inanimé; une piqûre en plein cœur te ramène à la vie. Un an après, jour pour jour, le 25 juillet 1980, la rencontre avec la mort a vraiment lieu. Tu avais souri en écoutant mon récit de la pièce *Ce soir à Samarkand*. Une année plus tôt, tu m'avais dit :

— Elle ne veut pas de moi, la grande dame noire, tu le vois bien. Moi non plus, je ne suis pas pressé de faire sa connaissance.

Pourtant, tu as tout fait pour t'y préparer et être à l'heure au rendez-vous.

Odessa, en 1968. Tu tournes ton film le plus réussi, *Deux camarades combattaient*, dans lequel tu interprètes un officier de l'Armée Blanche qui, à la fin de la débâcle et après de durs combats, se résout à embarquer sur le bateau qui quitte à jamais la Russie. Ton cheval blanc, magnifique, se jette à la mer pour suivre le navire. Le film s'achève sur le coup de feu qui met fin à ta vie. Ce rôle que tu aimais particulièrement, car il montrait un homme blessé, acculé au désespoir et néanmoins fort et fier jusqu'au bout, et qui ne se suicide que parce qu'il comprend, en voyant son cheval se noyer sous ses yeux, que tout un monde s'est écroulé et qu'il n'a plus de raison de vivre, a été littéralement saboté dans la version finale. Il ne reste que quelques scènes, fort belles au demeurant, mais qui laissent un sentiment de frustration. Les censeurs ayant pressenti le succès qu'aurait ton interprétation ont coupé, et encore coupé ! Le héros du film devait naturellement être le soldat de l'Armée Rouge...

Curieusement, c'est aussi à Odessa que tu as tourné l'un des derniers grands rôles de ta carrière, mais pour la télévision cette fois. Une série de six épisodes, qui relate les aventures d'un policier des années 20-30. Le succès populaire de cette émission fut tel que tu me racontais, en y mettant beaucoup d'humour, par modestie et pour minimiser ton succès personnel, que la Russie s'arrêtait de respirer pendant la diffusion; et c'est vrai, je l'ai vu, il n'y avait plus personne dans les rues lors des soirées où tu apparaissais pour la première et unique fois sur le petit écran. Ce fut d'ailleurs un de tes seuls personnages « positifs », au cinéma ou à la télévision. Sinon, dans tous les films, tu as accumulé les rôles de salaud, de traître, de voleur et autre troisième couteau. Mais, quoi qu'« ils » fissent, tu plaisais au public, même et peut-être plus en hors-la-loi, car cela correspondait mieux à l'idée que se faisait de toi le peuple en écoutant tes premières chansons qui disaient la vie des gosses des rues de Moscou, les « houligans », les voleurs, les marginaux. Aussi en te cantonnant dans ces emplois, « ils » (comme on dit toujours en U.R.S.S. en parlant des fonctionnaires de l'Etat) n'ont donc réussi qu'à augmenter ta popularité. Et les années passant, ta poésie a évoqué des thèmes plus profonds, qui donnent à réfléchir, et plus seulement ceux qui servent de point de départ à la nostalgie, à la révolte verbale un verre à la main, à la soûlographie sentimentale... Les rôles ont suivi, bon gré mal gré, « ils » ont fini par te donner à interpréter au cinéma *Le Convive de pierre*, de Pouchkine. Et ce rôle, le dernier, pose tous les problèmes abordés dans tes derniers poèmes : le dépassement de soi-même, l'interrogation douloureuse sur le pourquoi de la vie, la révolte devant l'arbitraire, l'humour frondeur en réponse au manque de liberté, la provocation; et tout compte fait, la remise en question de sa propre vie, son sacrifice.

– Quitter la Russie ? Pourquoi ? Je ne suis pas un dissident, je suis un artiste.

Tu dis cela à New York, lors d'une fameuse émission de la CBS, « 60 minutes ». Ton visage légèrement empourpré, tes yeux très pâles, trahissent ta colère.

« Je travaille avec les mots, j'ai besoin de mes racines, je suis un poète. Sans la Russie je ne suis rien, sans mon peuple pour lequel j'écris je n'existe pas, sans ce public qui m'adore je ne peux vivre, sans leur amour pour l'acteur que je suis j'étouffe. Mais sans liberté je meurs. » Cela naturellement, tu ne le dis pas. Ces petites phrases, reliées les unes aux autres à travers le temps, je les recueille au fur et à mesure de nos conversations. Elles résument douze ans de confidences, de cris, de tendres aveux, de déchirements aussi. On peut les retrouver en filigrane dans presque toutes tes chansons. Quand le monsieur important de la TV américaine te demande pourquoi tu ne restes pas, et surtout comment tu es venu, tu as sûrement autant de mal à lui répondre qu'au monsieur important de l'O.V.I.R. qui interroge : « Pourquoi aller toujours là-bas, ne vous suffit-il pas, l'espace d'ici ? » Pas de réponse, double contradiction. Tout était peut-être plus simple au début. Jeune homme, tu as dû rêver, comme des milliers de Soviétiques, des pays de « l'Autre côté », la France, les Etats-Unis, peut-être plus exotique, la Nouvelle-Zélande par exemple. Il n'était pas pensable d'y aller, sauf pour quelques enfants de diplomates. Les pays au-delà du rideau de fer, dans les années 50-60, c'était une autre planète. Dès que nous nous sommes rencontrés, tu as commencé à imaginer ce que pourraient être nos voyages : en avons-nous fait, des tours du globe, la nuit, dans nos délires éveillés ! C'était du genre : nous embarquons sur un grand paquebot, à

Vladivostok, et après le Japon, nous faisons escale dans les ports de Shanghai, Hong Kong, Singapour, Colombo ; puis Madagascar, le tour de l'Afrique, l'Amérique du Sud...

Cela reste dans le domaine du rêve plaisant ; il nous laisse de bonne humeur et prêts à affronter la réalité du lendemain matin. Mais ce dont nous parlons sérieusement, sans sourire ni rêver, c'est de la possibilité pour toi de venir un jour à Paris. Souhait bien modeste, puisque tu es marié à une Française, qui ne peut être exaucé que six années plus tard, et comme par miracle. Ces six années, je les emploie à obtenir un visa, et non pas un départ définitif : ni toi ni moi ne le voulons, pourtant ce serait apparemment la solution la plus facile pour nous (deux ou trois ans d'attente, avec les tracas habituels) et pour « eux », bon débarras...

En réalité, ce n'est pas si simple. Premièrement, jamais tu n'as envisagé de t'exiler. Deuxièmement, pour un couple de jeunes amants, se séparer pour de longs mois, voire des années, est quasiment impossible à accepter dans le feu de la passion. Troisièmement, je refuse l'idée d'un homme déraciné, lié à moi par d'autres liens que ceux de l'amour et en quelque sorte prisonnier. Et de nous deux, je suis celle qui croit savoir ce qu'est l'exil, étant née de parents immigrants. Mais, si être exilé c'est être étranger dans un pays, loin de sa patrie, je ne fais pas partie de cette race-là. Je me sens bien dans ma peau, donc bien dans tous les pays, et privée de sens « patriotard », je ne regrette guère Clichy-sur-Seine, lieu de ma naissance. Mais pour toi, tout commence par cette première difficulté. Tu n'es bien que dans une partie de ta peau, celle des excès, des folies, de l'absurde, du désastre. Dans l'autre, tu vis mieux, en harmonie avec l'entourage, femme, famille, travail, pays, mais c'est l'ennui. Tu es donc déjà en exil en toi-même, et cette déchirure ne peut que s'accentuer. Car pour vivre avec moi et arriver un jour à jouir de la liberté à laquelle tu aspires, tu dois refouler au plus profond de ton être cette rage de vivre sans foi ni loi qui est la partie exultante de ta personne. Pendant longtemps, la scène, l'amour, l'imagination vont servir de soupape à cette violence. Mais à peine le premier voyage est-il enfin vécu, réalisé, mémorisé, tu découvres le désappointement, le désespoir de ne pas avoir trouvé l'impossible solution au problème de ta propre vie. Alors rien, ou presque rien, ne peut plus endiguer les pulsions destructrices. Là est le paradoxe, inimaginable pour un être simple et sain : ayant tout, tu plonges dans le désastre.

Nous découvrons vite que cette possibilité de sortir d'U.R.S.S. ne résout rien et que, au contraire, cette ouverture ne sert qu'à accélérer la fuite en avant. L'épanouissement orgiaque, qui peut avoir lieu de temps en temps à Moscou, n'existe pas en Occident, ou en tout cas presque jamais dans les milieux que nous fréquentons d'ordinaire; et la punition possible est alors plus cruelle : perte de l'honorabilité, perte du travail, perte du droit à revenir. Ironie de cette situation! tu te sens encore plus ligoté ici que là-bas...

Un être humain qui vit dans un régime totalitaire se sent étranger dans sa propre peau. Il espère découvrir en Occident une réponse définitive à ses angoisses. Il découvre que non seulement l'Occident ne règle rien, mais que surgissent une multitude de devoirs inhérents aux sociétés capitalistes. Le « rendement » est primordial, l'égoïsme une loi de survie indispensable et, comble de désespoir, qu'il n'est lui-même rien ni personne, ni connu ni reconnu, de plus la barrière des langues, comme poète, est quasiment rédhibitoire. On dirait un homme debout, les pieds sur deux continents, dont la dérive s'accentue avec le temps.

Chez toi, en U.R.S.S., on accepte tes problèmes les plus aigus, exacerbés ou peut-être provoqués par le manque de liberté, tu es ignoré officiellement et freiné constamment dans tes projets mais tu te sens aimé, compris du public. En France ou ailleurs, tu n'es qu'un inconnu. Au mieux, un être curieux qui enthousiasme le temps d'une soirée, au pire, le mari d'une actrice réputée. Tu peux faire ce que tu veux, aller où bon te semble, comme tout un chacun, à condition de respecter les règles : avoir de l'argent, et que ce que tu fasses soit intéressant pour les autres. Mais, après avoir chanté devant des stades combles et délirants, est-il gratifiant de remplir une salle de trois cents places, dont le public est en majorité composé de diplomates soviétiques et d'étudiants en langue russe ? Et comment vit-on la constante vigilance d'une femme, d'un groupe d'amis, et l'obligation incessante de se contrôler soi-même ? L'écartèlement devient inévitable : tu n'es heureux que quelques jours. Puis le temps te pèse, tu veux rentrer à Moscou, et à peine passé le plaisir de retrouver ta ville, ton théâtre, ton public, tu as la sourde envie de repartir... Ma présence intermittente ne fait qu'accroître la difficulté. Et ton exil devient constant, démultiplié.

Tu ne peux vivre ni en liberté surveillée à Moscou, ni en liberté sous caution en Occident. Tu choisis l'exil intérieur. Peu à peu tu te quittes toi-même. Au cours des années, nous nous posons souvent la question : « Ai-je bien fait de t'aider à sortir ? » La réponse, comme dans ton dernier poème, est toujours la même : « Je suis en vie grâce à toi depuis douze ans. » Ce que tu écris pendant ce temps est nourri de tes expériences à l'étranger, même si ta souffrance est plus profonde du fait de ce déchirement.

A trente ans, tu étais un homme doué, riche de promesses, auteur de quelques belles chansons. A quarante-deux ans, tu es un poète qui laisse à l'humanité une œuvre complexe, forte et critique. Tu es devenu l'un des maîtres à penser de la jeunesse de ton pays, le témoin de ton époque.

Sur la photo déjà un peu passée, un groupe sourit à l'objectif. Une dizaine de personnes assises sur les marches du perron de la maison, d'autres debout, ont l'air satisfait et un peu niais des gens qui posent par un beau jour de fête. On a beaucoup mangé (j'ai été au fourneau pendant trois jours) et bien bu; on a chanté aussi, nous les filles, à quatre voix, tout notre répertoire, puis les enfants ont joué du rock dans le jardin. Toi aussi, tu as chanté, longuement malgré ta fatigue, et sur ton visage blême couvert de sueur, on percevait un certain calme, comme un apaisement.

La maison ouverte aux quatre vents bourdonne de haut en bas. Seuls les chiens, repus, dorment le ventre en l'air, nullement gênés par ce remue-ménage. Cette fête, que je veux annuelle, permet à toute notre famille de se réunir et de recevoir nos très nombreux amis. Les petits-enfants de la troisième génération sont ravis, car arrivés vers trois heures de l'après-midi, ils sont le plus souvent encore en train de jouer dans le jardin, la nuit tombée depuis longtemps, et je suis sûre que dans quelques années, ces petits dont l'âge varie de deux à douze ans se souviendront de ces nuits de grande liberté. Pour nous et nos enfants, Babouchka, notre mère et grand-mère à tous, est là, veillant au déroulement de la fête. Nous avons tous l'impression qu'elle va sortir sur le perron, dans son tailleur noir, le visage frais poudré, doucement mis en valeur par son chemisier rose, et nous dire avec son accent roucoulant : « Mes enfants, venez vous rafraîchir, regardez, les garçons sont en nage, les tout-petits ont sûrement envie de gâteaux, venez, mes chéris. »

La journée a été chaude, comme le sont souvent les après-midi du début du mois de juin. Sous les arbres, les groupes se forment. On écoute la musique, discute politique, flirte un peu à l'écart. Certains, allongés sur l'herbe, s'endorment béatement à l'ombre des grands chênes. L'impression de trêve est complète. Mes sœurs et moi nous retrouvons seules dans la cuisine, un élan de tendresse nous lie pour quelques secondes. Puis, enlacées et émues nous revenons au jardin en nous tenant par la taille, et chacune rejoint ses amis.

Je te vois étendu sur le pouf multicolore du salon. La proximité des autres, le va-et-vient continu des enfants, une douceur de vivre recouvrée ont-ils libéré ta tendresse ? Tu m'enlaces et, très doucement, tu m'embrasses, il me semble que le fait que cela ne puisse déboucher sur rien d'autre te permet de mettre dans ce baiser tous les sentiments accumulés durant ces années et, tels les couples sous les arbres, nous roulons, mêlant nos corps en un lent mouvement, comme si nous nous bercions l'un l'autre.

Une amie nous rappelle à la réalité, pour une photo. Aujourd'hui, je la regarde : nos visages comme sortant du sommeil, les yeux un peu gonflés... Tu portes une chemise de soie marron, nous avons l'air ahuri des gens heureux. A travers les branches, les taches de soleil jouent sur les visages. L'appareil a saisi l'instant unique où seules deux personnes étaient pleinement éclairées et comme auréolées de lumière, ma sœur Odile et toi, Volodia.

Pourquoi cette ville sent-elle la mort ? Est-ce à cause du ciel et des eaux saumâtres entre lesquelles elle se glisse, humide et chaude comme la matrice du monde ? Tu es monté, hésitant, sur la marche de bois branlante, tu as levé vers moi tes yeux suppliants et épuisés, je te tends la main. Je t'attrape à bras-le-corps. Le marin, d'un air entendu, comme seul un Vénitien qui a tout vu peut le faire sans vulgarité, sourit et se met à chantonner à mi-voix, juste de quoi couvrir tes gémissements. Il devine que c'est notre ultime balade. Pour tous, c'est le premier jour de l'amour. Pour nous le dernier. Tout a été dit cette nuit et peut-être, enfin, sommes-nous libres. Maintenant je sais. Tu as osé prononcer les mots « interdits », et ils ont été déchirants pour nous deux :

– Ton fils Pierre m'a obligé à prendre l'avion pour t'avouer ce que je ne pouvais te dire depuis longtemps, ma dépendance à la morphine. Sinon, il serait venu te l'annoncer lui-même.

Comme celui qui se sent encore en vie après le choc d'une balle en pleine poitrine, je goûte ces minutes avec une jubilation douloureuse. Nus l'un en face de l'autre, comme au plus fort de notre union, nous n'avons plus rien à nous cacher. Et cette dernière goulée d'air pur de notre histoire, nous la buvons ensemble, les mains entrelacées, assis, au fond du *motoscaffo*.

Tu as toujours rêvé de Venise. Souvent nous en avons parlé au cours de nos nuits de « rêves éveillés délirants ». Malgré ton état, l'odeur détestable de valériane que tu dégages (qui jusqu'à présent me révulse, alors qu'elle fait la joie des chats), l'air encore humide qui nous glace un peu et te fait te blottir contre moi, le corps vibrant de frissons, nous sommes heureux d'une certaine façon, unis dans une parenthèse d'apaisement, de beauté et de confiance. La voix du marin couvre nos chuchotements, nous retrouvons une complicité depuis longtemps perdue. Après une quinte de toux qui te laisse couvert de sueur, tu te lances dans une divagation poétique sur un futur de voyages, de travail, de création et de liberté. Tu envisages alors de venir habiter en France six mois par an, de te mettre à la prose. Tu te dis sûr de retrouver une santé, dont tu sens qu'elle est foutue :

– J'arrête tout, affirmes-tu. Dès mon retour à Paris nous commençons un régime, nous faisons de la gymnastique, la vie est devant nous.

Nous n'avons que quarante-deux ans après tout, tu promets que pour mon anniversaire, en mai, « tout sera bien ». Tes frissons augmentent, je t'ai passé ma veste, mais ce n'est pas le vent de la course qui te glace. Dans ton visage grisâtre, seuls les yeux clairs et aigus sont vivants. Tu remplis tes poumons d'air par saccades, tu dévores des yeux les merveilles de couleur, les crépis lépreux et somptueux, les ruelles à peine devinées qui ouvrent sur la lagune. Nous croisons la vie tranquille des petites gens de Venise où l'on vit, commerce, s'amuse et meurt sur l'eau. Le marin ne chante plus. Il nous ramène vers l'aéroport par les canaux balisés des millions de troncs de la forêt sacrifiée qui sert de socle à cette ville de pierre. Encore quelques minutes entre ciel et eau, encore un geste furtif qui te redonne une vigueur trompeuse. Nous passons le cimetière, tu dis quelques mots des célèbres artistes qui gisent là : « Ce n'est pas mal comme lieu d'éternité. » Cela nous fait rire, car tout ce qui est lié à la mort, à la dépouille mortelle, a toujours été entre nous sujet à sarcasmes.

Venise s'engloutit doucement derrière nous, une brume légère masque la mer. Je me prends à rêver à haute voix d'un lieu hors du temps, hors du monde, hors de notre réalité, où nous pourrions retrouver notre ingénuité. Tu dis, mi-rieur, mi-tragique : « On peut se perdre aussi et ne jamais retrouver la civilisation. »

Je réponds amère : « Pour ce qu'elle vaut ! » Le *motoscaffo* frôle les hauts troncs, l'escalier craque sous nos pas, je te serre dans mes bras, mais déjà tu te hâtes, le miracle n'a pas eu lieu, il te reste quatre-vingt-dix jours à vivre.

Pour la dixième fois, tu me demandes :
– Quand verrons-nous Simona ?

Comme tous les Soviétiques, sauf quelques grincheux de la nomenklatura, tu la considères comme la plus grande, la plus belle des actrices françaises, la plus courageuse aussi. On sait à Moscou tout ce que Montand et Signoret représentent, on sait qu'ils ont essuyé les plâtres, et personne n'oublie le franc-parler du couple, ni bien sûr son talent.

Comme tous les hommes, tu es sous le charme de « Casque d'Or ». Tu sais que j'ai aussi une tendresse particulière pour cette femme que je considère comme une sœur aînée. Je l'ai connue au cours de la remise du prix Suzanne Bianchetti, j'avais quinze ans; être récompensée devant une star si parfaite m'avait remplie de fierté et d'admiration. Elle était rayonnante, ses yeux étonnants brillaient plus que le diamant en forme de cœur qui battait sur le creux délicat de son cou. Sa bouche constamment humectée, gourmande, découvrait de belles dents carrées dans un sourire bref. Sa voix au timbre un peu rauque était adoucie par le léger chuintement d'un adorable défaut de prononciation. Elle était alors, à trente ans, dans toute la splendeur de sa beauté. Plus tard, à Saint-Paul-de-Vence, je l'ai côtoyée longuement. Etant devenue femme moi aussi, nos relations ont évolué. De gamine éblouie, je suis devenue une amie admirative, toujours étonnée par la justesse et le bon sens de ses jugements.

Ce matin, je t'emmène enfin la rencontrer sur le tournage du film de René Allio, *Rude journée pour la reine*. Quand je t'ai dit que cela se passait en banlieue, dans un quartier ouvrier, tu as été encore plus content. Plus tu découvres la capitale, plus tu es heureux. L'accueil est chaleureux, une équipe de cinéma c'est pareil sous toutes les latitudes, sous tous les régimes. Tu subis l'interrogatoire serré de Simone, auquel elle soumet tous ceux qu'elle voit pour la première fois, ou qu'elle n'a pas vus depuis longtemps. Un mélange de brusquerie, de curiosité aiguë et de tendresse. Tu es séduit, on sent que cette femme de cinquante-deux ans qui n'a plus rien de la vamp d'antan, rend les hommes amoureux car, justement, elle est pleinement un être humain. D'ailleurs ses yeux n'ont rien perdu de leur éclat, et le sourire offert est toujours aussi carnassier.

Puis nous nous quittons, rendez-vous est pris pour un dîner à la maison. Dans la voiture, je te sens tendu, mal à l'aise, je te presse de questions :

– Qu'est-ce qu'il y a? Pourquoi cette humeur maussade?

Tu mets longtemps à répondre :

– As-tu bien regardé les immeubles, c'est ça que tu appelles un quartier ouvrier?

Et encore une fois, la tristesse, le regret et la colère te remontent à la gorge.

– Ces maisons où vivent des gens plutôt pauvres, ce que chez nous on appelle les « exploités », aucun de nos apparatchiks ne pourrait espérer mieux. Ce quartier, ces couleurs, ces boutiques, ces voitures...

Ta voix s'étrangle. Je ne dis rien, d'ailleurs que dire ?

Après un long silence, ton visage se radoucit.

– Quelle bonne femme ! Elle est maligne, elle a tout pigé, et puis on voit qu'elle aime bien la dive bouteille – un silence –, elle aussi.

Je ne relève pas, la nostalgie du ton me prouve, une fois de plus, à quel point, maintenant, ton abstinence volontaire te pèse.

Je revois Simone au fil des années. Le rendez-vous pour dîner n'a pas eu lieu : le travail, les voyages..., dans ce métier c'est habituel; mais nos rencontres sont toujours chaleureuses et nous bavardons comme si nous ne nous étions pas quittées. En 1977, tu reviens en tournée avec *Hamlet*, tu restes plus longtemps que d'habitude à Paris. Un soir de relâche, nous allons chez Montand et Simone, place Dauphine, à la « roulotte », comme ils appellent leur appartement dont les fenêtres donnent sur le trottoir où l'on voit passer les gens, et dont on sort pour faire cinq pas et se retrouver à la terrasse d'un café. Ce lieu est très « habité », non seulement par les multiples photos, objets, souvenirs qui témoignent de l'immense carrière de nos deux amis, mais aussi par la présence permanente et interchangeable de réfugiés, apatrides, voyageurs incertains de toute sorte, de toute nationalité, mais dont le point commun est qu'ils souffrent d'une injustice qui les tue moralement ou physiquement. Ici, ils trouvent des oreilles attentives, une aide fraternelle, et souvent de quoi vivre, tout simplement. Assis autour d'une table basse, Simone, quelques amis, toi et moi, nous discutons avec passion comme d'habitude, car les sujets brûlants ne manquent pas.

Je m'épuise à traduire à toute vitesse, le whisky coule à flots. Simone, fatiguée, se répète un peu, moi je ne trouve plus mes mots. Seule personne sobre de la compagnie, tu m'entraînes vers la sortie en me traitant de radoteuse. Je me vexe et nous finissons la soirée en nous engueulant copieusement. Le lendemain matin j'ai honte, car je sais que comme tous les vrais malades d'alcool tu n'aimes pas trop que tes proches se laissent aller. Et puis, pour la première fois j'ai vu Simone perdre le fil de son raisonnement. Elle, dont la lucidité est légendaire, même au cours de soirées très arrosées, hier s'est mise en boucle, comme on dit dans le métier. Je lui écris un mot plein de tendresse où je lui dis mes craintes, que son physique la regarde, mais que de sa tête on a tant besoin... Je ne t'en parle pas, ce serait trop impudique.

1980. Sur l'écran de la télévision apparaît le visage serein et grave de Simone. Elle parle de toi, elle dit quel poète tu étais, quel homme, et elle raconte comment la foule de Moscou, pourtant non avertie officiellement, t'a accompagné jusqu'au cimetière. Ses yeux sont limpides, mais on sent une grande force et un profond chagrin dans chacun de ses mots.

1984. Je dîne en face de Simone, à Quiberon. Nous nous régalons de bouquets, de poissons grillés. Il y a deux jours, elle m'a donné un paquet de feuilles volantes, son roman. Elle m'a dit :
– Le titre, c'est *Adieu Volodia*!
J'ai blêmi. Ayant ressenti mon émotion, car elle ne voit presque plus, elle ajoute :
– Ce n'est pas le tien, mais c'est sûrement un frère à lui, tu verras...
Mes sœurs et moi l'avons lu, à trois, en rond autour d'une table, nous arrachant les feuilles, riant, pleurant, synchronisées dans l'émotion,

peut-être parce que nous ne pouvions oublier un après-midi unique, rue de l'Université, chez notre sœur Odile, dans la salle à manger Empire : assises autour de la grande table sur laquelle s'amoncellent les feuillets, nous relisons à cinq, les quatre sœurs Poliakoff et Simone, le livre que nous devons publier, *Babouchka*. Nous sommes anxieuses. Le verdict tombe :

– C'est pas mal, mais je suis sûre qu'il y avait matière à faire un livre épatant.

Tout en mangeant nos crevettes, je sens la fébrilité de Simone. Nous lui avons fait tous les compliments possibles; pour nous les filles, ce livre est vraiment réussi. Mais comme tout créateur, elle attend le verdict du public. Ce sera un succès total.

Avril 1985. Depuis plusieurs jours je lui lis, à sa demande, un très beau livre. Nos rendez-vous de lecture, après le déjeuner, ont pris un parfum de café que nous buvons avant chaque chapitre, de bouquets que l'on apporte régulièrement et qui embaument la chambre – en particulier, une pyramide de fleurs rares envoyée par Coluche –, et un petit goût salé de larmes furtives : le livre parle de maladie, de vérité, mais surtout de dignité.

22 septembre. Dans la maison calme, une fenêtre reste ouverte; assise en tailleur, le visage émacié, illuminé par des yeux qui scintillent comme des étoiles aveugles, Simone écoute avec moi la voix tendre qui nous lit le chapitre, dans l'édition reliée et frappée d'or de son livre, *La nostalgie n'est plus ce qu'elle était*, qui parle de la Russie. Nous sommes émus tous les trois, elle me dit :

– Tu dois écrire...

24 septembre. Nous mangeons des blinis au caviar, cela lui fait plaisir, mais entre deux bouchées, elle me répète :
– Tu dois écrire...
J'ai apporté quelques notes. Timidement je les lis, Simone me dit :
– Continue!

25 septembre. Nous faisons un aller et retour à petits pas devant la façade de la maison, Simone reprend :
– Tu dois écrire...
Le soir, nous fumons une dernière cigarette :
– Ma chérie, écris sur Volodia...

30 septembre 1985. Simone, visage lissé, repose. Je dis à haute voix dans le silence de la chambre claire :
– Je le ferai, je te le promets.

La lumière rouge clignote furieusement, sur scène les acteurs accélèrent le rythme, on sent dans le jeu une certaine tension. Je tourne discrètement la tête, et, dans le fond de la salle, je distingue la silhouette auréolée de cheveux fous de Youri Petrovitch Lioubimov, surnommé le « chef ». Il tient dans ses mains la lanterne qu'il a inventée : le blanc sert à éclairer son propre visage pour montrer une mimique ou indiquer mauvais déplacement, rythme trop rapide, jeu automatique, le vert signifie que tout va bien, le rouge, qui exige une reprise de rythme, marque un mécontentement ou simplement signale qu'il voit que ses acteurs ne se donnent pas à fond ! On ne peut pas le tromper : acteur lui-même, il sait très bien quand on travaille à l'économie. Ce qui est curieux chez cet homme, c'est, il l'avoue lui-même, qu'il n'était pas un grand acteur, un charmant jeune premier tout au plus. Sa vraie dimension, il l'acquiert en devenant pédagogue, metteur en scène ensuite.

Vous vous rencontrez pour la première fois en 1964, pratiquement lors de la création de la troupe de la Taganka. Pour toi, qui joues depuis quelques années dans divers théâtres académiques, c'est une vraie chance d'arriver au moment où une compagnie se met à vivre. Tes relations avec Lioubimov s'approfondissent d'année en d'année, il devient un peu le père que tu n'as pas vraiment eu. Tu l'admires et le crains. Lui t'aime comme un fils doué, mais fragile et surprenant. Vous vous complétez dans le travail, et les répétitions sont un vrai régal. Plus nerveux et fonceurs l'un que l'autre, votre roublardise, votre sens machiavélique de la feinte vous permettent de ne jamais vous affronter réellement. C'est un ballet continuel d'attaques de charme, de replis de colère teintée de bouderie, de volte-face de rage contenue, cela se prolonge jusqu'à l'extrême limite, puis soudain, à quelques jours de la générale, tout prend sa place. Lioubimov, comme possédé, découvre le ton qui fait l'originalité du spectacle. Toi, à bout de tout, tu trouves encore au tréfonds de ton être la force de dépasser le seuil du possible pour entrer dans l'exceptionnel. Le miracle a lieu, de Galilée à Pougatchev, de Maïakovski à Hamlet et enfin à Svidrigaïlov. Quelle palette de personnages vous avez créés ensemble! Sans parler de toutes les pièces poétiques, les œuvres modernes, et tous les spectacles interdits que très peu de gens ont eu le privilège de voir.

L'amitié bougonne que Lioubimov te porte ne s'est jamais démentie. Il a toujours pardonné tes escapades, qui pourtant le mettaient souvent dans des situations difficiles. Le public devient furieux quand tu ne joues pas. Tes collègues de la troupe t'en veulent de ton succès, de l'indulgence de Lioubimov et surtout de l'amour que te porte le peuple. A part quelques-uns, Demidova, Zolotoukine, Filatov, Dikavitchni, de vrais amis, le reste ronge son frein mais fait tout son possible pour te rendre la vie difficile. Les filles, surtout, sont hargneuses. Elles répandent des bruits, tentent de te fâcher avec Lioubimov, faisant du théâtre un vrai panier de crabes.

Autant tu aimes les récitals et la rencontre avec une salle pleine de gens qui sont là pour t'écouter, autant le travail d'équipe te devient de plus en plus pénible. Vers 1978, tu penses sérieusement à quitter le théâtre. Lioubimov t'offre alors la possibilité de monter un spectacle de textes et musique, *A la recherche d'un genre*, en mars de la même année, et surtout de jouer Svidrigaïlov dans *Crime et Châtiment*, au début de l'année 1979. Ce sera ta dernière création d'acteur. Sur scène, à la fin, tu disparais dans une trappe d'où sort une lumière rougeâtre. La salle est pétrifiée, moi-même je frissonne et ne puis me départir d'un sentiment d'angoisse profonde pendant le reste de la soirée. Tout le monde est très gai pourtant, et le « chef » qui, d'ordinaire, ne fait aucun compliment, s'est laissé aller à dire : « C'est bien, Volodia. » Et il est vrai que ton travail d'acteur a alors atteint une profondeur inégalée. Mais à quel prix ? Tu es épuisé ; je te regarde au long du dîner, assise en face de toi et de Lioubimov. Je vois la différence de teint, la vivacité des yeux du « chef », son sourire heureux ; à côté, ton visage figé, aux yeux vides, semble beaucoup plus marqué. Pourtant, tu as vingt ans de moins que lui. Pour ses soixante ans, tu as écrit des textes sur des musiques connues, cela s'appelle *Kapousniki* en russe, sorte de pot-pourri où l'on peut au cours du spectacle réservé aux amis et collègues du théâtre, donc en privé, se défouler, dire à haute voix et sur le ton humoristique tout ce que l'on a sur le cœur. Cette improvisation tolérée fait la joie de tous. C'est une sorte de soupape de sécurité que le gouvernement utilise aussi, je suppose, pour sentir le pouls de l'intelligentsia. Ton *Kapousnik* se terminait par les mots : « Remerciez Dieu d'être encore en vie. » C'était en 1977.

En ce 26 juillet 1980, je retrouve Lioubimov voûté, vieilli, accablé de chagrin, mais il a fait son devoir de metteur en scène jusqu'au bout, en organisant tout dans les plus petits détails, puis en interdisant par sa position courageuse et inébranlable l'intrusion d'orateurs officiels pendant la cérémonie. Je lui en suis reconnaissante à jamais; et les mots qu'il a eus, en conclusion du chapitre te concernant dans son livre de souvenirs[1], me bouleversent.

« Plus que de l'admiration, c'est de l'amour que Pasternak, Akhmatova ou Vissotsky ont suscité par leurs poèmes. »

1. *Le Feu sacré, souvenirs d'une vie de théâtre*, Fayard, 1985.

Jouer *Hamlet*, cette aventure unique dans la vie d'un acteur, tu l'abordes à ta manière, par la violence, l'excès et le scandale. Après la désastreuse épopée alcoolique qui suit notre mariage, nous nous séparons. Lioubimov, excédé par tes écarts, propose le rôle en double répétition à un autre acteur, espérant ainsi cingler ton orgueil et te pousser à réagir.

Tu m'écris, le 25 mai 1970 :

« Lioubimov a invité un artiste du Théâtre contemporain, Igor Kvacha, à répéter le rôle en parallèle avec moi. Naturellement, cela m'a démonté parce que l'on ne peut répéter à deux, déjà pour un seul acteur le temps ne suffit pas. Quand je reviendrai au théâtre dans quelque temps, je parlerai au " chef ", et s'il reste sur sa position, je refuserai le rôle et vraisemblablement je quitterai le théâtre. C'est trop bête, je cherchais à obtenir ce rôle depuis un an, et j'ai imaginé comment le jouer... Bien sûr, je comprends Lioubimov, j'ai trop souvent trahi sa confiance et il ne veut plus prendre de risques, mais... justement maintenant, quand je suis sûr qu'il n'y a plus aucun risque, cette nouvelle pour moi est très dure. Enfin, qui vivra verra... »

Dans ces quelques lignes, réside sûrement l'explication de ton approche de la tragédie d'*Hamlet*, obligé de jouer le fou pour être laissé en vie, de donner le change pour ne pas être enfermé, de montrer un courage étranger à celui de sa caste, d'inventer un nouveau langage qui épouvante Ophélie et ne peut être compris de personne, surtout pas de sa propre mère. Le Hamlet qui t'habite te ressemble comme un frère. Lioubimov, qui t'aime et te pardonne encore, est certain de ne pas se tromper en te confiant cet énorme travail. De plus, le décor, inventé par ton ami David Borovski, te sied à merveille : un grand rideau tissé grossièrement, de couleur gris sale, qui se déplace en tous sens. C'est presque un personnage rajouté au drame : par ses mouvements larges et lents, il balaie la scène et, ce faisant, entre dans le jeu. Tu peux t'y accrocher, t'y lover, à travers lui on t'épie, tu joues avec, tu y enveloppes Ophélie, que lors de la dernière scène tu chasses à voix haute tout en l'enlaçant passionnément, cachés dans les replis de ce rideau.

Curieusement, cette trouvaille de mise en scène facilite un jeu dépouillé qui met en valeur toutes les nuances que tu apportes au rôle.

Toute ta vie, tu as joué une certaine folie douce pour cacher le vrai, le profond déchirement de ton âme. Tu as masqué ton désespoir par un humour de chaque instant qui désarmait les fonctionnaires de l'Etat, mais tes intimes aussi : souvent épuisés par ta démesure, ils n'étaient rattrapés au bord de l'abandon que par un bon mot qui, les déridant, leur redonnait courage et patience. La caste gouvernante, dans laquelle tu as été élevé, si elle montre son courage au combat, n'apprend pas à se dresser contre les idées reçues : attitude impensable dans l'armée, cet Etat dans l'Etat. Ton courage est d'autant plus grand que nul ne te soutient, que tes proches te renient, t'accablent, te dénoncent.

Et tes poèmes lourds de sous-entendus, de double sens, de sons qui, accolés, provoquent un trouble inexplicable, offusquent. Ce que l'on cherche à te faire dire, comme l'on cherche à faire jouer Hamlet d'un instrument dont il ne connaît pas les touches, tu le refuses; alors, tu hurles encore plus fort ta vérité. L'image qui demeure après le spectacle, est celle d'un combat d'une violence extrême. Il y a la mort naturellement, mais avant tout la victoire de la vérité. Hamlet, après les souffrances du doute, du rejet par sa mère bien-aimée, du sacrifice d'Ophélie, de la trahison des amis les plus chers, prenant enfin en main sa propre destinée, provoque le tragique dénouement. Quand, frappé à mort, ayant accompli les gestes de la vengeance, il dit les derniers mots de cette pièce admirablement adaptée par le grand Pasternak, « Le reste n'est que silence », les spectateurs du théâtre de la Taganka, écrasés de douleur, restent figés de longues minutes. Toi-même, le torse nu, les muscles noués, parcourus d'une fibrillation comme on n'en voit qu'aux chevaux après les courses, ayant perdu trois kilos de rage, de hurlements, de vie, tu ne te relèves qu'après quelques minutes dans le noir complet qui achève le spectacle. Le premier soir, je cours t'embrasser dans les coulisses. Ton visage émacié, luisant de sueur, est souriant, tu es heureux, tu l'as eu, ce rôle, tu l'as joué, tu as tout donné.

De tous les soirs de première, celui-ci reste le plus profondément marqué dans ma mémoire. La route a été si longue... Depuis cette lettre de mai 1970, plus de dix années ont enrichi cette possession de l'acteur par le personnage, cette purification du personnage par un homme, et ont amené les repésentations de *Hamlet* à la quintessence de l'art théâtral, jusqu'à ce jour fatal de juillet 1980 où tu n'es pas apparu, assis contre le mur du fond de la scène, la guitare entre les mains.

Ce soir-là, tu ne jouais plus la comédie, tu ne la joueras plus jamais. On n'a pas eu à rembourser les billets : chacun a gardé le sien, comme une relique sacrée...

11 juin 1980. Les valises sont dans le hall, tu quittes la maison, tu rentres à Moscou. Nous sommes tristes et fatigués. Depuis trois semaines nous avons lutté par tous les moyens, peut-être n'ai-je pas été assez forte. La désintoxication à l'hôpital Fernand-Widal, le voyage dans le sud jusqu'à Bonaguil, tout a été vain. Tu sors de ta poche un petit carton, quelques strophes griffonnées à la hâte. Ta voix résonne, profonde comme un glas. J'ai les larmes aux yeux. Tu me dis :
– Ne pleure pas, ce n'est pas encore le moment.

Tes yeux délavés me fixent, me questionnent peut-être. Je veux te prendre le carton des mains, tu me dis que c'est trop mal écrit. Tu me promets de me l'envoyer par télégramme. Nous partons pour Roissy. Pendant tout le voyage, les strophes se bousculent dans ma tête. La glace dont tu parles à plusieurs reprises, cette glace nous enserre, nous bloque. Je ne peux que te dire les banalités d'usage « Garde-toi, sois prudent, ne fais pas de folies, donne-moi des nouvelles », mais le cœur n'y est plus. Nous sommes déjà loin l'un de l'autre. Un dernier baiser, une dernière caresse sur ta joue râpeuse, tu montes sur le tapis roulant, nous nous regardons, jusqu'à la dernière limite. Je me penche même pour te voir disparaître. Ta main me fait un dernier signe. Je ne vois plus ton visage. C'est fini.

Comme une somnambule, je rentre à la maison. Je ressasse les images cahotiques des jours passés :

l'angoisse de ne pas te voir arriver à la maison le jour dit, les coups de téléphone inutiles, l'attente, l'impuissance, ta disparition entre Paris et Moscou, et une nuit, à trois heures du matin, l'appel d'une amie. Tu es dans une boîte russe depuis plusieurs heures et ça ne va pas, il faut venir te chercher. Je réveille mon fils Pierre, car j'ai besoin d'aide. Nous te trouvons sur une banquette de moleskine rouge, dans le coin le plus sombre, ta guitare et ta valise près de toi, comme un voyageur égaré. Notre bon médecin, Paul Honnigman chez qui nous te traînons, ne peut rien faire, il faut t'hospitaliser. Dans le couloir, le dévoué docteur Dugarin me regarde et me demande :
– Cette fois-ci, qui est-ce ?
– Mon mari.
– Pauvre petite.

Dans ce même couloir, il y a quelques années, c'était mon fils aîné... Puis la succession des jours, la reprise de conscience, l'abattement, les remords et, enfin, nos conversations franches sur ton état. Mon refus, malgré les conseils des médecins, de t'enfermer dans une clinique spécialisée. Aurais-je dû m'y résoudre ? Cette liberté qui est ta vie, avais-je le droit de te l'enlever ? Et quelle aurait été ta réaction, le suicide peut-être ? J'entends encore ta demande : « Partons tous les deux, partons loin de tout, tu me guériras comme avant, comme toujours. » Et c'est Bonaguil, la petite maison de ma sœur Odile, le silence, le froid, les bouteilles cachées dans l'herbe haute du jardin, les pilules calmantes qui ne calment rien, l'espace alentour qui n'est pour toi que du vide. Et les phrases lancinantes : « Je vais partir, je n'en peux plus, je ne veux plus, c'est trop dur, assez. » Et ma volonté qui s'effiloche, la lassitude qui m'envahit, le désespoir qui me fait céder : nous repartons. Tu somnoles, bercé par les cahots de la route, calmé, savourant peut-être le répit qui t'est donné. Les strophes de ton dernier poème prennent forme, s'ordonnent dans ta tête :

A Marina, amour unique de ma vie

Les glaces m'enlacent et me lassent.
Vais-je m'élancer vers la voûte
Ou glisser en vrille jusqu'au fond, et
Nageur, lourd d'espérance, me plonger
A la tâche, en attendant mes visas?

Au-dessus de moi la glace crisse et casse.
Je ne suis pas un vrai fils de la terre,
Et pourtant je suis simple, et pourtant je suis pur
Et je reviens vers toi, vaisseau légendaire,
Mes vers de jadis enfouis dans ma mémoire.

Loin encore du demi-siècle, en quarantaine et
[demie,
Sous Ta garde depuis douze ans enfin, je vis.
Lorsque je me lèverai devant le Tout-Puissant,
Je me justifierai par l'unique vertu de mon
[chant.

Ces mots résonnent dans ma tête. Je ne les ai entendus qu'une seule fois. Mais ils sont enfouis à tout jamais dans ma mémoire.

Dans le silence de la nuit je continue à dérouler le film de ces mois maudits... Nos conversations téléphoniques lamentables, tes absences de plusieurs jours, et puis ce 23 juin la mort de ma sœur bien-aimée, Odile, mon appel au secours, ton désir de venir me consoler, le criminel refus de visa, le gouffre dans lequel tu t'abîmes. Puis plus rien, un long mois de rage froide, de panique incontrôlable, et le 23 juillet au soir notre dernière conversation :

– J'ai arrêté, veux-tu encore de moi? J'ai un billet et un visa pour le 29.

– Viens, tu sais bien que je t'attends.
– Merci, mon aimée.

Ces mots entendus si souvent, tu ne les avais pas murmurés depuis si longtemps. J'y crois, je te sens à nouveau proche et confiant. Pendant deux jours je suis joyeuse, je prépare déjà tout un programme pour t'accueillir, te rassurer, te divertir. Je range la maison, je fais des provisions, j'achète des fleurs, je me fais belle.

A quatre heures du matin, le 25 juillet, je me réveille en nage, j'allume, je me redresse, et je reste là à regarder une traînée rouge sur mon oreiller, j'ai écrasé un énorme moustique. Je suis hébétée, comme fascinée par cette tache de couleur. Un long moment se passe, et quand le téléphone sonne, je sais que ce n'est pas ta voix que je vais entendre : « Volodia est mort. » C'est tout, trois mots brefs, bredouillés par une voix inconnue. La glace t'a enseveli, tu n'as pas réussi à en briser l'étau.

Dans la chambre aux fenêtres closes, ton corps repose. Tu es vêtu d'un pull à col roulé noir et d'un pantalon. Tes cheveux tirés en arrière dégagent le front, ton visage figé dans une expression tendue, presque courroucée. Tes mains longues et pâles s'appuient mollement sur ta poitrine. Elles seules gardent un semblant de paix. On a vidé ton sang et remplit tes veines d'un liquide spécial, car en Russie on expose les morts jusqu'à la mise en terre. Je suis seule avec toi, je te parle, j'ose toucher ton visage, tes mains, je pleure, longuement. « Plus jamais », ces deux mots m'étouffent. Une colère sourde me tord le cœur. Comment tant de talent, de générosité, de force peuvent-ils disparaître ? Pourquoi ce corps si docile, dont chaque muscle répondait au moindre de tes désirs, restet-il immobile, gisant dérisoire ? Où est cette voix dont la fureur bouleversait les foules ? Comme toi, je ne crois pas à la vie dans l'au-delà. Comme toi, je sais que tout s'achève avec ce dernier soubresaut de la poitrine, que nous ne nous reverrons plus jamais. Et je hais cette certitude.

Il fait nuit maintenant. J'allume notre lampe de chevet. La lumière dorée adoucit ton visage. Je fais entrer le sculpteur ami qui va m'aider à faire le masque mortuaire. C'est un homme âgé, très pieux, dont les gestes simples me calment. Pendant qu'il prépare le plâtre, j'enduis ton visage de vaseline. Je le lisse, et il me semble qu'il se détend sous mes doigts. Dernière caresse, comme un dernier apaisement. Puis nous travaillons en silence. J'ai fait quelques années de sculpture je sais donc prendre une empreinte, je retrouve les gestes presque oubliés, le travail manuel me replonge dans la simplicité de la vie, le vieux sculpteur fait une dernière prière, c'est fini. Le masque sera reproduit en trois exemplaires, en bronze. Pour le reste, je laisse à notre vieil ami le soin de décider. Sur ton bureau, tu avais le masque mortuaire de Pouchkine. Certains trouvent cette tradition lugubre, d'autres sont choqués de voir un tel objet accroché au mur. Mais j'estime qu'un artiste appartient à tout le monde. Il s'est donné une fois pour toutes et à jamais à ceux qui l'aiment.

Je passe la nuit, assise à ton chevet, plongée dans les souvenirs. L'avenir, pour toi c'est fini, je ne sais comment l'envisager pour moi-même. Tout ce que j'ai fait depuis quelques heures, je l'ai fait avec toi. Seule à seul. Maintenant en un long défilé, viennent les amis pour te mettre en bière. Dans la chambre, un à un, les copains de toujours te saluent une dernière fois. Le chagrin déferle, vague après vague. Des pleurs, des cris, des phrases murmurées, des silences entrecoupés de ton seul prénom, répété d'une voix éraillée par l'émotion. Tous sont là, certains arrivés du bout de la Russie, d'autres présents depuis la veille. La maison se remplit et, comme aux soirs de grande fête, les balcons, le corridor et le palier sont envahis. Tous fument beaucoup, quelques-uns boivent, mais dans un silence inhabituel, pesant. On apporte le cercueil, tapissé de blanc; délicatement des bras te soulèvent, te déposent, j'arrange le coussin sous ta tête. Ton médecin, Igoriok, très croyant, me demande s'il peut déposer une médaille dans tes mains. Je refuse, te sachant anti-religieux. Voyant son désespoir, je la lui prends des mains et la glisse sous ton pull-over, puis le cercueil est posé pour une première halte dans le grand hall de la maison.

Il est cinq heures du matin, le long cérémonial commence. Les voisins, souvent des gens du spectacle, s'inclinent. Des inconnus aussi, prévenus par le bouche à oreille. Moscou est vide, les Jeux olympiques battent leur plein. Nous savons que ni la presse ni la radio n'ont rien annoncé. Seules, quatre lignes dans le journal du soir de Moscou ont signalé ta disparition. Nous quittons notre maison à bord d'une ambulance conduite par tes médecins réanimateurs qui t'ont si souvent tiré d'affaire, et arrivons au théâtre de la Taganka où doit avoir lieu la cérémonie officielle. Lioubimov a mis en scène ta dernière apparition : le plateau tendu de velours noir, les projecteurs braqués sur le catafalque, une de tes dernières photos, en noir et blanc, où, les bras croisés, tu regardes gravement dans l'objectif, accrochée, immense, au-dessus de la scène. La musique funèbre emplit la salle, nous nous asseyons, je prends par la main ton ex-femme et la fais asseoir près de moi avec vos fils. Nous ne nous sommes jamais rencontrées, mais je la sens proche dans notre malheur.

Dehors, la police dûment informée a placé des barrières, les rues se remplissent de monde. Devant le théâtre, une file se forme. Nous entendons les ordres transmis par radio et voyons des dizaines de policiers se placer autour du théâtre. Je suis montée dans le bureau de Lioubimov. Il est très pâle mais décidé, il ne permettra pas que cette cérémonie soit détournée, il ne veut que des éloges funèbres venant d'amis. La discussion est brève mais très rude : finalement les officiels s'inclinent. Pas d'hypocrisie pour cette dernière rencontre. Je retourne m'asseoir, on ouvre les portes, la foule immense se presse. Le petit peuple de Moscou vient saluer son porte-parole bien-aimé. Des milliers de visages se gravent dans ma mémoire, chacun apporte des fleurs, la scène en est vite jonchée, bientôt un tapis épais recouvre le plancher, l'odeur douceâtre monte à la tête. Les gens nous regardent, nous font des signes de la main, beaucoup pleurent. Venant de la rue, nous entendons, couvrant le requiem, des protestations, des cris : on me dit que le quartier est envahi, que la police ne veut plus laisser entrer les gens, qu'« ils » voudraient faire hâter l'enterrement. Tout cela m'indiffère. Je regarde ton visage, j'ai pris soin de le maquiller, car ce matin à l'aube il paraissait blafard. J'emplis mes yeux de ces traits, je les fixe à jamais. La fatigue, le chagrin, le bruit accumulés provoquent une sorte d'hallucination, j'ai l'impression que tu respires, que tu bouges les lèvres, que tes yeux s'ouvrent. Mon fils Pierre me saisit par les épaules, il a lu dans mes yeux l'indicible douleur. Je me reprends. Il faut tenir. Un ami médecin me tend un verre d'eau additionnée de quelques gouttes d'ammoniaque. Je regarde autour de moi, j'ai l'impression d'être l'actrice d'une scène qui va s'achever par le « coupez! » du metteur en scène. La foule continue à s'incliner devant le cercueil pendant de longues heures. Puis l'ordre est donné de lever le corps. Six de nos amis portent le cercueil vers la sortie. Je suis entourée de proches.

Dehors la lumière est éclatante. A perte de vue, des gens massés sur plusieurs kilomètres. De la foule monte ta voix, des centaines de personnes ont pris leur magnétophone et font entendre leur chanson favorite. Nous montons dans un autocar, le cercueil est par terre, nous sommes tous assis, comme des gosses qui partent en colonie de vacances. Lioubimov, d'un grand mouchoir blanc, salue la foule massée sur les toits, les murets, les réverbères. L'autocar démarre. Derrière nous, les gens se mettent à courir et ainsi jusqu'au cimetière. Je suis prise d'un fou rire affreux, car les cahots de la route ont fait tressauter la bière, ton corps glisse, il nous faut te remettre dedans. Nous parvenons au cimetière, sur le terre-plein où, une ultime fois, nous pourrons t'embrasser. J'ai de plus en plus de mal à contrôler mes nerfs, ces visages tordus de douleur me donnent encore envie de rire. Peut-être ai-je déjà trop pleuré ? Je me penche la dernière sur ton front, tes lèvres. Le couvercle est posé. Le bruit des coups de marteau résonne dans le silence. On glisse le cercueil dans la fosse, je jette une rose blanche, je me détourne. Maintenant, il va falloir vivre sans toi.

Quand le 26 juillet 1980, j'entre dans ton bureau, le seul endroit qui n'ait pas subi le désastre, c'est ta table de travail. Déjà tout le reste a été fouillé, trié, déplacé. La main fouineuse n'a pas osé toucher aux feuilles dépositaires de ton art. Et quand, d'un geste automatique, je range dans une valise les quelque mille feuillets qui composent ton œuvre et la transmets à un ami pour qu'il la cache, je ne sais pas encore que je sauve ce qui reste à sauver, le plus important, ce que toi-même tu n'as jamais mis en péril.

Par une pudeur inattendue de dernière minute, les parents n'ont pas osé censurer et détruire ce qui était écrit de ta main. Et mon geste, ressenti et décrit plus tard comme un vol, m'a permis de léguer au SGALI, le musée d'Etat qui conserve les manuscrits des poètes russes, tout ce que tu as créé au cours de ces nuits sans sommeil, de ces heures de rage, de ces années de travail acharné.

Cette petite valise, je l'ai apportée un matin dans une bâtisse anonyme. Là m'attendait une équipe de femmes qui, dès mon entrée, m'ont toutes embrassée. Elles portaient des bouquets de fleurs, leur visage empourpré par la chaleur et l'émotion, était souvent couvert de larmes. La directrice, butant sur les mots, m'a remerciée de ce geste que toutes reconnaissaient comme le plus pur signe d'amour pour toi et la Russie. Seule légataire de ton œuvre, je pouvais l'emporter à l'étranger. Je sais que personne ne sera plus attentif et plus dévoué que ces femmes. J'ai choisi sans hésiter de laisser les manuscrits sur ton sol natal. Je suis sûre que tu souhaitais que les feuillets chargés de toute ton âme y soient gardés à jamais.

A mon retour de Moscou, après l'enterrement, en cherchant une feuille blanche pour noter un numéro de téléphone, je trouve ta dernière lettre. Elle n'est pas datée, mais je sais qu'elle a été écrite avant le 11 juin 1980.

« *Marinotchka, mon aimée, je plonge dans l'inconnu. J'ai l'impression que je vais pouvoir trou-*

ver une sortie, bien que je sois en ce moment instable et faible.

Il est possible qu'il me faille une atmosphère où je me sente nécessaire, utile et non malade. Par-dessus tout, je veux que tu me laisses un espoir, et que tu ne prennes pas cela comme une rupture, tu es la seule grâce à laquelle je peux de nouveau me remettre sur pied. Encore une fois, je t'aime et je ne veux pas que tu aies mal.

Après, tout se remettra à sa place et nous parlerons et nous vivrons heureux.
Toi.

V. Vissotsky »

La signature TOI, utilisée au long de notre correspondance, nous l'avons adoptée après avoir entendu un très beau récit indien.

Le jour du mariage, une jeune mariée s'est enfermée, selon la coutume, dans la nouvelle maison construite par le couple. A la tombée de la nuit, le marié frappe à la porte. Elle demande : « Qui est là ? » Il répond : « C'est moi. » Elle n'ouvre pas. Et ainsi, de longs jours, elle refuse d'ouvrir. Enfin, un soir, il recommence. Elle demande à nouveau : « Qui est là ? » Il répond : « C'est toi. » Elle lui ouvre sa porte et son cœur.

Comme dans toutes les métropoles, à Moscou on n'enterre plus dans les cimetières du centre ville. Sauf cas exceptionnels, il faut aller à la périphérie, très loin. C'est là-bas que les autorités souhaitent qu'on enterre mon mari. Nous ne sommes pas d'accord. Nos amis et moi considérons que sa tombe doit être au cœur de la ville où il est né. Aussi nous partons en délégation voir le directeur du cimetière de Vagankovskoïe. Ce cimetière est situé à quelques pas de notre maison, un vrai jardin entoure une belle église ancienne. Iossif Kabzon, chanteur très populaire, arrive de son côté. A peine le directeur le fait-il entrer dans son bureau qu'il ouvre sa veste : « Il faut une place pour Vissotsky », dit-il, et il montre une énorme liasse de billets de cent roubles, une vraie fortune. Les amis sont interloqués, certains n'ont jamais vu tant d'argent liquide de leur vie, tous nous sommes profondément émus par le geste du chanteur. Le directeur du cimetière tombe à genoux, le visage inondé de larmes, et la voix brisée de sanglots murmure :

— Comment avez-vous pu penser que je prendrais de l'argent, la Russie vient de perdre l'un de ses plus grands poètes, je le pleure comme vous tous, ce n'est pas une place que je vais vous donner, c'est la meilleure place, juste au milieu du terre-plein, à l'entrée, pour que la foule puisse venir le saluer comme il le mérite.

La brave homme n'imaginait pas à quel point il avait raison. Depuis des années, un flot ininterrompu de gens vient se recueillir sur cette tombe. Les jeunes mariés y déposent leur bouquet comme sur la tombe du soldat inconnu, d'autres apportent du cognac, un fruit, des gâteaux, quelques-uns déposent leur guitare. Des poèmes par centaines sont accrochés aux bouquets qui s'accumulent chaque jour en montagne de fleurs.

Mais le directeur a perdu sa place, les autorités ne lui ont pas pardonné d'avoir, par son geste généreux, provoqué un tel scandale : la tombe du poète Vladimir Vissotsky en plein centre de Moscou, devenue lieu de pèlerinage de millions de Soviétiques !

Un autre scandale à propos du monument funéraire a éclaté entre la famille de Volodia et moi. Dans un poème intitulé justement *Le Monument*, Vissotsky a laissé une sorte de testament qui indique clairement ce qu'il ne souhaiterait pas voir érigé sur sa tombe.

David Borovski, décorateur du théâtre de la Taganka – il a travaillé plus de quinze ans avec Volodia –, a, sur ma demande, organisé une exposition de maquettes pour ledit monument. J'avais une idée très précise de ce que je voulais. Je savais qu'il y avait au musée géologique de Moscou des météorites, ces fragments d'étoiles tombés sur terre. J'avais l'accord du directeur du musée : il m'avait laissée choisir une météorite et la donnait volontiers pour symboliser sur la tombe de Vissotsky sa brillante et trop brève vie. Malheureusement, cette vision poétique ne convenait pas aux parents. Personnes âgées et de goût douteux, ils rejetèrent mon idée barbare et incompréhensible pour eux, prétextant qu'une telle masse écraserait leur fils. Il leur fallait une représentation en pied bien reconnaissable. Le concours, je l'espérais, pourrait nous faire découvrir une œuvre qui nous mettrait d'accord.

Plus de vingt maquettes furent exposées dans le hall du théâtre. Les artistes avaient travaillé avec tout leur cœur, chacun à sa manière rendait hommage à la mémoire de mon mari. Nous regardâmes longuement chaque œuvre, c'était triste et beau, mais chacun choisit selon son goût. Les parents s'arrêtèrent devant une sculpture en pied très ressemblante, le corps entouré d'un drapeau flottant, une guitare placée au-dessus de la tête, se prolongeant par des profils de chevaux d'une hauteur de deux mètres, en bronze doré. Pour ma part, j'optais pour un rectangle de terre où affleure une roche brute tourmentée, de couleur anthracite; avec, sur une partie polie la météorite, masse ovale parfaite de métal noir fusionné. Aucune des autres maquettes ne nous plut assez pour accepter un compromis.

Nous allâmes devant la commission des monuments, et chacun expliqua ses raisons. Je défendis mon choix en me référant aux textes de mon mari, en montrant que l'emplacement de la tombe, située sur le terre-plein, avec en perspective arrière l'église ancienne, les arbres et les autres tombes, ne permettait pas une sculpture en hauteur, puis je fis remarquer que cet homme était un poète, un artiste, et pas un héros de l'Union soviétique, et que la sculpture martiale et réaliste choisie par les parents serait en contradiction avec l'image qu'il avait laissée de modestie, de simplicité, et d'un travail acharné non reconnu officiellement de son vivant.

Enfin j'essayai d'expliquer le symbole de la météorite, le choix de la matière brute non travaillée qui laisse à chacun la liberté de se recueillir sans chercher si le visage ressemble ou non, sans tenter de retrouver les titres des chansons rappelés par les objets englobés par le sculpteur dans l'ornement. Enfin, Vissotsky était aussi acteur, son visage conservé à jamais par les photos, les films, les vidéo-cassettes ne peut disparaître.

Ces messieurs de la commission nous écoutèrent poliment. Aucune décision ne fut prise. Cinq ans après, nous en étions au même point. Je dois dire en toute franchise que l'état de la tombe m'enchantait. Que pouvait-on souhaiter de plus beau qu'un amoncellement de fleurs fraîches renouvelées chaque jour, hiver comme été, par des mains amies ?

Novembre 1985. Je viens d'apprendre que le monument a été inauguré. Désormais, sur ta tombe trône la statue dorée et arrogante, symbole du réalisme socialiste, tout ce que tu vomissais de ton vivant. Et comme elle mesure moins de deux mètres, tu as l'air d'un gnome affublé de museaux de chevaux en guise de bosse, avec une guitare posée en auréole sur ta tête au visage rabougri. C'est laid, au-delà de toute mesure, et totalement ridicule.

Sur le socle une inscription : « De la part des parents ». Heureusement, je ne suis pas mêlée à ce scandale.

L'inauguration a lieu en présence des seuls parents. Aucun des amis n'était présent, la farce continue...

De mon vivant, j'étais svelte et grand,
Je ne craignais ni les mots ni les balles,
Je ne suivais pas les sentiers battus
Mais depuis que je suis classé défunt
On m'a ployé l'échine et brisé le talon,
Nouvel Achille cloué à son piédestal.

Je ne puis secouer cette chair de granit,
Je ne puis arracher du socle de pierre
Mon talon d'Achille.
Les côtes d'acier de ma carcasse
Agonisent dans le ciment gelé
Et seule encore mon échine frissonne.

Aussitôt mort sans crier gare
Toute la famille dare-dare
Pétrit mon masque mortuaire.
Je ne sais d'où leur en vient l'idée,
Mais sur le plâtre ils ont limé
Mes larges pommettes d'Asiate...
Vivant j'ai échappé aux crocs des carnassiers

Et jamais on ne m'appliqua le mètre quoti-
          [dien,
Mais on me colle dans la baignoire, on m'ar-
          [rache mon masque
Et le fossoyeur m'arpente de sa longue archine
          [de bois.

*Une année à peine a passé
Et me voici rectifié, couronné,
Sculpté, coulé, magnifié...
Sous les yeux du peuple en foule
On m'inaugure, et valse la musique,
Valse ma voix des bandes magnétiques.*

*Le silence autour de moi s'est rompu,
Des mégaphones jaillissent les sons,
Des toits les projecteurs braquent les lumières
Ma voix éreintée par le désespoir
Grâce aux derniers cris du savoir
S'adoucit, et, colombe, je roucoule.
Dans mon duvet
Je me tais,
Ils vont tous y passer!
Et d'une voix de castrat pourtant je hurle
Aux oreilles des hommes.
On me chipe mon linceul, on me rétrécit.
Est-ce donc ainsi que vous utilisez ma mort?
Les pas du commandeur claquent coléreux et
 [sonores.
J'ai décidé comme jadis de piétiner les dalles de
 [pierre
La foule s'est ruée par les boulevards.
J'ai arraché mon talon gémissant
Et les pierres ont ruisselé de mon dos.
Penché sur le flanc, immonde et dénudé,
Dans ma chute j'ai quitté ma peau,
J'ai brandi mon crochet d'acier,
Et, renversé sur le sol durci,
Par les haut-parleurs déchirés
Je hurle : « Écoutez-moi, Je Vis! »*

Cet ivrogne, cet anti-Soviétique, ce renégat, cet incapable, ce vaurien, cet ennemi, ce fou, ce mauvais père, ce mauvais fils, cet homme déchu qui fraie avec une étrangère, c'est votre fils, Semion Vladimirovitch. Cet acteur adulé, ce créateur reconnu par tous, cet amant passionné de sa terre natale, ce travailleur infatigable, ce patriote, ce visionnaire, ce père frustré, ce fils patient et compatissant pour votre imbécillité, cet homme libéré et heureux dans sa vie intime, c'est aussi votre fils, Semion Vladimirovitch. Vos médailles durement gagnées pendant la guerre ne vous donnent pas le droit aujourd'hui de falsifier la vérité. Vous n'avez jamais rien compris. Les cris de votre enfant étaient pour vous des blasphèmes. On jugeait scandaleux son mode de vie, dans votre milieu figé de la petite bourgeoisie militaire. Vous l'avez dénoncé, à une époque où vous espériez une nomination à un plus haut grade. Malgré ce forfait vous ne l'avez pas obtenue. Même si vous en ignoriez la portée, ce geste était doublement criminel; vous accabliez un homme, et c'était votre propre fils.

Durant douze années, j'ai tenté de vous faire vous retrouver, nos dîners étaient désespérants. Vous ne vous préoccupiez que de la légitimité chèrement acquise, de l'innocuité des textes à venir, de la remise en ordre d'une vie exaltée et dangereuse pour vous. Jamais vous n'avez été intéressé par l'œuvre de votre fils. Jamais vous n'avez compris sa lutte, car elle n'entrait pas dans le cadre étriqué de votre avenir.

Lors de nos discussions infâmes sur les projets de tombe, une chose m'avait frappée. A plusieurs reprises vous faisiez allusion à votre future demeure éternelle aux côtés de votre fils. Brutale, je vous citais ses propres vers : « *Ma tombe est à deux places, elle n'est pas communale comme les appartements à Moscou.* » En fait, votre notoriété inattendue, les témoignages quotidiens de l'adoration populaire pour votre fils, vous ont donné le goût des honneurs.

Après avoir fait ériger ce monument absurde, vous vous préparez à y faire graver vos noms. Vous qui n'avez jamais soutenu votre fils dans sa lutte pour la vérité, vous vous apprêtez à partager sa gloire posthume. Cette horrible tombe n'est que le reflet de votre vanité et de votre mauvais goût. Vous *profitez* maintenant de ce que votre fils tentait en vain de vous faire partager : sa passion pour la justice, son humour et sa haine de la tyrannie.

1982. Je suis, avec une amie, assise depuis deux heures dans la salle d'attente d'une prison centrale de Moscou, lieu de triage d'où partent les prisonniers vers les camps.

L'homme qui a construit notre groupe d'immeubles, ou du moins qui a réussi à mener à bien ce projet inespéré, est un affichiste, un dessinateur très coté, placé à la tête du collectif des artistes graphistes. Il avait obtenu le droit de mettre en chantier des bâtiments de quelques centaines d'appartements et d'ateliers en plein centre de la ville, et s'est retrouvé avec une liste de copropriétaires digne de la plus belle affiche de cinéma, de théâtre, de la science et de la politique réunies. Il a pu contenter presque tout le monde. A quelques pas de la rue Gorki, et à proximité des jardins du zoo, les tours de douze étages, en brique rose, dont les appartements défient toutes les normes habituelles tant ils sont spacieux, s'élèvent devant les immeubles communaux où logent les étudiants du conservatoire. L'été, les cris des animaux se mêlent aux sons des instruments divers.

Par tirage au sort, nous avons obtenu un appartement au huitième étage. Après, comme je l'ai dit, six ans d'attente, de visites sans nombre aux responsables de tous niveaux, une signature d'autorisation arrachée sur un lit d'hôpital à un ponte de la mairie de Moscou chez qui j'avais été amenée par un vice-ministre admirateur, nous avons enfin emménagé. Mais l'homme à qui nous devons ce bonheur n'a pas pu, malgré ses qualités remarquables d'organisateur, son sens inné des affaires, sa débrouillardise légendaire, contenter tout le monde. De plus, il a eu le tort de se faire aménager un atelier-appartement d'un luxe provocant, où il a reçu le Tout-Moscou, bienheureux de manger et de boire à sa table.

Bref, ses amis une fois comblés ont disparu, ses ennemis nombreux n'ont pas lâché prise et, malgré de timides tentatives de défense, il a été écroué et ses biens confisqués. Il est condamné à une lourde peine. Il a soixante-dix ans, le cœur malade. Sa fille n'a pas obtenu le droit de le voir au parloir avant son départ pour le camp, elle m'a suppliée de l'accompagner à la prison de transit. Elle est sûre que ma présence adoucira l'administration pénitentiaire.

Il est vrai qu'en entendant mon nom, la lourde porte s'est ouverte, je suis la veuve de Vissotsky et l'on s'empresse de nous faire asseoir. On nous dit d'attendre, nous attendons. Au cours des heures qui suivent, à tout hasard, je dis à chaque policier qui passe mon nom et la raison de notre présence. Je sais que, comme cela, un jour ou l'autre, le père saura que sa fille a tenté de le voir. Nous pressentons toutes deux que ce sera son dernier voyage. Le commandant de la prison, après nous avoir entendues, nous demande à nouveau de patienter. Il est très tard, nous n'avons plus de cigarettes, il fait froid, et ce lieu lugubre nous glace jusqu'à la moelle. La porte de la salle s'ouvre, nous nous levons pleines d'espoir, mais le commandant, visiblement soulagé, nous annonce qu'une épidémie s'étant subitement déclarée dans la prison, aucune visite n'est possible. Pour notre sécurité, naturellement.

1987. Je revois notre ami, libéré de fraîche date par Gorbatchev, vieilli, édenté, mais toujours aussi dynamique. Il me raconte que ma visite impromptue a eu un effet inattendu. Pour se débarrasser au plus vite de ce prisonnier trop connu, on l'a transféré sur-le-champ dans une autre prison. Ce qui lui a évité de partir au goulag et lui a probablement sauvé la vie...

Une météorite, atterrie en plein centre de la Sibérie après des millions d'années de voyage, devait symboliser sur la tombe de Vladimir Vissotsky sa brûlante et trop brève vie.

Il n'en a pas été ainsi, malheureusement, mais j'ai appris en 1985 que les astronomes de l'observatoire de Crimée ont baptisé une nouvelle planète découverte entre les orbites de Mars et de Jupiter :

VLADVISSOTSKY

Elle porte le numéro 2374 dans le catalogue international des planètes.

Souvent, je regarde les étoiles, et je souris en pensant que parmi cette multitude, un petit point brillant vogue dans l'immensité, que ce corps céleste en mouvement perpétuel est lié à jamais au nom de mon mari.

C'est bien ainsi.

« Si tu as une voix, si tu peux t'en servir, parle-moi, arrête-toi, et parle! » Ainsi s'exprime Hamlet s'adressant au spectre de son père, ainsi au long de la soirée anniversaire du 25 juillet 1981, le public dialogue avec ta voix qui résonne en réponse à chacune de ses questions. Dans la salle remplie comme elle ne le fut jamais, même au temps des plus grands succès interdits, quelques centaines de personnes t'interrogent, écoutent tes réponses claires, cinglantes et joyeuses, comme tout ce que tu as écrit.

Sur la scène, plusieurs rangées de fauteuils de théâtre accrochés aux cintres sont recouverts d'un grand drap blanc. Cette masse mouvante, agitée par moments de vagues puissantes, puis comme figée dans la glace vive, ou tout simplement revenue à sa fonction première, permet de recréer en quelques secondes l'ambiance des scènes qui se succèdent et relatent notre vie. Autour de moi, le Tout-Moscou des Arts et des Lettres, ces amis-ennemis ont fait la paix pour un soir. Assis à sa place de répétition habituelle, Youri Lioubimov, le « chef », pleure doucement. Je suis à sa droite, et sur mes joues coulent les larmes que l'on m'a reproché de ne pas avoir versées lors de l'enterrement. Demidova, Goubenko, Zolotoukine, Chatskaïa, et presque tous les acteurs de la troupe se donnent à fond, chantent, dansent, font des claquettes, de l'acrobatie. Lioubimov a eu le tact de n'employer dans le spectacle que tes amis proches. Les autres, exclus et aigris, feront quelques commentaires fielleux, comme toujours. C'est leur seul mode d'expression.

Je suis frappée par le choix des thèmes, par l'originalité de l'approche. En moins de trois heures, Lioubimov réussit à travers tes textes à dévider l'essentiel de ta vie, et donc en partie de la mienne. Mais surtout, c'est la vie de chacun, ce sont les années 60-80 qui défilent, vingt ans de création fulgurante mais éphémère, vingt ans de lutte. C'est le rappel de tous les amis exilés, enfermés, disparus, épuisés, rayés des vivants par l'impossibilité de travailler, de s'exprimer, par l'alcool, la drogue, le désespoir (*otchainost*. Dans le dictionnaire russe-français édité en 1983 à Moscou : « acharnement, follement, passionnément, très mal, très bien, extrêmement, bigrement, témérité, audace, désespéré, atroce, abominable, désolation, résistance farouche... »!). Mais ce spectacle-anniversaire est aussi celui de l'amour : il célèbre notre rencontre, ce qui l'a précédée, quelques textes le rappellent, jusqu'à l'ultime poème. C'est aussi celui de ton travail acharné à raison de dix-huit heures par jour, de ta lutte contre le désespoir... Par moments, je suis presque gênée car, à travers tes textes, Lioubimov a su mettre à nu nos drames les plus intimes. Mais, très vite, commence la partie sarcastique, critique. Alors le public, comme toujours, croule de rire. Qu'il est bon d'entendre une salle entière réagir à ces mots, de savoir que tous ces efforts pour prendre de vitesse une mort pressentie, tous ces feuillets accumulés, rangés, bien en ordre, toutes ces bandes magnétiques généreusement éparpillées aux quatre coins du pays, que tout cela n'a pas été vain! Même si, implacablement, tombe le même verdict : « Interdit ». Quelques bureaucrates séniles sont responsables de la mort de plusieurs artistes soviétiques. Ils ne les ont pas fait assassiner, comme Staline, et ne portent donc pas publiquement, et nommément, la souillure de ces actes. Mais nous savons tous que ce sont des bourreaux, qu'ils ont privé, pire, dépouillé ce pays de ses meilleurs créateurs.

Depuis 1981, Lioubimov a donné ce spectacle le jour anniversaire du 25 juillet. Pendant cinq années une troupe a gardé en mémoire textes et musique, pour ne jouer qu'une seule fois par an...

J'écris ces lignes en 1987. Lioubimov en exil, Efros, son successeur, mort, le théâtre est orphelin.

Rien de nouveau pour le spectacle intitulé : « Vissotsky ».

Le téléphone sonne très tôt le matin, ce 4 octobre 1980. Après quelques secondes de stupeur, je décroche. Une voix masculine, bizarrement flûtée, parle dans une langue incompréhensible. Tous les quatre mots j'entends ton nom, Vissotsky Vladimir, mais cela s'entend « Bissotsky Bladimir ». Je comprends enfin que mon interlocuteur est japonais et qu'il insiste désespérément pour me rencontrer. Je suis plus morte que vive, mon cerveau refuse de se réveiller. Les calmants, l'alcool, les soixante cigarettes fumées la veille, tout m'affaiblit, et je bredouille : « D'accord, venez à 15 h. » Je vois arriver un grand jeune homme élégant, très intimidé et visiblement ému. D'un geste, je lui montre une chaise. Il fait encore très doux, je l'attendais dans le jardin, les chiens lui font fête, cela n'a pas l'air de lui plaire. Je le regarde, interrogative, il arrange le pli de son pantalon, se racle la gorge et commence son récit.

Ayant travaillé longuement avec des Japonais, je comprends généralement assez bien leur anglais qui pour la majorité des gens est presque incompréhensible, mais il est si troublé que je le prie de m'excuser. Je reviens quelques instants plus tard, un plateau bien garni dans les mains, je lui sers un verre de vodka et trinque avec lui, je lui explique

que nous avons tout notre temps, qu'il se calme, son histoire m'intéresse, et ce qu'il va me raconter est certainement très important. Après avoir repris son souffle, il se remet à parler :

– Je suis journaliste de mode, j'assistais il y a quelques semaines à un défilé à Tokyo. Sur la bande qui servait à rythmer le ballet des mannequins, a littéralement éclaté une voix masculine, une voix comme je n'en ai jamais entendu, qui m'a fait frissonner, qui m'a bouleversé. Jamais je n'ai ressenti un tel choc, un tel plaisir mêlé de désespoir.

Je l'interromps car son émotion me gagne, et je nous imagine mal tous deux pleurant dans mon jardin sous l'œil étonné de mes chiens. Cela provoque en moi un fou rire dont je ne viens à bout qu'en feignant une quinte de toux épouvantable. Mon Japonais reprend, après un silence poli :

– Pour retrouver le nom de l'interprète, j'ai dû interroger une foule de gens. J'ai fini par apprendre que la chanson faisait partie d'un 30 cm édité à Paris par le Chant du monde, et que le chanteur était soviétique. J'ai donc décidé de venir à Paris. Je suis allé dans un grand magasin de disques, on m'a montré le casier des chants russes. En frémissant, j'ai écarté les premiers disques, et j'ai vu son visage, je savais que c'était lui. Ce regard fou, c'était le sien, la vendeuse a enclenché le son, et la voix m'a repris. Je suis resté pétrifié jusqu'à la fin du dernier sillon. On a dû me tirer par la manche, j'ai acheté tout ce qu'il y avait. Puis j'ai fait une véritable enquête, j'ai appris que sa femme vivait près de Paris, je vous ai trouvée. Me permettez-vous d'écrire sur Vladimir Vissotsky ?

Tout a été dit d'une traite, les yeux baissés. Je suis tellement émue que le silence se prolonge. Nous sommes si différents, lui jeune Japonais épris

de ta voix, moi, veuve de toi, épuisée de chagrin. Je lève les yeux vers lui, il tremble mais me regarde longuement. Puis d'une voix assurée, il ajoute :
– Depuis le lendemain du défilé de mode, je prends des cours de russe.

REMERCIEMENTS

Je remercie Chris Marker pour son soutien moral et Jean-Jacques Marie pour sa traduction des poèmes de Vladimir Vissotsky.

Les femmes au Livre de Poche

Autobiographies, biographies, études...

(*Extrait du catalogue*)

Arnothy Christine
   J'ai 15 ans et je ne veux pas mourir.

Badinter Elisabeth
   L'Amour en plus.
   Emilie, Emilie. L'ambition féminine au XVIIIe siècle (*vies de Mme du Châtelet, compagne de Voltaire, et de Mme d'Epinay, amie de Grimm*).
   L'un est l'autre.

Bellemare Pierre et **Antoine** Jacques
   Quand les femmes tuent, t. I et II.

Bergman Ingrid et **Burgess** Alan
   Ma vie

Bodard Lucien
   Anne Marie (*vie de la mère de l'auteur*).

Boissard Janine
   Vous verrez... vous m'aimerez.

Boudard Alphonse
   La Fermeture — 13 avril 1946 : La fin des maisons closes.

Bourin Jeanne
   La Dame de Beauté (*vie d'Agnès Sorel*).
   Très sage Héloïse.

Brossard-Le Grand Monique
   Chienne de vie, je t'aime !
   Vive l'hôpital !
   A nous deux, la vie !

Buffet Annabel.
   D'amour et d'eau fraîche.

Carles Emilie
   Une soupe aux herbes sauvages.

Champion Jeanne
   Suzanne Valadon ou la recherche de la vérité.
   La Hurlevent (*vie d'Emily Brontë*).

Charles-Roux Edmonde
   L'Irrégulière (*vie de Coco Chanel*).

Chase-Riboud Barbara
   La Virginienne (*vie de la maîtresse de Jefferson*).

Darmon Pierre
   Gabrielle Perreau, femme adultère (*la plus célèbre affaire d'adultère du siècle de Louis XIV*).

Delbée Anne
  Une femme *(vie de Camille Claudel)*.

Dietrich Marlène
  Marlène D.

Dolto Françoise
  Sexualité féminine. Libido, érotisme, frigidité.

Dormann Geneviève
  Le Roman de Sophie Trébuchet *(vie de la mère de Victor Hugo)*.
  Amoureuse Colette.

Guitton Jean
  Portrait de Marthe Robin.

Jamis Rauda
  Frida Kahlo.

Keuls Yvonne
  La Mère de David S.

Lacarrière Jacques
  Marie d'Égypte.

Maillet Antonine
  Pélagie-la-Charrette.
  La Gribouille.

Mallet Francine
  George Sand.

Mansfield Irving et **Libman Block** Jean
  Jackie, la souffrance et la gloire *(vie de la romancière Jacqueline Susann)*.

Martin-Fugier Anne
  La Place des bonnes *(la domesticité féminine en 1900)*.
  La Bourgeoise.

Nin Anaïs
  Journal, t. 1 *(1931-1934)* et t. 2 *(1934-1939)*.

Pernoud Régine
  Héloïse et Abélard.
  La Femme au temps des cathédrales.
  Aliénor d'Aquitaine.
  La Reine Blanche *(vie de Blanche de Castille)*.
  Christine de Pisan.

Régine
  Appelle-moi par mon prénom.

Rihoit Catherine
  Brigitte Bardot, un mythe français.

Yourcenar Marguerite
  Les Yeux ouverts *(entretiens avec Matthieu Galey)*.

IMPRIMÉ EN FRANCE PAR BRODARD ET TAUPIN
Usine de La Flèche (Sarthe).
LIBRAIRIE GÉNÉRALE FRANÇAISE - 6, rue Pierre-Sarrazin - 75006 Paris.

ISBN : 2 - 253 - 04891 - 7   ⊕ 30/6590/1